霞んだ太陽

中国企業で奮闘する日本人

服部 和夫

東京図書出版

この小説はフィクションであり本文中の会社名および個人名は全て小説の上での設定です。

実在の人物や会社とは関係ありません。

霞んだ太陽

目次

一、中国へ

＊能力発揮の場を求めて

機窓から眼下に開ける日本アルプスの緑と青のコントラストの美しい山々をぼんやり眺め次々流れ去る雲を見ていた。

地上での蒸し暑さは、うそのように全身をすり抜け、汗ばんだ体もいつの間にか爽快感を取り戻していた。

残暑厳しい八月末、二回目の中国行きとなった高倉恭汰郎は機上の人となっていた。

中国山東省の小さな都市日照市に在る農業機械、車輌製造の会社、三星機械有限会社に品質専門家として迎えられた。三星集団は約一万五千人の従業員を抱えた大企業である。日本の会社を定年退職した後での単身赴任だった。

高倉は日本に残してきた妻和恵が成田行きの高速バス停で不安げに、寂しさをこらえ見送った顔が脳裏に焼き付いていた。

「送ってくれて有難う、じゃあ、行ってくるよ、夜は戸締まりを忘れずに、気を付けて……」

「貴方も気を付けて……」

短い会話の中に、今の心境が全て含まれていた。

高倉の中国行きに対し賛成とも反対とも言えない和恵の心情を考えると心が痛んだ。しかし応援はしないけど支援はしてくれていることを感謝していた。


よく晴れた初夏のある日、家の窓から見える公園の木々の新緑が目に沁みた。その向こうの空に白い雲が浮かんで空の青い色を際立たせている。

高倉は雲がゆっくりと動く様子を放心したようにぼんやりと眺めていたが、平和で静かな時間が過ぎ去るのを惜しむように深いため息をついた。大きな桜の木の中から小鳥が二羽、飛び出して青空に向かい高倉の視界から消えた。

ようやく思い立ったように妻和恵に向かって言葉を発した。

「母さん、もう一度中国に行って仕事をしたいけど、いいかな？」

高倉は傍で雑誌を見ていた和恵を振り返ってちらりと見たかと思うと、また外を見て、ぽつりと言った。

「えっ、二年間中国でやってきたけど、また？」

「うん、自分自身やり切った感が無いんだ」

「これからは家に居てほしいけど……」

「……」高倉は、上手く口に出せなかった。

「九十歳を超したおばあちゃんの介護もお兄さん夫婦に任せっきりだし、時々はお手伝いに行かないと義理を欠くわよ」

「そうだな〜、でもな……」

一、中国へ

高倉は、そう言われると返す言葉がなかったが、仕事への意欲を消し去ることは出来なかった。

「行く時は和恵も一緒に行こうか」

「私はいいよ、中国の生活には馴染めないし、話の出来る友人も居ないし、何かと不便なことが多くて、楽しむことが出来なさそうだから」

「そうか……」

「国内での仕事はどうなの？」

「国内の会社でこの年齢だと今までの経験を生かせるような仕事は殆ど無いんだ」

「……」

和恵は雑誌に目をやり、文字を追うような素振りをしたが気持ちの昂りを抑えられなかった。何と言ってよいのか次の言葉が出なかった。

高倉は和恵が日本の庭付き一軒家に一人残って住むことは大変寂しく不安が多いことはよく分かっていた。和恵の一人暮らしは既に中国に二年間行って経験していたが、更にまた、ということに対し和恵の心情も理解出来ていたし心配もしていた。

更に寝たきりになって兄夫婦のお世話になっている母の事も気掛かりであった。

父はもう二十五年前に七十三歳で他界している。

息子と娘の二人の子供もそれぞれ結婚して家を出て何とか普通の暮らしを送っている。特に娘の方は遠くに住んでおり里帰りも年に二～三回しか無かった。

「まだ心身も元気だし、仕事で自分の能力を試したいんだ、満足感や達成感を味わいたいんだ」

「……」

気丈夫な和恵ではあるが、良いとも駄目とも言えない心持ちで黙って窓の外に目をやった。

高倉は、仕事に対する自信はある、歳はとってもまだやれる、と思うとこのまま隠居生活に入り悶々と残りの人生を過ごすことに耐えられなかった。

「済まないけど、もう少しやらせてくれないか、このまま人生を終わりたくないんだ」

「どこまでやったら終わりになるの」

「相手が俺の仕事を認めてくれたら、それで満足できる」

「相手が認めるということはどういうこと？」

「例えば、契約途中で相手からの解雇通知を受けないこと、いつかの時点で相手から感謝の言葉が出る事などかな」

「そうすると、最低一年間はやるようだね」

「そうなると思う」

「貴方が行きたいならしょうがないね」和恵は諦め顔で重い口を開いた。今まで何事もそうであったが高倉の気持ちを優先して考える和恵の良いところが出ていたが、それは和恵の精いっぱいの反対の意思表示だったかもしれなかった。

「兄夫婦には悪いけど、年に数回の一時帰国した折は、お袋の所に必ず顔を出すから、もう少しの間兄夫婦に頼ることにするよ」

高倉は仕事への意欲を断ち切れなかった。


高倉はパソコンをもう一台購入し、中国と日本とでスカイプを使ったテレビ会話が出来るようにし、家には防犯灯や窓への二重ロックなど防犯対策を施し、少しでも和恵と高倉自身の二人の不安を取り除くようにした。

高倉は母や妻和恵そして兄夫婦に申し訳ないと思いながら、また和恵が中国に一緒に行ってくれたらいいのに、と思いながら中国行きの準備を粛々と進めた。

高倉恭汰郎は、日本の自動車会社、大日本自動車株式会社で長年品質管理関係の仕事に携わってきた。品質展開企画、設計品質、製造品質（部品品質、工程品質管理）、市場品質の対策、設計、製造へのフィードバック業務など、品質関連業務において、社内では超エキスパートと言われていた。

その自動車会社を定年退職し、一時は品質コンサルタントとして活動していたが、高倉の性格から、やはり製造現場に近い所で自分の能力を充分に発揮したいと思った。そして人材紹介会社の誘いに乗って、中国湖南省の大手産業機械メーカー太陽重工業有限会社（太陽集団）に日本人専門家として勤めた経験があった。しかしそこも、上位管理者の理解が得られなく辞めざるを得なくなって二年で辞めた。そして今回中国企業へ二度目の挑戦となった。

飛行機が朝鮮半島を横断し青島《チンダオ》空港に近くなると、三星機械有限会社（三星集団）はどのような会社なのだろうかと、思い起こされ期待と不安を抱いていた。

もちろん仕事そのものに対しては、充分やる気と自信はあった。三星集団についても事前にいろいろ情報は聞いていた。しかし中国企業で働くことに対し不安を抱くわけは、前回、初めて行った中国湖南省の会社でのあまり良くない前例があったからだ。

高倉は若干の不安を抱えながら、中国青島《チンダオ》空港に降り立った。機上から見た青島《チンダオ》市はかなりの大都市で海に面し緑もある美しい風景だと思った。

出迎えの通訳楊《ヤン》は二十代のどちらかというと色白の少し痩せ型で中ぐらいの背丈の青年だ。

「こんにちは、ご苦労さまです。私は楊《ヤン》です、よろしくお願いします」楊《ヤン》は流暢な日本語で語りかけてきた。最初顔を合わせた時はニコッとしたが、その後笑顔は少なく愛想もなく、真面目そうだが不器用な人間だなと感じた。

「こんにちは、高倉恭汰郎です、よろしく」と高倉は言った。運転手の雷《レイ》は「あっどうも」という感じでほとんど無言のまま高倉のスーツケースに手を伸ばした。「有難う」と高倉は言ってスーツケースを渡すと雷《レイ》はくるりと背を向けてそのまま歩きだした。運転手の雷《レイ》は頭を丸刈りにして太っていた。相撲取りが歩くように、腹を突き出して足も腕もハの字に広げるように歩いた。Tシャツによれよれのズボンで、仮にもスマートには見えなかった。

言葉がお互いにわからないので会話をすることは出来ないが、顔の表情、態度や仕草など、なにか表現の仕方はあるだろうと思いながら駐車場に向かって歩いた。礼を知らなくて無愛想な運転手だと思った。前回勤めた中国企業の太陽重工業有限会社の運転手と比べ、人の質にかなり差があるということだ。

「こちらです」

通訳の楊《ヤン》は駐車場の方向に歩きながら車が駐車してある方を手で示した。

「おっと、そっちか」

歩く方向が九十度異なった。高倉は言われるまま出口に近い方に足を運んだ。

駐車場は車で殆ど埋まっていて空きスペースは少なかった。

「この車です」

楊《ヤン》はトヨタの銀色のミニバン車を示した。

「おっ、この車か」と高倉は言いスーツケースを運転手に任せ車の中間席に乗り込んだ。

「やれやれ、迎えの者と出会えてほっとしたよ」

「そうですね」

車の前席に座った楊《ヤン》は言葉少なく言った。

青島《チンダオ》空港から高速道路を走り始めた。高速道路の両側には、ホテルや会社らしきビルやアパートなどが立ち並んでいた。遠くに目をやると、空は霞んでいた。水蒸気による霞みではないと直感した。これから行く日照市の空はどんな空だろうかと思いながら高倉は外を見ていた。

青島《チンダオ》市街地を十五分ぐらい走ると海に架かる何キロメートルもある長い橋に差し掛かった。海風を受けながら、遠くに霞んだ青島《チンダオ》市街や港を見ながら風景の良い海上ドライブを楽しんだ。橋を渡り海を抜けると周りはところどころ林があり、畑には大地に張り付いた低い野菜らしきものが植わり、低い灌木にも見えた。そんな感じの野原が波打つように果てしなく遠くまで続いている。高速道路の両側には背の高い十五〜二十メートルぐらいの高さのポプラか白樺に似た木が続いていた。

「あの高い木の名前、なんという木ですか」

高倉が通訳の楊《ヤン》に尋ねたが楊《ヤン》は「う〜〜ん、木の名前を日本語で何と言うのか解りません」と、通訳能力を恥じるように控えめに答えた。

時々そんなやり取りをしながら、二時間弱の時間を過ごしたが、運転手の雷《レイ》は無言でずっと前を見てハンドルを握っていた。

高速道路を降りて一般道を走る。いくつかの商店や会社の前を通り、バス通りを曲がると一般住宅ではなく道の両側が会社のような前を通り過ぎ五〇〇メートルぐらい行くと、ある会社の門に入った。運転手は片手を挙げ何か警備員に声をかけて守衛所をゆっくり通り抜けた。

すると五階建てのアパートが目に入った。三星機械有限会社（三星集団）の社宅だ。一番手前の棟から三番目の棟の横で車は止まった。

高倉は周りの環境もアパートの外観もまずまずと思った。

「ここは、以前、工場があったんです、その跡地にアパートを建てました」

「あっそう、それで、会社の正門や守衛所があったのですね、何の工場だったの？」

「電動バイクです、今は別の場所に移転しています」

「ふ～ん」

比較的綺麗な周辺環境より見て、高倉は工場跡地ということに対し特に何も言うことは無かった。

アパートの道路を挟んで西側にまだ工場の平屋建てが二棟残っているが窓から見る工場内は何もなく綺麗になっていた。

「このアパートは数年前に建てたばかりです」通訳の楊《ヤン》は周りを見回した。

比較的新しいアパートは横六～七軒の鉄筋コンクリート造り五階建てが五棟建っていた。

「一番手前、南から董事長とその家族、そして次の棟には会社の上位幹部の者が順に住んでいて家族もいれば単身の者もいます」

董事長といえば三星集団での最高権力者、日本の会社の会長か社長以上の位置づけの人だ。

「あっそう、すると、安本さんが言っていた董事長の娘さんもここの一番前、南の棟に住んでいるのですね」

「そうです、あそこですね」

楊《ヤン》は一番南の棟を見て指さした。

高倉は董事長の娘とは、一度事前面談に来た時に会ったことがあった。棟は異なるが近接したアパートに住むということに、私的な交流に期待を抱いた。そして顔や体型は分かっていたが性格など、どんな女性か興味が湧いた。

高倉と他の日本人二人の居宅はその三棟目の西端にあった。

「高倉さんの住まいはここの二階です、高倉さんの部屋の前は大隅さんの部屋です、一階は安本さんです」

楊《ヤン》は二階の方を指さした。

「そうですか、四階でなく二階で良かったよ、エレベーターが無いから四階だと年寄りにとって昇降が大変だからね」と高倉は情報として聞いていた四階空き室について思い出していた。

「あっそう、大隅さんも前の部屋ですか、すると前も下も日本人だと、悪い事ができないなぁ、はっはっはっ」

高倉は大隅の名前は聞いていたが部屋がすぐ前隣とは聞いていなかったので、思わず冗談が飛び出し笑った。

アパートの棟と棟の間は二、三十メートルぐらい離れていて、前の棟の駐車スペースがとってあり、高倉の部屋の前の空き地には比較的低い木々が手入れをした様子もなく自然の形で植わっている。草も生えている。部屋は南側なので明るく感じた。

楊《ヤン》と高倉は階段を上り二階の部屋を開けようとすると部屋の鍵は既に開いていた。運転手の雷《レイ》は、高倉のスーツケースを持って後に続いてきた。

「あっ、安本さん！　どうしてここに？　劉《リュウ》さんも？」

高倉がアパートの部屋のドアを開けると思いがけなく安本がそこに居たのでびっくりした。

既にこのアパート一階に住んでいる安本と安本の女性通訳劉《リュウ》が待っていてくれたのだった。

安本は既に在職している五人の日本人のなかでリーダー的存在であった。

通訳の劉《リュウ》も、高倉が事前面談に来た時に既に会っていて面識はあった。

「どうも、いらっしゃい、遠くのこんな田舎町までご苦労さまです」と安本は笑いながら言った。

「えーえ、来ましたよ、やる気充分ですよ！」

高倉も笑って応えた。

「高倉さんが心配していたところはすべて確認し清掃しましたよ」

安本は事前に部屋を確認し通訳劉《リュウ》と一緒に細かいところの清掃をしてくれたということであった。

「すみません安本さん、有難うございました。日本だと、入居前は管理者がちゃんとするものだから、私は会社に対して申し上げたのですが……、前回中国に来た時、湖南省の会社でのアパートの事があったものですから心配になって……」


それは約三年半前、太陽重工業有限会社（太陽集団）の系列会社、昭陽自動車有限会社へ赴任した時の事だった。

高倉が連れて行かれたアパート（日本で言うマンション）は、十階建てくらいの高級アパートと聞いていた。高倉が与えられた部屋は一階の西側の端にあった。二十畳ぐらいの広いダイニング、リビングルームに三畳ぐらいの広さのキッチンが付いていた。ベッドルームとトイレ一体シャワールームはそれぞれ二つずつあった。もう一つ部屋があったが、大家の家財道具の倉庫として使っていた。ドアにカギが掛かっていて、決して開けることはできなくてどうなっているのか中を見ることも出来なかった。

なんか、不気味な感じさえした。

リビングルームにはガラステーブルと茶色のレザーの三〜四人座れる大きめのソファーとテレビがあった。カーテンも付いている。キッチンに近い所には、食卓と四脚の椅子があった。ガスや電気も問題ない。一応生活できる。しかし、床は白い薄い大理石のような板をしきつめたものだったが埃が薄く光っている。キッチンは排気口が上階と共通のため、くさい臭いが鼻をついた。ドアの取っ手はべたつく、シャワールームの水洗ハンドルやシャワー金具などクロームメッキ製ではあっても水垢のような汚れがこびり付いていた。トイレも白い陶器に薄い黒っぽい膜が張っているように見えた。シャワールームの床には小さなゴキブリの死骸がある。一見して掃除が徹底してなくて汚いと感じた。

「もう少し綺麗なところはないの？」と高倉が言うと、品管部長の彭《ポン》は困った様子で声を絞り出すように言った。

「私が事前に確認しなかったのが悪かったです、他を探すにしても一カ月ぐらいはかかるし……、明日、再度清掃を徹底させますから……」

通訳の王《ワン》も低い声で弱々しく通訳した。

「このアパートの別棟には総経理も住んでいますので……、この町では一番良い方だそうです」

「ええー、これで……」と高倉は声をつまらせたが、次に「何とかならないかなぁ」と言ってみた。

「一年分の家賃を先払いして契約をしているそうです」と通訳の王《ワン》は言いながら、彭《ポン》部長の顔を見た。

彭《ポン》部長の顔は少し赤ら顔になって視線は安定していなかった。

「そうか……、しょうがないな、今日は取り敢えずここに寝るしかないね。もっと綺麗なところがあったら、探しておいてくれませんか」高倉は諦め顔で言った。

「直ぐには、難しいですが……」

彭《ポン》部長は、あまり気のりしてないような返事だった。

寡黙《かもく》な運転手はただ黙って我々のやり取りを聞いていた。

きれい好きな日本人と中国人との掃除の仕方、細かい部分への気遣い、綺麗度清潔度みたいなもののレベル差を悟った瞬間だった。

その後、家の外周ではネズミがうろうろしているのを見かけたり、ゴキブリが出たりして周辺環境も不潔で汚く感じた。他を探してほしいという高倉の要望もいつの間にか立ち消えとなり高倉は結局、一年間ここに住むことを強いられたという、三年半前の嫌な経験があった。

「劉《リュウ》さんも有難うございました」高倉は申し訳ないと思いながらお礼を言った。

「どういたしまして」と劉《リュウ》はにこにこして答えた。高倉は〈感じの良い女性だな〉と思った。

広い居間にはテレビやテーブル、ソファー、食事用のテーブルと椅子、キッチンには鍋、釜、包丁などがあり炊事も出来た。ベッドルームにはダブルベッドにシーツ類も新品ではなかったが洗濯されていた。高倉のまえも日本人が住んでいたと聞いて少し安心した。

トイレとシャワーが一緒の部屋（日本のビジネスホテルにこの間取りが多い）については、狭くシャワーが使いにくいのには閉口した。

「インターネットが使えるようにすぐに手配して下さい、それからテレビも」と高倉は、少し遅れてきた人事部所属の許《シュイ》部長に言った。許《シュイ》は日本人担当で、改善合理化業務を推進していると言っていた。

昨年日本人が初めて三星集団に来た当初、許《シュイ》は通訳もしていた。だから日本語もよく理解出来た。

「分かりました、テレビは今からセットします、インターネットは明日手配します」許《シュイ》部長は良い返事だった。しかし、〈明日は日曜日だから、次の月曜日だな〉と内心思ったが、高倉は声には出さなかった。

「インターネットの回線は来ていますが、ネット会社へ申請が必要ですから」

許《シュイ》部長は、日本人の採用からお世話まで纏めて面倒を見ていた。先にアパートの件でやり取りした石《シィー》の上司だ。

人事部日本人担当の石《シィー》とは何回かメールで確認してきた。前回の昭陽自動車有限会社のアパートの件で嫌な思いをした為、高倉は三星集団のアパートについてもかなりの心配をしていた。

「アパートの清掃状態、清潔感などを確認してから入居したい。従って赴任初日はホテル泊としたいがどうか」と高倉はメールで希望した。しかし、人事部日本人担当の石《シィー》からの返事は「それはできない、前例がない」というものだった。

「石《シィー》の意見を聞いてくれ」高倉は何度か訴えた。

そんなやり取りをしてきたが結局は、聞き入れられなかった。

そんな心配を抱えながら、中国青島《チンダオ》空港に降り三星集団のアパートまで来たわけであったが、幸いにしてその心配は安本の配慮で無くなっていた。

「有難うございました、取り敢えず住める状態だと分かって良かったです」

高倉は苦笑いして安本の顔を見た。

「中国人からすると、これがベストの状態だな」

そう言うと安本は部屋を見回し、そして外を見た。高倉が納得するように仕向けているようだった。

許《シュイ》部長がテレビに別物のユニットを取り付け、何やら調整するとテレビ画面が映し出された。

「テレビはこれで見ることが出来ます、また何かあったら言って下さい」

人事部の許《シュイ》部長は、背は高くはないが太り気味で人の良さそうな感じだった。

「中国のテレビを見ても何を言っているのか分からないけど映像だけでも見たいし、だいいち音が無いと部屋に居ても寂しいですからね」

高倉は、苦笑いして言った。

するとテレビ画面を見ていた許《シュイ》部長が思わず声を上げた。

「あっ、三星集団の本社が映っている！」

それは、本社正門の前で、二十人くらいの人達が何やら抗議しているかの様子だった。門から中に入ろうとしている人達を警備員が必死に阻止している様子だったが、高倉には言葉が分からないので何を言っているのか、理解できなかった。

「何で騒いでいるの？」

高倉はただならぬ事態だと察した。

「三星集団が製造した四輪中型トラックのアクスルシャフトが市場で折損し大事故になって、運転手や周りに居た人達まで巻き添えになり死亡したという事故が先月立て続けに二件ありました。更に、アクスルシャフトの折損が原因で事故を起こし怪我をした人が、今年から今までに十一人いるらしいです、死傷しなくても車が大破し修理費や仕事の補償を求めているんです」

「えっ、そうなの？　そんな話は聞いてないですよ」高倉はテレビに映っている騒動を驚きとともに嫌な気分で見ていた。

「俺も初耳だな」傍にいた安本も驚いた様子でテレビ画面にくぎ付けになった。

アクスルシャフトはエンジンからの駆動力を車輪に伝える為の鋼製の軸だ。従ってこのシャフトが折れるということは、車として走れなくなるし、場合によっては重大事故にもつながる、というより実際にもう起きている。

「会社も、未だにアクスルシャフト折損の原因が分からず、ましてや対策も出来ていないし、事故との因果関係もはっきりしていないので死傷者や車の補償などの話し合いに応じていないのです。その抗議だと思います」

「そうだったのか、日本だとリコールだな。中国にもリコール制度はあると聞いているが、実際に中国の会社がリコールを実施したということは聞いたことないな……俺だけかな？」

高倉は今、三星集団は経営をも揺るがす重大な事態に直面していると感じ取った。

テレビの中の騒動で、抗議している人達は数人の警備員に門外に押し戻された。警察官も十名ぐらい居るが、警察官は直接手を下していないようだ。泣き叫んでいる年配の女性をテレビカメラは拡大している。

レポーターはマイクを片手に何やら話していたが、直ぐにテレビ画面から消えた。

「高倉さんに今回三星集団に来てもらって良かったです。市場で数百台も不具合が出ていて解決できなくて困っているのです」

許《シュイ》部長は予期せぬテレビの影響で品質問題について話さざるを得なくなっていた。

「あまりにも大きな問題で、市場に対する影響や、政府への説明など董事長も困っているので、社内的にも関係者以外への情報伝達は控えているようですよ」

許《シュイ》部長は日本の会社で数年間働いたことがあるということで、日本人を信頼しているような口ぶりだった。

「あっそう、高倉さん！　早速大変な課題を背負わされるようですね、今後会社はどうしようとしているのかね」

安本はけげんな顔をして許《シュイ》部長に聞いたが許《シュイ》部長はそれ以上詳しくは語らなかった。

「まあ、どうなることか、まず品質管理部長の話を聞いてからですね」

アクスルシャフトが折れるなんてことは重大問題だと理解していたが、死傷者まで出ているということはただならぬ事態だったのだ、しかし百戦錬磨の高倉は努めて落ち着いて見せた。

「来たばかりで何かと準備があるのに、いきなり重大問題じゃあ、高倉さんも大変ですね」

安本はそう言いながら、まだ実務の前の準備があることを示唆した。

高倉は、やっとアパートに着いて、部屋の中も綺麗であることを確認し、ほっとしているところであり、まだ仕事について考える余地は無かった。

「ところで、アパートのお掃除とかベッドのシーツの洗濯とかは、誰かにお願いできますか」高倉はハウスキーパーについて聞いた。

「会社としては手配しませんが個人的に頼むことは出来ると思います」

許《シュイ》部長は会社としては、ハウスキーパーは置かないとのことだった。

「誰か、いませんかね。一週間で一回か二回来てもらえるような、一回百元から二百元ぐらいでどうでしょうか、年齢は問いません。とはいえ、やっぱり若い方が良いですね」

「そうですか、探してみます」と許《シュイ》部長は含み笑いを浮かべ言った。

「あっ、それから日本語が少しでも話せる人ならベストですね」

「分かりました。多分いると思いますよ、少し待って下さい」

許《シュイ》部長の顔は変にニヤニヤしている。

高倉は、期待して待つことにした。


そもそも、高倉がそうまでして定年退職後にまだ働きたいと思うのは、定年退職前の状況に遡らないと説明できない。

高倉の現役時代の仕事はかなり厳しいものだった。大日本自動車株式会社は創業者の強力なリーダーシップによって第二次大戦後急速に成長した会社だ。

昭和三十年代後半に四輪車の生産を本格的に始めたころは、健康体なら誰でも採用された時代だ。そのころ入社した、元気で勢いのある者たちが現場の班長になりそして管理職になっていった。

そのような者の中には、工場の経営を担う者も出ていた。従って工場経営者などの上位管理者の中には、現場あがりの親分肌で声の大きさで出世した人もいた。自分で事の方向性や考え方を示すのではなく、部下や仲間にただただ怒鳴り散らす指導者はどこの世界にもいる。そんな上司がこの会社にもいた。

高倉の周辺で、上司のいわゆる、パワーハラスメントに耐えられなくて自殺した管理職もいた。

「えっ、山川さん自殺した！　どうして？」

高倉は仰天した。

「だいぶ仕事で悩んでいたらしいよ。あの部長はしつこいからね、管理職だと組合員じゃないから無理難題を押し付けていじめるのさ」

山川と同じ課の同僚は自分も被害者の一人だと言わんばかりだった。

「あの部長なら有り得るね、実は私にもいろいろ注文を付けてプレッシャーをかけてくるんだ。俺たちはプロジェクトで仕事をしているが部門長の言う事も聞かなければならないから、悩むことは多いよ」

「そうか、しかし誰もあの部長に意見を言える人がいないのだよ」と言ったその同僚は諦め顔だった。

「ただ声の大きさだけで部下を使おうとして、管理能力も無く性格も悪い者をいつまでも管理職の座に据えておくなんて、会社もどうかしているよ、世間に対し大日本自動車の恥だよ」

高倉は山川に対する同情と会社への怒りを覚えた。

しかし、そんな自殺話は社内では超機密事項になって葬儀の日取りなどの通知も全く無く、闇に葬り去られた。

　定年をあと数年に控えた時期に転勤、転属を命令され変わった職場の仕事に付いていけなくて、定年を待たずして退職を余儀なくされた人もいた。

「高倉さん、私はずーっと検査や試験の現場を四十年近く走ってきたので今更企画のような机に座った仕事はできないよ」

「そうですね、品質企画のような仕事は品質関連業務の幅広い経験知識が無いと難しいですね。ましてや品質プロジェクトリーダーはね、この際上司に相談してみたら」

「相談に乗ってくれますかね、多分ダメでしょうね」

「真剣に相談したら何とかしてくれると思いますよ。現に中山さんは元の職場に戻りましたよ」

「あっそう、そうだね、……相談してみるよ」

　そう言っていた、その彼は、それから一カ月後誰知るともなく会社から去っていった。

「中山は上司とゴルフ仲間だったんだ。会社を辞めていった彼はその上司と従来からの面識もなく趣味も合わずいわゆる、そりが合わなかったと聞いたよ」

　中山の同僚は辞めていった彼に同情しながらも人間関係の現実を語った。

　会社の意地の悪さが露骨に出ていた。

　仕事の進め方が悪いということで事業所長から「お前なんか辞めちまえ」と怒鳴られ、誰にも相談できず泣く泣く会社を去っていった友人もいた。

「そこまで言うか、いくら労働組合員でないとしても、卑劣極まりないじゃないか！　あの事業所長は、適正に部下を指導出来なくて、かつ特異な性格の持ち主ということはみんな分かっているのではないか、そんな管理者を重用している会社はどうかしているよ！」

高倉は力になれない事を恨めしく思い、他人事ながら怒りがこみ上げてきた。また定年を待たずして癌で亡くなった人は何人もいた。仕事に追われ癌の早期発見が遅れた。以上の人たちは殆ど管理職という肩書きを持っていた。むろん管理職でない人もいたが、労働組合にも相談できなかったし、頼れなかった。皆高倉の知人友人であり、第二次大戦後の高度成長時代を支え貢献してきた、いわゆる企業戦士と言われた会社人間ばかりだった。

そのような実態から特に気の短い高倉は、上司に対しても、部下に対しても口の利き方から態度まで常に冷静に対応し、一生懸命仕事をしていることの誠意を示し、嫌な上司と思っても報（告）連（絡）相（談）をこまめに実行した。それは上司に対してゴマスリではなく、上司の立場に立って考え、上司の気持ち、考えをおもんぱかってのことだった。

そうした対応を心得てきたが、所詮ガキ大将上司とは馬が合わなかった。

高倉は定年退職まで何とかやり遂げたことが一番嬉しかったし、幸せに感じ誇りにも思えた。定年前の無意味な転勤転属などは無く会社としても高倉を最後まで必要とした証しでもあったからだ。

高倉は厳しい現役時代から考え「仕事はやり切った、これからはもう仕事はしない」と公言していた。しかし一方、頭を押さえられていた現役時代からして自分の能力はまだ充分出し切れていないと感じていた。

〈日本企業ではなく中国企業なら自分の能力を出せるのではないか、そして認めてもらうことができるのではないか。そうだ、相手が俺の仕事での力を認めること、これが自分の目標であり満足感の達成だ〉

一回目の挑戦ではまだ、自分に満足していなかった。そして今回二回目の挑戦となった。

高倉は仕事が出来ることに不安を抱きながらも心躍るものを感じていた。

＊一回目中国企業（太陽集団）での経験

高倉は中国二回目の三星集団に赴任するにあたってアパートの心配もあったが、仕事面でもかなり不安があった。仕事を遂行するにあたってこちらのやり方考え方が理解されるのだろうか、中国人上位管理者とうまくやっていけるのだろうかなどだ。

以前働いていたことのある湖南省の太陽重工業は、太陽集団として産業機械部門では中国でも一、二を争う大企業だ。トラクター、ブルドーザー、コンクリートポンプ車、路面ローラー車などを製造販売していた。中国各地にいくつか系列会社や工場を持ち、従業員も五万人を超える。営業収入は一兆円を超す。

また高倉が勤務した系列会社の昭陽自動車有限会社だけでも二千人以上の従業員を抱えた大企業だ。ここでは月産数千台のコンクリートミキサー車を製造していた。今回の三星集団と比較しても、ひと回りもふた回りも大きい会社だ。

しかし会社の規模が大きいことと会社業務の管理運営状態が素晴らしいということとは違う、ということを高倉は後々、思い知らされた。

個々の通訳や運転手、人事担当などの人の質は高かった。大企業の一社員というプライドを持っていて、日本人に対する応接態度もマナーも良かった。服装も上は白いYシャツに黒色系のスラックスに統一されていた。気持ち良いものだった。

契約期間の一年が近くなったころ高倉は昭陽自動車有限会社の劉《リュウ》総経理に申し出た。

「仕事の面で自分の意思を部長たちが理解を示してくれないし、言うことも聞いてくれない。聞いてくれても行動に結びつかない、だから私の役責が果たせない」

更に高倉は続けた。

「生活環境も、大都市長沙から二百キロメートルも離れている田舎の町ではいろいろな意味で、特にアパートや周辺の街の清潔感、食事の問題など私にとってはかなり我慢を強いられています。従って、契約を一年で終了したい」

高倉の申し出に対し昭陽自動車有限会社の劉《リュウ》総経理の返事は意外なものだった。

劉《リュウ》総経理は、小柄な体格だったが痩せ型で顔はこけて五角形で五十歳ぐらいだった。黒い髪を小ざっぱりと刈り上げ、歩き方やものの言い方もてきぱきしていて元気が感じられた。

「昭陽自動車有限会社は、第二工場を太陽集団本社の在る長沙市近傍に現在建設中なので、来年からそちらへ行って仕事をしてもらったらどうか……そして、仕事面では高倉さんの思うようにやっていい、言うことを聞かない者への罰則権限も与えます。向こうへ行けば、生活面でもいいでしょう。私は高倉さんにこの会社に居てほしい」

太陽集団本社の在る大都市長沙には同じ太陽集団で働いている日本人が二十名いる。その人たちとの交流も出来る。罰則権限を日本人に与えるということは相当の好条件ともとらえられる。高倉の意志は揺らいだ。

通訳の王《ワン》も仕事は真面目によくやってくれている。また中国人の一般の社員達は、みんな愛想が良くて、好感が持てた。

劉《リュウ》総経理は高倉の要望など、今までかなり言うことを聞いてくれた。高倉の妻が中国を訪問した時も劉《リュウ》総経理自ら歓迎食事会を開いてくれたりした。他の日本人専門家は、経験してないことだった。

「分かりました、劉《リュウ》総経理のおっしゃるとおりにします、もう一年頑張ります」

「そうしてくれると嬉しいです、第二工場でも頑張って下さい。アパートなどの生活環境も要望があったら言って下さい」

劉《リュウ》総経理はそう言って喜んで握手を求めてきた。高倉は結局更に一年延長し二年間この太陽集団昭陽自動車有限会社で勤めることになった。

アパートも長沙市に引っ越した。何軒かのアパートを見て回って、生活上の便利さや室内の清潔感などを見て決めた。今度のアパートは三十二階建て、建てて一年ぐらいだった為、室内も綺麗だった。三十階から見る景色は良かった。周辺の街並みや環境も比較的綺麗だった。まずまず納得出来るところだった。

アパートの賃料も規定以上だったが、それも会社負担ということで劉《リュウ》総経理は認めてくれた。

長沙市の第二工場に移って三カ月ぐらいたったころ、昭陽自動車有限会社の劉《リュウ》総経理が代わってしまって、別の総経理呂《リュイ》が赴任した。呂《リュイ》総経理も日本人専門家への理解はあって、いろいろと仕事を依頼してきた。しかし、日本人が指摘なり指導したことがどう変化したかというとなかなか見えてこなかった。

そうこうしているうち数カ月が経ったら、また総経理が代わった。この陳《チエン》総経理は高倉を含め日本人専門家に対する理解が乏しかった。

総経理と言えば、日本の会社では社長か若しくはその事業所の最高責任者にあたる。従って総経理の理解を得ることは、日本人専門家にとって大変重要なことだった。

高倉は第二工場に来て、それなりに実績も上げた。高倉の指導を望んでいる若い二人の中国人の育成で不良対策の進め方を教えた。

王妙《ワンミョウ》は外注部品の受入れ検査員を二年半、二十四歳男子、物言いは静かだったがやる気は感じられた。もう一人は肖麗珊《シャオリーシャン》二十一歳女子、溶接現場で一年、その後溶接検査員を一年やってきたということだった。従って入社歴は二年。アーク溶接やスポット溶接の火花が飛び交って煙や埃がむんむんする中で、若い女子が、東京の銀座、原宿あたりを歩いているような、そんな可愛い子が責任感や使命感を強く感じさせ、溶接された大きな製品を検査している。

そんな若者達は生き生きしていて美しかった。若い力を感じさせた。高倉が特に指導した二人はその行動と不良率低減の実績から日本人専門家指導生大会で一等になり会社から表彰された。高倉の鼻も高かった。

また工場全体の品質に対する緊張感も高まり品質優先の考え方も浸透してきた。

ある朝、女性通訳の李《リ》篠風《シャオフォン》が高倉に話しかけてきた。

この時期、高倉の主なる通訳も男子の王《ワン》から女子の李《リ》に代わっていた。王《ワン》はサポートに回っていた。

「高倉さん、昨日工場長と品質課長が喧嘩したって、知っていますか」

「え～、聞いてないね、喧嘩の原因は？」

「昨日の午前中ですが、品質不具合が残っている車を出荷させようとして、工場長が品質課長に出荷させることを指示したら、品質課長はまだ品質不具合が直ってないから駄目って拒否したらしいです」

「品質課長として、それは当然の判断ですね」

「そしたら、工場長と品質課長とが言い争いになって、工場長が品質課長の足を蹴ったということです」

「それはまずいね、従来は品質問題が少しぐらいあっても出荷を優先していたらしいが、品質課長としては、やはり品質優先の考え方を貫いたということだね」

高倉は喜んでいいのか、嘆いていいのか複雑な心持ちだった。

「それで、工場長の方が上位管理者ですが先に手を出したということで工場長はすぐに左遷させられ、今日はもうこちらには出社していません」

通訳の李《リ》は高倉の机の横に立って、衝立越しに十メートルくらい離れた人事担当者の方向を時々見て話していた。

このような事は従来から決して聞いたことはなかった。品質優先の考え方が浸透してきた証拠でもある小事件だった。因みに完成車品質課長は高倉と一緒に仕事をしており、週一回完成車品質検証会を主催していた。

しかし当初の劉《リュウ》総経理もいなくなって、仕事のやり難さも残っていた。

「篠風《シャオフォン》、先日陳《チエン》総経理にメールで業務報告したけど、何か返事は来ましたか」

高倉は通訳の李篠風《リシャオフォン》に聞いた。

「いいえ、何もないです」

「そう、前回も、前々回も業務報告していても何も反応がないね」

「そうですね、おかしいですね」

「何もないと、やっていても空しくなるね」

「忙しいでしょうか」

李《リ》は高倉に気を遣った。

「じゃあ、今度は必ず返事を貰うような書き方をして送ってみよう。そうだ、王妙《ワンミョウ》と麗珊《リーシャン》の件を報告して何か意見又は指導を伺ってみるか」と高倉は言い、文書をしたためた。

通訳の李《リ》は何時もやっているようにそれを中国語に翻訳して陳《チエン》総経理にメールした。

しかし、それに対して、数日たってもメールの回答など何のリアクションも無かった。

「こんなんじゃやってられないよ」

高倉は空しさと同時に怒りさえ覚えた。

李《リ》は黙ってうつむいていた。

「陳《チェン》総経理は私に対して意見や要望など、どうしてほしいのか、全く意思すら表さないのではないか、どのようにして私を評価するのか」

高倉は陳《チェン》総経理とコミュニケーションが取れない事を嘆き悩んでいた。

高倉と同じ時期に第二工場に転勤した伍《ウー》副総経理とも高倉が主催した品質内部監査の時に意見対立した。高倉はこのクラスの人間にも意識改革が必要だと思っていた。しかしその伍《ウー》副総経理もしばらくして照陽市の第一工場に戻ってしまった。


董事長が使用するというヘリコプターがパタパタと爆音を鳴らし近くのヘリポートに降りてくるのを窓越しに見ていた高倉は独り呟いた。

「太陽集団の董事長をはじめ各事業所、系列会社の総経理は日本人専門家について何を考えているのか、聞いてみたいよ」

三年目契約の一カ月前、第二工場に来た陳《チェン》総経理を捕まえ契約の継続可否について話し合いを申し出た。既に高倉は完全に意志を固めていた。

広い会議室で、高倉と陳《チェン》総経理はお互いに椅子に横座りして対面していた。通訳の李《リ》は高倉の左隣に椅子を持ってきて座った。

「私がこの第二工場に来たわけは、当時の劉《リュウ》総経理との話し合いの結果です。しかし今年で契約終了としたいです」

高倉は座るや否や単刀直入に切り出した。

すると陳《チェン》総経理は驚いた様子も困った様子も無く言った。

「高倉さんは、研究所、工芸（生産設備など）研究所、品管部、製造部などからの評価は高いですね」

陳《チェン》総経理の顔色の変化は、高倉には見て取れなかった。

「そうですか、自分ではまだまだと思ってはいるのですが……」と高倉は少し照れながらも複雑な心境を覗かせた。

「高倉さんの意思を尊重します。高倉さんの意思どおりでいい、継続したければそれでもいいし、終わるというならばそれでもいい」と言い、陳《チェン》総経理は椅子に横座りに座ったまま相変わらず顔色も態度も変えず高倉の顔を見た。

しかし高倉の辞める決心は変わらなかった。

「契約期間完了までまだ一カ月ありますが、責任もって最後までやり切ります」高倉はそう言いながら、更に「有難うございました」と最後のお礼を言って席を立った。

話は十分程度で決まった。すがすがしい思いであった。それまでに同じ日本人専門家が三人、会社側から一年で契約終了を言い渡されたことを考えると高倉は自らの意思で辞めたということが内心誇りに思えた。また、中国企業で日本式の仕事の仕方、システムの導入、日本人の働き方、考え方、特に品質に対する意識、心を取り入れることがいかに難しいか、よく理解でき良い経験となった。

「私は、次の契約更新が二月ですが、今回限りで退職することにしました。今まで皆さんと仲良くやってきましたが、残念です」

高倉は退社が決まったのち、一緒に仕事をしてきた中国人の従業員たちに挨拶をした。日本塾という日本式品質管理を小グループで講習会を実施し、また実務指導してきた者たちもいた。特別に指導した若い二人、工場内の品質改善を指導し不良品撲滅活動を一緒にやってきた現場の班長組長たち、みんな驚いた様子だった。

「どうしてですか、もっと居てほしい」と誰かが言った。

「私が今迄皆さんと一緒にやってきたことが総経理や上位管理者にどれくらい理解されているのか分かりません。全然コミュニケーションが取れないのです。だから私はこれから先のやる気を失っています」

「でも高倉さんは、我々によく指導してくれています、なぜですか？」

「中国まで来て、会社の総経理や上位管理者とのコミュニケーションが取れなくてその存在感を失ったら、辞めるしかないですね」

高倉は、やるせない気持ちだった。

通訳が王《ワン》から代わりまだ経験の浅い女性の李《リ》は、高倉の言葉、気持ちをどのように表現していいのか、発する言葉に詰まっていた。

高倉はやりきれない思いで言った。「皆さんが日本に来る機会があったら必ず連絡して下さい、そしてまたいつか会いましょう」

高倉は複雑な心境の中にも自ら辞めたという誇りは抱いていた、そして胸を大きく張った。

〈総経理や上位管理者の思惑と一般従業員の俺への思いは違っているということだったのだろうか……〉

このような過去の経験から、今回二回目の三星集団での仕事を遂行するにあたってこちらの意思が上位管理者に理解されるのだろうか、また、うまく進められるだろうか、仕事の進め方や中国人との接し方などいろいろなところでの不安が少なからずあった。

この後、三星集団で仕事を始めると、その不安も現実のものとなって、高倉に次々と降りかかってきた。


三星集団に限らず昨今の中国企業は、特に製造業において製品品質をもっと向上させたいという願望を抱いている。従って、どのようにして品質を向上させるかという手段は日本人の専門家を雇い、日本式品質管理を真似ることで達成しようとしている。しかし目に見える製造工程管理や品質システムのようなハード的なやり方を真似しても品質意識を改革しないと品質は向上できないことを高倉は以前に勤めた中国企業の太陽集団で既に悟っていた。

〈お金を貰ってやるからには、三星集団という会社の為というよりその先に居るお客様の為に徹底してやるぞ、最終目標は市場品質問題の低減だ、限りなくゼロに近づける、その〝品質の改善〟の為に何が出来るかだ。そして、ハード的な対策より品質意識のようなソフト面の対策を重要視する俺のやり方を相手がどのように捉え評価するかだ。そのような仕事のやり方を会社が認めること、言ってみれば高倉式品質管理が何処まで通用するか、これが俺自身の目標であり満足感の達成だ〉

高倉は、内に秘めたる覚悟があった。

二、新職場でのスタート

＊日常の始まりと初対面の面々

三星集団での勤務が新たにスタートした。今日は九月二日月曜日だ。

空は晴れていたが茶色か灰色に近い薄い空色ですっきりとした感じはない。

青島空港《チンダオ》に降り立った日と同じような空だ。

アパートに到着したのは、土曜日だった。従って翌日、いわゆる昨日は日曜日で会社は休日だったので、高倉は安本の案内で最寄りのスーパーマーケットへ行って、当面必要となる、日用品などを買い込んだ。夕飯は安本と二人で、日照市で一、二軒しかないという日本食のレストランで食事をとった。特段美味しくはないが、日本食が食べられることが嬉しい。今後、何回もここへ来ることになるのではないかと日本食への依存を予感した。


月曜日、通勤用送迎車が朝七時にアパートに来た。

車は、ミニバンのトヨタエスティマだ。七人乗りで、日本人送迎専用車だそうだ。

一昨日、青島空港《チンダオ》へ出迎えに来た時の車だ。

「おはようございます、今日からよろしくお願いします」高倉は車内に既に乗り込んでいた日本人二人澤田、坂井両名に対して挨拶をした。澤田と坂井はホテル住まいの為、先にホテルからこの車に乗っていた。

このアパートから一緒に乗る安本と大隅には乗車前に挨拶は済ませ、少しの情報交換をしていた。

「おはようございます、こんな所までよく来ましたね」澤田が後部席から笑いながら言った。「来てしまいましたよ」と笑い高倉は後部席の澤田、坂井を見ながら二列目右寄りのシートに座った。

坂井も笑顔になっていて、「おはようございます」と落ち着いた感じだ。

安本はトヨタ式生産方式の専門家だった。大隅は、品質専門家として赴任していた。特にシックスシグマの専門家で、毎週一回講座を開いているとのことだった。シックスシグマとは、もともと統計用語で百万回に三・四回ある事象が起こる確率のことで、これを企業の生産工程に応用し、不良品の発生率を百万個につき三・四個未満に抑えようとする品質管理手法のことだ。

澤田は日本の農機具メーカーより開発設計専門家として赴任していた。坂井は生産技術屋だった。

皆それぞれに専門分野を持っていた。

頭を丸刈りにして太ったTシャツの運転手雷《レイ》は、空港に迎えに来た日と変わらず何も喋らない、挨拶らしい言葉はあったかもしれないが聞き取れなかった、なんとなく頭を動かしたようには見えた。単に無愛想なだけでなく人格的にも問題があるのではないかと感じた。

車は街並みをすぐに抜けると交通信号機が一カ所も無い一本道を北に走った。日照市のアパートから三星集団の本社までは車で約三十分だ。アパートは市街地の少し外れたところにあるため、アパート周辺は他のアパートや工場、商店などがあるが五分も走ると、道路の片側は家があっても、もう片側は工場用地や、遠くには雑木林がありその周辺には畑が広がっている。また、低い灌木の中に高層アパートの建設エリアが広がって、さらには、遠く地平線の彼方まで見通しが利くような丘陵大地そのものを感じさせる風景だ。高い木は道路沿いに連なって植えられていた。

車の中は、男ばかりで会話は少ない。しかし坂井は、会社に対する不満や意見を言った。

「この会社は、自分たちでやろうとしない、改善を提案しても実行に移せない、それに総経理が何を考えているのか分からない、指導力がないのではないか」静かな口調だが言っていることはかなり厳しい。

「そうですか、でも中国の会社って、大体そんなものでしょう」

高倉は二度目の中国なので、少し知ったかぶりして言った。

他の人は黙って窓の外を見ていて何の反応もない、なんとなく陰湿な雰囲気だ。

人間何人か寄ればその中に一人ぐらいは変わった人はいるものだ。仲間に入れないとか、考え方が外れているとか、意地が悪いとか、何かある。ましてや皆六十近い、あるいは六十歳を過ぎてから、中国という異国でやろうとしている人達だ。中国という生活環境や言語の違いは当然のことながら、人間性や習慣など日本と全然違う異国でやろうとする人たちで、普通の人には勤まらないということも言えるのかもしれない。

坂井は、足が弱っているらしく歩く時は杖を使った。歩くたびに肩が右に傾く癖があり、歩き難そうだった。

高倉は同情心が湧いた。しかし、いつも不平不満を言っている坂井を嫌っている人もいた。

「坂井さんは、いつも会社や人に対する文句ばっかりで、面白くないよ、みんなで食事やカラオケに行こうと言っても、一度も来たことないし、最悪だよ」坂井が車から降りた後で、同じホテル住まいの澤田は言った。

「皆に合わせられなくて、付き合いの悪い人はたまにいますね。でも三星集団の日本人に対する接し方や対応の仕方などは問題ありそうに感じるけど……」

高倉は此処へ来てわずか一日、二日であるが印象を遠慮気味に語った。

「それにしても、坂井さんは文句や愚痴が多いよ」

澤田は坂井に対し、決定的に嫌悪感を持っていた。

高倉は青島《チンダオ》空港に降り立った時から三星集団の日本人に対する扱いに疑問を持ち始めていた。それは、中国に来る前の人事部日本人担当の石《シィー》の対応の悪さ、運転手の礼を知らない態度、出迎えに品質管理部の管理者がいない事など、嫌な雰囲気を感じとっていた。前回の太陽集団では、品質管理部長が花束を持って空港に出迎えに来た程で日本人専門家への対応なり接し方にかなり差があった。

だから、坂井の文句や愚痴も理解できるところがあったが、今日は出勤初日ということもあり、高倉は坂井の肩を持つような自分の意見をストレートに言う事を避けていた。

朝食は会社の食堂で一般従業員と同じだ。

社員食堂は本社ビルの北側四〇〇メートルぐらい離れた所に在った。

「朝は一般従業員と同じ場所だけど、昼食はこの建屋の二階で部長以上の食堂になるから……」と、安本は説明してくれた。

「毎日同じようなもので、飽きるね」並んでいる食事を見て大隅が言った。

「そうですね、でも何か食べないと腹が減るしね、昼食まで持たないし……」と高倉が言うと安本、大隅、澤田がうなずいた。坂井はここでの朝食を最初からとっていなかったそうだ。

牛乳コップ一杯、何が入っているか分からないがドロッとしているスープ、ゆで卵か焼き卵それに小麦粉を平たく焼いたようなもの、時々麺やお粥など、こんなものだった。

粗食だ。

高倉は牛乳を好きではなかったので今まで殆ど飲んだことは無かった。

しかし、他に気の利いたものが無い状況では飲むしかなかった。コップ一杯の牛乳を少しずつ、その都度息を止めて飲み込んだ。

スープは口にしなかった。

高倉はこんな食事が今後毎日続く事を考えるとぞっとした。

食事を早々に切り上げると、また四人は車でそれぞれの職場へ送り届けられた。大隅は汽車（四輪中型トラック）事業部、澤田は、開発設計専門家なので農業装備事業部の研究院へ。

車で一、二分の所だ。

安本は本社ビルに席を置いていた。高倉も本社ビルの中の品質管理部に席を置くということは聞いていた。この本社ビルが三星集団の本拠地となっていた。安本と高倉を乗せた車はその本社の守衛所を抜け、正門玄関前に止まった。守衛所から玄関までは一周一五〇〜二〇〇メートルぐらいのロータリーになっていて、ロータリーの中は、バスケットコート四面は充分とれる程の広さで石板が敷き詰められ、バスケットのゴールポストが二基置いてあった。

周りは、背の高くない木やツツジのような低い花木が手入れをされ植えられていた。本社の建屋は横六、七十メートル、奥行き二十五メートルくらいの七階建ての石造りでちょっとした御殿か城郭のような立派な建物だ。建屋内の壁、柱、床は全て大理石の石板張りで綺麗だ。

細かい所の施工は雑な個所も見られるが、概して立派な造りだ。

「私の居場所は、二階で正面から入って右、東棟だ。高倉さんの部屋は西棟三階の品質管理部の中と聞いています、一番西側奥ですね」と安本は説明した。

「これから品質管理部に一緒に行きますから」と言って安本は高倉に先立って三階への階段を一歩一歩確認するように上って行った。

安本は、高倉を三階の会議室に案内したが、そこには十五、六人くらいの人が集まっていた。

その中に空港で出迎えた通訳楊《ヤン》の顔もあった。

楊《ヤン》は高倉の顔を見るとすぐに挨拶をした。

「おはようございます」

「あっ、おはようございます、一昨日はお迎え、有難う……」

高倉が礼を言うか言わないうちに、楊《ヤン》は「今後通訳の主体は、謝依霖《シェイーリン》がやりますから……」と、女性を紹介した。彼女は顔も体形も細みで髪は肩の後ろまで伸ばし、長く薄く茶色がかった髪を後ろで一つに縛っていた。身長は百六十センチメートルくらいですらっとしていた。

「よろしくお願いします。謝依霖《シェイーリン》です」

「あぁ、よろしくお願いします。高倉です」と言ったものの、〈通訳は二人いるのかな?〉と思いつつ、笑顔ながらも緊張気味の通訳謝依霖《シェイーリン》の顔は女性らしく少し可愛く見えた。

〈この女子となら、これから仲良くやっていけそうだし何か楽しい事があるかな〉と思い期待した。

そんな高倉の期待やちょっぴり卑猥な欲望をかき立てるには充分な見た目の女性だった。

会議室には、品質管理部長、品質管理課長をはじめ品質管理課のメンバーが十三、四人くらい席についていた。安本は、「日本人専門家の高倉恭太郎さんです。今日からです、皆さんよろしく」と簡単に紹介すると、「じゃあ、あとよろしくね」と言って会議室を出て行った。「あっ、有難うございました」と高倉は安本を顔で追って少し慌てて言った。

通訳の謝《シェ》は、最初に品質管理部長を紹介した。

「品質管理部長の孫建華《ソンジュンファー》さんです」

「よろしくお願いします」と孫《ソン》部長は笑顔を浮かべながら握手を求めてきた。

「高倉恭汰郎です、今日からよろしくお願いします」と高倉は言いながら、握手をした。

孫《ソン》品管部長は、年齢五十歳前後、西欧系の顔をした中国人だ。柄物のYシャツに作業衣風のグレーのスラックスで、思ったよりラフな格好だった。

〈部長らしくないな〉高倉は内心思った。

「これから品質管理課のミーティングなので、取り敢えずミーティングに出てもらって、終わったらまた話しましょう」と言って孫《ソン》部長は会議室を出て行った。

次に「品質管理課長の李君《リジン》です」と謝《シェ》が紹介すると、李《リ》品管課長は作り笑いか照れ笑いを浮かべながら「よろしくお願いします」と言った。その他のメンバーの一人ひとりも通訳の謝《シェ》が名前を言いながら紹介した。

そして、高倉は最後にもう一度そこにいる全員に向かって「皆さんと一緒に仕事をしましょう、よろしくお願いします」と挨拶をした。

この場は、品質管理課の朝のミーティングの場だったらしく、李《リ》課長からひと通り伝達事項が終わると他のメンバーは自分の席に戻った。

朝礼が終わると、李《リ》課長から今後についての説明があった。

「品質管理部が何か施策を提案しても、他部門の協力が得られない。新機種の開発の流れが決まっていない。サプライヤー品質が弱い。工程品質は各事業部（工場）の品質管理課がやっている。品質システムやアフターサービス体制も弱い、日本のシステムを学びたい」などなど多くの事や品質管理部の現状を話した。

高倉は聞きながらメモを取った。

さらに李《リ》課長は言った。

「サプライヤーとの飲食は禁止です」

それを聞いて高倉は一瞬〈おっ！　来たな！〉と思った。そのことは、悪い噂を既に聞いていたからだ。サプライヤーというのは、一口で言えば外注加工会社の事で、協力会社だ。俗にいう外注メーカーの事をここではサプライヤーと呼んでいた。

高倉は内心逆らった、そして言い返した。

「そうですか、では貴方も他の中国人もみんなそうなのですね、絶対にサプライヤーとの飲食はしないのですね」と念を押した。〈少し意地の悪い質問かな〉と高倉は心の中で思っていた。

李《リ》課長は黙って下を向いているだけだ。

更に続けて「中国人の皆さんも絶対にサプライヤーとの飲食をしないならば、私もしません。どうなのですか？」と高倉は言ったが、それに対する明確な返事はなかった。

高倉はそうは言っても正直なところサプライヤーとの飲食はあまり好きではなかった。日本の会社での現役時代もサプライヤーとの飲食の機会は少なかった。高倉は元々酒をほとんど飲めなかったからだ。だから、食事だけなら付き合いができたが酒を飲まされるのは大変苦痛だった。

李《リ》課長がサプライヤーとの飲食について言及したのは実は理由があった。

それを敢えて今ここで高倉に言うのには悪い前例があったからだ。

高倉がこの品管部に来る前に日本人の品質専門家が着任していた。いわゆる前任者がいたわけだ。前任者の良くない噂は聞き及んでいたが、実際にどのような人か、高倉は全く知らなかった。

高倉が着任したのは、九月二日だ。前任者は七月末で退社していた。だから顔も見ていなかったし、業務の引き継ぎもなかった。

前任者について安本や澤田が、朝食時に言っていたことを思い出していた。

「あの人は、自分のやっている事を、上司に全く報告したことがなかったらしい。だから、何をやっているのか上司が全然分からないし、仕事に対する評価ができないんだ。通訳の女子に、『俺の女になれ』と言った事もあったらしい」

「え～、本当だとしたら問題ですね～。そんなにダイレクトに言うかな？」と高倉は少し驚いた。そしてその前任者をかばうように言った。

「冗談で言ったんじゃあないの、まさか、本気で言ったわけではないでしょ？　……普通は、自然の付き合いが発展して男と女の関係に進むということだろ」

高倉は、腑におちなかった。

すると、今度は澤田がその理由を話した。

「中国では、金持ちが愛人を抱えることが普通になっているようなので、自分もそうしたいという気持ちが出てしまったのではないか」

高倉は他人事ながら、情けなく寂しく感じていた。

安本は更に続けた。

「サプライヤーとの不適切な関係もあったらしいよ」

「どんな？」

「いつか、サプライヤーの接待で酒を飲みすぎて、酔っぱらってホテルの部屋のキーを失くしてしまって大騒ぎしたことがあったんだ。その上、高価なお土産をもらったりしていたらしいよ」と安本は低い声で言った。

「そうだったのか」

高倉は、依然として信じられないという顔だ。

「そんな事があって、一年で契約更新拒否になったのではないか、いわゆるクビですよ」と、澤田は吐き捨てるように言った。

このように前任者の件については日本人の間で公然と噂していた。


李《リ》課長がサプライヤーとの飲食について言及したのは、前任者にそのようなサプライヤーとの不適切な関係があり、その上仕事の成果が見えなかったからだった。

「前任者と自分を同類項に扱われるのは心外だね、まあ見ていて下さいよ」

高倉は自信をもって言い切った。

高倉は日本の会社に居るときから、いわゆる現役時代から、酒の付き合いは苦手だった。それ以前に、外部業者は当然のことながら、社内に於いても、酒の席で正道を曲げることを企んだり、酒の付き合いでゴマをすったりすることは、高倉の正義感が許さなかった。こう言うと恰好良く聞こえるが、元々そのような性分だった。損得は考えなかったというより損得は分かっていても自分を曲げられなかった。だから、現役時代の会社の中にあってもガキ大将づらをした上司とは馬が合わなかった。

いわゆる、大将にシッポを振れなかったからだ。

高倉はもともと気の短い性格であり、このような正義感と仕事上での生真面目さがこの後、いろいろ問題を浮き彫りにさせていった。


高倉は李《リ》課長との話が終わってから、改めて孫《ソン》品質管理部長のところへ行った。

孫《ソン》部長は自分の個室を持っていた。二十一平方メートルぐらいでそんなに広くない、日本式で言うと大体十二畳から十五畳くらいの部屋に少し大きめの机とパソコン、書棚、四～五人で打ち合わせが出来る程度のテーブルとソファーが置いてあった。廊下側はガラス張りで部屋の外からでも中の様子は分かった。

孫《ソン》部長は、アメリカの自動車メーカー、フォードに二十年在籍し、アメリカで結婚し奥様も子供もアメリカに住んでいるとのことだった。今は、単身で会社のアパート（社宅）に住んでいる。この三星集団に、とてつもない高給で招聘されたということだった。アメリカ生活が長かったということで英語は問題なく話せた。顔もなんとなく西欧風に見えた。

孫《ソン》部長は輝かしい肩書き、経歴の持ち主だ。

三星集団副総経理
三星集団品質管理部長
三星集団自動車研究所副所長
中国品質協会全国シックスシグマ推進委員会委員
山東師範大学兼職専門家
青島学者海外特別採用教授

……など。


そして名前には孫建華《ソンジュンファー》博士というように、博士号が付いている。肩書きの中には、日本人には理解出来ないようなものもあるが、何となく普通の品管部長でないことは分かった。

「こんにちは」高倉がそう言いながら、部屋のドアをノックし、開けると、「こんにちは、どうぞこちらへ」と、孫《ソン》部長は直ぐに席を立ってにこにこしながらソファーに座ることを勧めた。そして、お茶を淹《い》れてくれた。中国の茶葉をコップに入れお湯を注ぐと茶葉がお湯の上部に浮いている。

〈中国式のお茶の淹れ方だな〉と高倉は思いつつ、「ありがとうございます。いただきます」と言いながらソファーに座るとコップの上の茶葉を飲まないように、熱いお茶にそっと口をつけた。そして、口を開いた。

「孫《ソン》部長はアメリカのフォード自動車に居たことがあるのですか？」

「二十年居ました」と孫《ソン》部長は答えた。

「じゃ、英語は全く大丈夫ですね」とお世辞笑いを浮かべ高倉は言った。

高倉は孫《ソン》部長がフォード自動車でどんな仕事をしていたか敢えて聞かなかった。それは、孫《ソン》部長の品質に対する経験や知識を試すことになるからだ。

「高倉さんは、英語はどうなのですか」

「私は、全然ダメですよ、日本の会社で現役時代は何回もアメリカには出張しましたが全然上達しなくて……」と苦笑いし、通訳謝《シェ》の顔を見た。

「フォードと言えば、フォードミュージアムへ行ったことはありますよ」と高倉は昔、現役時代にアメリカ出張した時の話を切り出した。

「えっ??」孫《ソン》品管部長は首を傾げた。

通訳の謝《シェ》も高倉の言葉が分からなかったらしく通訳出来なくて困っていた。

「フォードミュージアムですよ」もう一度高倉は言い直した。

「あぁ、ミュゥジアムですね」孫《ソン》部長はミュージアムの後半にアクセントを付けた。

「あっそうだった、ミュゥジアムです、はっはっはっ」

高倉は発音のアクセントが間違っているのに気が付いて笑った。

「高倉さんの英語の発音は私の母や父と同じです」と孫《ソン》部長は笑いながら言った。

「カタカナ英語ですね」今度は通訳の謝《シェ》が言った。すると、三人は顔を見合わせて笑った。

そして高倉は更に付け加えた。

「中国も、ここに来る前、二年間湖南省の会社に居ましたが、中国語も全然できません。『ニィハオ』ぐらいですよ、はっはっはっ」と言って声を上げて笑った。

直接仕事に関係ないような話を少しした後で、高倉は本論を切り出した。

「ところで私のこれからの仕事ですが、孫《ソン》部長はどのように考えていますか。何か要望なり、指示はありますか」

「はい、月一回市場品質会議がありますので、それには出席して下さい。そしてＱＣサークル活動も見てほしいです」

更に孫《ソン》部長は続けた。

「サプライヤー（外注メーカー）品質が弱いので、サプライヤー品質の向上をしてほしい」とも言った。ＱＣサークル活動は日本の活動に倣ってここでも取り入れたらしい。現場の品質意識の向上や、問題解析力向上の為には有効な活動だった。

〈あれ？　それだけ？　一昨日アパートへ入居した日に日本人のお世話をしている許《シュイ》部長が言っていた、アクスルシャフトのクレームの件はどうしたのだろうか？　あれほどの大問題というより大事件になっているのに？〉

高倉は喉まで言葉が出てきたが、ぐっと奥に呑み込んだ。

〈まあ、今日は初日だし、余分な事は言わない方が良いかな〉

心の中でそう思い、そして通訳謝《シェ》の顔を見た。しかし謝《シェ》の表情は変わらない。

「まだ、銀行手続き、居留許可書の取得、人事関連手続き、パソコン設置など、当面落ち着かないので、仕事については、別途業務計画を作ります。そしていろいろな手続きの合間に、品管部員へのヒヤリング（面談）をします、彼らの仕事内容やどのような人材かを知る為です」と高倉が言うと、

「皆で高倉さんの仕事を支えますので、高倉さんの能力を発揮して下さい」と言い、孫《ソン》部長は自分の携帯用ポットのお茶を一口飲んだ。

「近在にある事業所（工場）も見たいので、明日から時間の合間を見ながら行動します」

その他、当面の高倉の行動や、周辺環境などの話をし、その日の孫《ソン》部長との話し合いは終わった。

高倉は最後にコップのお茶を一口飲んで「失礼します」と言って部屋を出た。

「人事部の許《シュイ》部長が言っていた、アクスルシャフトのクレームの件について、あれほどの大問題を品質専門家として赴任した自分に言わないということは、何か都合の悪い事でもあるのかな？　それとも赴任したばかりということで自分に配慮してくれたのかな？」

高倉は独り呟きつつクレームの件で自分に話が無い事に対し善意に受け止めていた。そして、自分の席に戻った。

高倉は、孫《ソン》品管部長との初めての話し合いで、悪い印象は持たなかった。高倉の仕事を支えるとも言っていた。しかし高倉には前回湖南省の会社に居た経験から中国人の行動パターンは分かっていた。口で言う事と実際の行動は必ずしも一致していないということだ。従って今回孫《ソン》部長の初期印象は悪くはなかったが、高倉の心の中は、まだ安心出来てはいなかった。

〈それにしても、アクスルシャフト品質クレームの件は、三星集団としても大問題のはずなのに、なぜ口に出さなかったのだろうか？〉

品質管理部品質管理課は孫《ソン》部長の隣の部屋で、李《リ》品管課長以下十二人が机を並べていた。建屋の三階、西棟の一番奥、南側だった。品質管理部品質管理課は三星集団全体の品質管理関係の仕事をしていると いうことだった。また工場内品質は別に各事業所所属の品質管理課がその役割を担っているそうだ。

本社ビル東棟、西棟とも各室は中央に廊下があってその両側、いわゆる南側と北側に並んでいた。

品質管理課の前、廊下を隔てた北側がＳＱＥ（サプライヤークォリティーエンジニア）ルームだった。ＳＱＥは四人いた。三星集団ではサプライヤー品質改善を推進する担当者をＳＱＥ（外注品質技術員）と呼んでいた。

現在ＳＱＥは品質管理課の所属となっていた。

ＳＱＥの中に空港に出迎えに来た楊《ヤン》がいた。彼は日本語が出来るＳＱＥだった。従って楊《ヤン》は、多少の専門用語も理解できた。女性通訳の謝依霖《シェイーリン》は今年大学を卒業したばかりということで、専門用語はまだ苦手らしかった。

彼らの机の並びの端に謝《シェ》の席はあった。

高倉はサプライヤーへ行く時など、仕事直結の場合は楊《ヤン》を通訳に使おうと考えた。

ＳＱＥルームは十五、六人の机が並べられる部屋なのでまだ空きスペースがあった。高倉の机は一般の事務机より少し大きく役員と同じものが部屋の北側窓を背にあった。書棚は机の右横、西側の壁際に置いてあり机の周辺は広々としていた。

少し大きめの椅子に座って何となく自分の居場所が確定し、高倉はほっとした。

早速楊《ヤン》が来て真面目な顔で言った。

「あのう、時間ありますか？」

「あぁ、いいよ。先日の空港までの出迎え、有難う」と高倉は楊《ヤン》の顔を見上げて言った。

「謝《シェ》さんに、行くように話したのですが、彼女は行きたくないということだったので私が行きました。彼女はわがままです」

「そうですか……」と高倉は言いながらも、〈わがまま?〉と思い嫌な予感がした。

「私は、サプライヤーの品質監査を時々やりますが、まだ経験が浅いので、よくできません。従って、今後教えて下さい」と楊《ヤン》は言った。「品質監査のマニュアルはありますか?」と高倉が尋ねると楊《ヤン》は「あります、でも充分ではないと思います」更に楊《ヤン》は続けた。

「以前いた日本人専門家は、サプライヤー品質検証に行くと、6Sの事ばかりで品質改善のような指摘が無かったです」と楊《ヤン》は不満そうに言った。

それを聞いて、高倉はすかさず反論した。

「品質を良くするには、まず6Sが大事なことは当然です。いくら品質システムがどうだとか、マニュアルが良いとか悪いとか、管理状態がどうだとか言ったって6Sの出来ていない現場で良いものは出来ないのです」と高倉はきっぱりと言い切った。前任者をかばったわけではなかった。

6SとはSEIRI(整理)、SEITON(整頓)、SEISOU(清掃)、SEIKETSU(清潔)、SITSUKE(躾)、SAFETY(安全)の意味で、それぞれ頭文字のSをとって簡略化して言っていた。

「そうですね、私はもっと前任者をフォローしなければいけなかったと思っています」

通訳としてSQEとして、仕事を一緒にやってきた楊《ヤン》は少し反省した様子で言った。

前任者の公私共にいろいろやったことを悪い方向に報告していたのではないかと高倉は察し、更に今後の自分の事を考えると彼ら中国人に対しても気を許せないと感じた。

「品質監査のマニュアルを日本語に訳して、見せて下さい」と高倉は楊《ヤン》に依頼した。

「分かりました」と言って楊《ヤン》は自分の席に戻った。

＊董事長の娘周《チョウ》女史

「依霖《イーリン》、董事長に挨拶に行きたいのだけど、都合を聞いて下さい」

中国では、目上の人以外は通常名前を敬称を付けずに呼んでいるので高倉も謝《シェ》に対し、少しの親しみをもって名前を呼んだ。

「はい、秘書に聞いてみます」

そう言って謝《シェ》はパソコンを操作していたが、直ぐに返事があったようだ。

「董事長は今海外出張中で留守だそうです」

「あっそう、それでは娘の周《チョウ》さんはどうですか」

「時間が取れるか確認します」と謝《シェ》は言い、またパソコンを操作した。

周《チョウ》女史については、ここに来る前から安本からおおよそ聞いていたことを思い出していた。

「周《チョウ》さんは、三星集団の董事長の娘で年齢は三十歳前後だね、アメリカの大学で自動車工学を学びアメリカ人と結婚して、その後、中国に戻り今は、三星集団に勤務しているんだ」

「そうなんだ、そんな若くてしかも女性で大丈夫なのかな」

「でも、董事長の娘ということで、この会社では、ナンバーツゥの存在だからね」

中国企業で董事長といえばその企業では絶対的権力者であって、役員クラスから一般従業員まで全員ひれ伏していて、尊敬しているというより怖がっていると見たほうが正解だ。常に上意下達で下から意見や提案をすることは、まず無いと言っていい。そういう社会だということは高倉が以前働いていた中国企業で、分かっていた。

　安本はこうも言っていた。

「董事長は、出張することが多く、なかなか対面できないので、全部門の人が業務報告とか、決済を仰ぐために周《チョウ》さんの部屋の前で毎日何人かの人が、順番待ちをしているよ」

　安本の部屋と周《チョウ》女史の部屋は同じフロアーの為、安本が部屋を出て何処かへ行く時には周《チョウ》女史の部屋の前を通るので様子が何となく窺い知れた。

　多忙な人であった。高倉の入社の最終決済も周《チョウ》女史だったそうだ。そのようなことを聞いていた高倉は、この周《チョウ》女史への挨拶を考えていた。

　アパートも近くだということで私的にも親しく仲良くなれれば楽しいなと思っていた。
　一、二時間してから、高倉は謝依霖《シェイーリン》に聞いた。
「依霖《イーリン》、まだ周《チョウ》さんからの返事はないですか？」

「はい、まだです」と謝《シェ》は振り返って言うと、また前を向いてパソコンに向かった。

　謝《シェ》の席は高倉の席の向きに対し背を向けていた。他のＳＱＥの四人と同じ机の並びの一番端の高倉の席に一番近い場所だった。

「なんか、早く確認する方法はないかなぁ〜」と呟いたが、謝《シェ》の反応は何も無かった。

　必要以上に努力しないのは、この国の国民性だということは理解していたが、少し不満が残った。周《チョウ》女史とは初対面ではなかったが、就業初日の挨拶だから、早ければ早いほうが良いと思っていた。

　夕方四時頃になって、周《チョウ》女史から返事が入った。「高倉さん、今いいそうです」と謝《シェ》は言って急に席を立った。

「よし、行こう」と、直ぐに席を立って急ぎ早に周《チョウ》女史の部屋に二人で向かった。

周《チョウ》女史の部屋は、東棟二階の、中央階段寄り二つ目にあった。

この部屋の右隣は彼女のアメリカ人の夫の部屋があったが、夫のほうの部屋は彼女の部屋の三分の一程度の広さの部屋で机が一つ置いてあった。この部屋は外から見えた。彼は今アメリカに居るということで部屋の中は誰も居なかった。

周《チョウ》女史の部屋は外の廊下からは、中が見えないようにブラインドカーテンが引いてあった。

高倉が周《チョウ》女史の部屋のドアをノックすると何か中から声がしたのでドアを開けそーっと、覗き込むように室内に入った。

部屋はむろん個室だが、一人部屋にしては広い。四〇平方メートル以上はありそうだ、畳にしたら二十五から三十畳くらいの広さはあろうかと思われた。大きめの机に、書棚や打ち合わせが出来るようなテーブルやソファーが置いてある。

「こんにちは、高倉恭汰郎です、今日からお世話になります」と高倉が言うと、「周暁英《チョウシャオイン》です。こちらこそ、よろしくお願いします。これから三星集団の為に頑張って下さい。何か不都合があったら言って下さい」と周《チョウ》女史は少し笑顔を浮かべながら言った。年齢三十歳前後、身長百五十五センチメートルくらいでどちらかというと小柄、丸顔でほんの少し太り気味で髪は黒色で首のあたりですこし内側にカールしていた。着ている洋服も、淡い紺系の柄の入った色物のスカートと白いブラウスで清楚な感じがした。

「今のところ、アパート関係は人事の許《シュイ》さんが対応してくれています。その他の各種手続きも進めていますが、何か困った事があったらまた相談に来ます」と高倉が言うと周《チョウ》女史は「いつでもいいですよ」と言いながら通訳の謝《シェ》の方を見た。その顔は如何にも真面目そうだった。

その他、二、三の言葉を交わし、今日のところはということで、周《チョウ》女史の部屋を後にした。

特別美人でもないし、普通の女性に見えるが愛想が良いとか、愛嬌を振りまくタイプではなさそうに感じた。董事長の娘ということで、また三星集団のナンバーツゥとして権威を保とうとしているのが推測できた。

アメリカの大学を卒業してこの会社に入りまだ数年しか経ってないので、製造現場もよく理解しているとは思えないし、品質管理についても、仕事の進め方も分かるわけないと思った。賢い経営管理や指導、指示などまだまだこれからだと感じた。

しかし、高倉は今後も適時〝報（告）連（絡）相（談）〟は欠かさずやろうと決めていた。孫《ソン》品管部長と李《リ》課長とのミーティングも、双方の都合をみて積極的に行おうと決めていた。

高倉が〝報（告）連（絡）相（談）〟を重視したのは、前任者の「何をやっているのか分からない」という良くない噂を聞いていたからだ。

高倉は周《チョウ》女史と私的に親しくなりたいとの願望があったが、今日の印象からは仕事以上の付き合いは無理だということが理解出来た。

しかし、仕事の面では、周《チョウ》女史の高倉へのバックアップは充分期待できると感じた。

周《チョウ》女史への挨拶が終わり自分の席に戻った高倉は、「願望と落胆が交錯しているね」と冗談を言った。

「えっ、何ですか？……」

謝《シエ》はその意味が分からなかった。

「まぁ、そんなところだね……」

高倉は苦笑いして意味不明な言葉を発した。

そして、明日からＳＱＥのメンバーからヒヤリング（面談）を行うことを謝《シエ》に伝え、この日は仕事を終えた。

この日、董事長は海外出張中ということで、会うことはできなかったが、この後も董事長に会う機会は滅多になかった。数週間後、董事長は日本人全員を海鮮レストランの食事に招待した。

その時の事だった。

高倉は最初の乾杯のビール、コップ半分で顔が真っ赤になり、更にアルコール度四十〜五十もある中国の白酒《パイチュウ》を数人の人に入れ替わり立ち替わり「乾杯」と言って勧められ、飲めない高倉は防戦一方になった。勧めを断れずに三十ccくらいの小さなカップに残っていた白酒をそっと隠れるように他のコップに空け何食わぬ顔で頭を上げると、運悪く董事長と目が合ってしまい、その行為を見られてしまった。

「まずい！　見られてしまった」

つい声を発した高倉は、時すでに遅く、後悔しながら何食わぬ顔で注がれた酒のコップにそっと口をつけた。

「俺もさっき、コップに少し残っていた白酒を灰皿に捨てたら、中国人から高い酒だからもったいないと言って怒られたよ」と横に居た大隅が苦笑いした。

するとまた違う人が酒を勧めてきた。

「高倉先生、乾杯しましょう」

「えっ、あっ、また！」慌てた高倉は持っていた小さなコップを手から滑らせてしまった。

「あ〜あしまった！」

床に小さなコップと白酒が飛び散って汚れてしまった。

給仕役の女子が直ぐに飛んできて床を掃除してくれたが、高倉はバツの悪い顔をして「シェイシェイ、シェイシェイ（有難う有難う）」を繰り返した。

「失敗で周囲の関心を寄せても自慢にはならないな」

高倉は周りから目を伏せ、冷や汗をかき横に居た大隅の顔をそっと見て苦笑いした。

酒の席になると、さすがの企業戦士高倉も立つ瀬がなかった。

〈董事長と会う数少ない機会に、良くない印象を与えてしまったかな……今後、名誉挽回の必要ありだ……〉

周《チョウ》女史に挨拶をした日から二週間後の出来事だった。

＊日本人が一緒に食べる夕食

勤務終了後の帰宅は他の日本人専門家と一緒にミニバン車に乗りアパートまで送ってもらう。

途中トランスミッション工場の社員食堂に併設された部屋の丸テーブルを囲み日本人六人全員が夕食を食べた。

口に合う合わないは別に、テーブルに出ていた五～六品を皆で廻しながら各自適当に自分の皿に取って食べる方式だ。

野菜炒めのようなもの、それもかなりねちっこい油を使っている。

「この油だいじょうぶかなあ～」と高倉が言うと、「大丈夫と思って食べるしかないね」と澤田が笑った。「隣の工場の廃油かもね」と高倉が冗談を飛ばすと、今度は大隅が「案外当たっているかもよ」と真顔で言った。

するとみんな一斉に大笑いした。

魚料理もある、大きさは三十センチメートルくらいで煮付けてある。それを各自適当に身をとって食べる。骨が多く淡水魚のようだが名前は分からない。「この魚どこで獲れたものかなぁ」また高倉が興味ありげに言った。

「この食堂の横に流れていない濁った川があるけど、もしかしたらそこで獲ったものかもよ」と澤田が笑って言うと、「それは無いでしょう」と何人かが口を揃えて言った。澤田の冗談が通じているのか、通じていないのか分からない雰囲気だ。

肉料理は少ないと聞いていたが今日は骨ごとぶつ切りした骨付き肉が大皿に出てきた。骨付きだから食べられるところは少ない。

「この辺り犬を殆ど見かけないね」とまた高倉が意味深に言った。「犬の肉は美味しいそうですよ」と安本が言うと、今まさに口に入れようとした、澤田、大隅の箸が止まった。そしてまじまじと骨付き肉を見ながら恐る恐る肉をかじった。その光景を見ていた高倉は笑いこけ、他の人の笑いを誘った。

「大丈夫だよ、犬でも腹を壊すことは無いから」と澤田は自分に言い聞かせるように言って率先して肉をかじった。

犬というのは冗談でありこの場合多分豚と思われた。因みに中国では豚を内臓は元より頭から耳、足の爪先まで全て普通に食べるそうだ。犬について、日本では食べる習慣は無いが中国では普通に食べるそうだ。だからこの場合犬であっても不思議ではないのであった。

その他、なんだかわけのわからない炒め物なのか煮物なのかわからないもの、大根のような野菜を千切りして春雨のように薄く味付けたものもあった。

また時として手の平ぐらいの大きさの上海カニが大皿に山盛りに出ることもあるそうだ。

「カニと聞くと豪華だねと思われるが、な〜に、小さくて食べられる身の所は殆どなくカニの甲羅をしゃぶり尽くすのが精いっぱいだよ」と澤田が言うと、「そう言っても実は一番カニをしゃぶっているのはいつも澤田さんじゃないの」と坂井が珍しく笑った。

「お茶は出ないのですね」

お茶の好きな高倉は皆の顔を見廻した。

「そうだよ、ここはただのお湯ですね、中国人は食事の時にお茶を飲む習慣は無いんじゃないの」と大隅が疑問を発した。

「そうらしいね、でもそのお湯も既に冷めているしね」と、今度は坂井が皮肉交じりに言った。

「日本人的心遣いは期待できないね」

そう言いながら安本は魚を箸で取り口に入れた。

「ご飯が少し硬いな」誰かが言った。

「冷たいしね」大隅が諦め顔で言った。

高倉は、「そうだね……」と言いながら、おかずで口に合わないものは、食べるのを止めた。

ご飯は茶碗へ軽く一杯あったが、これでは高倉は足りなかった。

「少し足りないな」と言うと、安本が「俺のを少し取ってくれ」と言いながら、ご飯の茶碗を差し出した。

「あっ、すみません、いただきます」と言って、高倉は安本の茶碗からご飯を半分取り自分の茶碗に移した。

安本は酒が好きだから、後でアパートに戻ってから酒を飲むつもりらしい。だから食事は少なめで良いそうだ。

坂井は食事にあまり手を付けてない。彼はホテルに戻って日本から用意した食料を食べるということだった。

食事をしながらも坂井は食事に対する不平や不満、会社の悪さ加減など愚痴をこぼしていた。

汽車（四輪中型トラック）事業部の研究院に佐竹という日本人がいる。彼は朝、高倉達とは別の車で出社し、帰りは、この食堂で皆と一緒に食べて一緒の車でホテルに戻ると言っていた。佐竹もここの食事はあまり食べずにホテルで何か食べているようだった。彼もまたあまり多くは語らなかった。日本の自動車会社の研究所に長く勤め、定年を前にしてこの三星集団に研究開発の専門家として転職したということだった。

実は高倉と同じ大日本自動車株式会社出身だった。

澤田は相変わらず黙って一生懸命食べていた。そして、何を思ったのかぽつりと言った。

「俺は不平や不満など何も言わないことにしているんだ、なるべく長くここに居たいから」

それを聞いた高倉は何となく胸の中にすーっと風が通り過ぎたような寂しさを感じた。

高倉は〈単なる愚痴でなくて、もっと意見を言えないのかな？　俺は言うことはちゃんと言うよ〉と内心思った。高倉の根っからの正義感と仕事に対する生真面目さからの思いだった。

坂井の愚痴、多くを語らない佐竹、澤田の考えもそして不満を抱えながらも他との調和を考えていない大隅、日本人のリーダー的存在の安本、それぞれを高倉は少し理解できた。皆それぞれ個性があった。

そして、食事が終わるとアパート組三人はアパートまで送ってもらい、解散した。

アパートに戻った高倉は早速日本の妻和恵にスカイプで連絡を取った。

「もしもし、恭汰郎だけど、聞こえるかな」

「あぁ、聞こえます、顔もよく映っています」妻の和恵は意外と弾んだ声で返してきた。

「今日は、関係者に挨拶をして回ったよ。皆まだどんな人物か、どんな人柄かなどはよく分からないね。あっそうそう自分以外の日本人五人とも夕食時に会って話したよ、皆それぞれ個性を持っているよ。食事も朝昼晩三食食べたけど、俺の口に合うものは殆どないね、しかし食べないと腹が減るからなるべく多く食べるようにはしているけど……、明日からも何が起こるか分からないのがここ中国だから、まあ心していくよ」

「会社の様子やアパートの住み心地はどう？」

和恵の顔は喜怒哀楽の無い、ごく普通の顔でパソコン画面に映し出されていた。

取り留めのない話を三十分もして、スカイプでのテレビ会話を終わった。

「和恵も寝る前は戸締まりを忘れずに……」

「そうだね、貴方も無理しないようにそして気を付けて……」

高倉が日本を発つ時、成田行きの高速バス停まで送ってきた和恵の寂しげな顔に対し、不安を抱えながらも意外と元気そうだったので少しほっとした。

〈これからも、頻繁にスカイプで交信していかないといけないな〉

高倉は、ポットでお湯を沸かし日本から持ってきた日本茶を独り飲みながら考えていた。

高倉は今後、会社の仕事の話をし易いようにまた理解し易いように、三星集団の組織、特に品質管理部がどのような組織になっているのか組織図で再確認した。それは、高倉の思惑とはかなりずれていて中国企業特有と思われる本社品質管理部所属の監督課なるものが各事業部（工場）に存在していた。また品質管理部の下に品質管理課があり、三星集団全体の品質管理業務をやり、ＳＱＥ（外注品質技術員）も品質管理課の組織内にあった。

各事業部（工場）は検査課を置き、完成車や外注部品の検査に当たっていた。

各事業部によっては独自に品質管理課を設けている所もあった。当然本社品質管理部の中の品質管理課とは役割が異なっていた。

各事業部（工場）が本社品質管理部のいうことを聞かなくて困ると李《リ》課長が言っていたがその原因、理由を考えながら組織図に見入った。

高倉は明日から何が起こるのか予測がつかないと思い身震いした。

＊安心できない各種手続き

二日目から、各種手続きを最優先に進めることを通訳の謝《シェ》に言い聞かせ、そしてその合間にＳＱＥと、品管部員のヒヤリング（面談）を始めることとした。

手続きで最重要事項は居留許可証の取得だ。

これは、中国で年間を通して働くのには、絶対に必要なものと聞いた。

しかし、これにはかなり手間がかかると思われたが、実際にどのような手順なり手続きが必要なのか高倉はよく知らなかった。

前回中国に来た時も、通訳に言われるまま自分の必要書類を準備して提出していただけだったからだ。

今回、高倉はＦビザと呼ばれる三カ月ぐらい滞在できるビザで入国していた。従って、中国にいる間に、居留許可を得る為のいくつかの申請と書類が必要であるということだが、その前にまずＺビザ（就業ビザ）が必要だった。

人事部日本人担当の石《シィー》は既に昨年から三星集団で働いている他の日本人の前例に基づいて進めるらしい、それを通訳謝《シェ》が石《シィー》から聞きながら進めた。

「私にとって大事な事だから早め早めに進めて下さい」

「分かりました」

……とはいえ謝《シェ》は初めての仕事で人事部の石《シィー》を頼っている様子が窺えた。

従って、高倉としてはその仕事が完了するまで、また最終的に居留許可を取得するまで安心は出来なかった。

「この手続きで失敗したり、滞ったりしたら、不法滞在ということにもなりかねない大変な問題になるから」

高倉は、自身の心配を謝《シェ》に投げかけた。

必ずしも前例通りいかないことも心配された。ここは中国、日本ではないからだ。

「そうですね」

謝《シェ》はあまり気にしていない様子で素っ気なく言った。

その後、高倉は何回となく問いただした。

「手続きは大丈夫ですか、順調ですか？」

謝《シェ》はそのたびに「大丈夫です」と答えた。

しかし、高倉の心配は早速発生した。

高倉と謝《シェ》が山東省外国人専門家局へ行った時のことだ。ここは、外国人の専門家が中国で働く為の証明を出す所らしい。

謝《シェ》と当局の係員と何やら話して、その結果、謝《シェ》はそのまま部屋を出て帰ろうとした。

「ど、どうしたの？」高倉が慌てて問い掛けると、「ここでの申請は年齢が六十五歳までで、それ以上の場合は特別に職歴書が必要とのことです」と謝《シェ》は涼しい顔で外国人専門家局を出てドアを閉めた。

高倉は心も身体も元気がみなぎってはいたが既に六十五歳を過ぎていた。

「えっ〜そんなこと聞いてないよ」と驚いて言っても彼女は自分も知らなかったと言いたげに、「職歴書を作って下さい」とそれだけ高倉に伝えると、さっさと歩きだしエレベータードアの前に立った。

「職歴書が必要なら最初から言えばいいじゃないか、なぜ事前に分からなかったの？」

言い方は抑えたが、気の短い高倉の頭が熱くなっていくのが分かった。

「……」謝《シェ》は黙ってエレベーターの表示を見たままだ。

〈謝《シェ》も知らなかったとはいえ、何か言いようがあるだろう〉と思い高倉は腹が立っていたが、ここは中国、声に出してもしょうがないと自分に言い聞かせた。

結局この日は申請ができず、また後日ということになってしまった。

土曜日、日曜日がかかり、五日遅れの申請となった。申請の三日後に〝就業許可書〟がもらえた。

その他、「被授権単位……」という書類も必要とのことで、謝《シェ》は行動していた。これにも取得までに一週間ぐらいかかった。これらの書類をもって、まず日本の中国大使館でZビザ（就業ビザ）を取得する必要があるとのことで、ここは高倉が主体的に行動する必要があった。

国慶節の休みを利用して、日本に戻りZビザを取得し中国へ戻った。

そして再度、山東省外国人専門家局へ行き〝専門家証〟を取得した。今回はその場で発行してくれた。

そこには何やら日本語を呟いている中国人の男子係員がいた。

「あっ、こんにちは」驚いた様子の高倉が話しかけた。

「あなた、日本語上手ですね」と続けて高倉が言うと、「いや、そうでもないです、まだまだです」とその青年は笑顔で立っていた。

「名前は何と言いますか」

「鄭楷《チョンカイ》と言います」

「えっ、チョンカイ？」と聞き返すと、彼は「ションカイです」と言ったが、高倉にはその発音がよく分からなかった。謝《シェ》も「ショャン」と言ったが、高倉にはその発音が出来なかった。すると彼は「チョンカイでいいですよ」と高倉にとって発音がむずかしい事を理解して言った。高倉は「チョンカイにして下さい」と言って笑い、友好的雰囲気になった。

「チョンカイさん、またいつか食事でも一緒にどうですか」と高倉は食事に誘った。「そうですね、そうしましょう」と鄭《チョン》は答えた。

「じゃ、また電話します、携帯電話番号を教えて下さい」と高倉が言うと、鄭《チョン》は自分の電話番号を高倉に教えた。

彼は、身長百七十五センチメートルくらいで、すらっとした体形で背広を着て、色白で精悍な顔つきで格好良かった。

日本語が話せる友人が出来ることに期待を寄せながらエレベーターで一階まで降り、謝《シェ》から渡された専門家証を高倉は確認した。

「えっ、これ、私の住所が間違っているよ、これは会社の住所だよ」と言って専門家証を謝《シェ》に渡すと、謝《シェ》は改めてよく見た。

「あっ、これは……」と謝《シェ》は呟き慌ててエレベーターに乗って五階の専門家局へ戻った。

「大丈夫かな～、また明日なんて事にならなければいいが……」

高倉は独り言を言いながら、車で十分くらい待つと、謝《シェ》は戻ってきて、「はい」と言って専門家証を高倉に渡した。〝はい〟以外何も言葉が無い謝《シェ》に対し高倉は厚意を感じなかった。

待っている間に直ぐに処理して発行してくれた事に高倉はほっとしていたが、記載内容を間違うとは困ったものだった。それをそのまま高倉に渡す謝《シェ》もイマイチの人材だと思った。

いずれにしても、良かったと思いながら帰路に就いた。

「あそこに日本語が出来る人がいたなんて驚きだね」高倉は改めてそう言うと、「そうですね」と謝《シェ》は高倉の方を振り向き同調した。

「今度食事にでも誘ってみるか……」と高倉は独り言のように言った。

車でしばらく走ると、思い立ったように謝《シェ》が高倉に話しかけてきた。

「高倉さん、チョンカイさん、格好いいですね。私いま彼氏いないからチョンカイさんを紹介してくれませんか」と謝《シェ》は少し照れながら言った。

「えっ、そう、でもねぇ……」と高倉は返事を濁した。高倉と謝《シェ》、二人がそんなにまだ親しくないのにお願いしにくい事をはっきり言った謝《シェ》に驚いていた。

その後、高倉は彼と何回か食事を共にし、政治向きの話は避けながら、いろいろなことを話し合ったが、謝《シェ》のことは一言も話さなかった。

高倉は謝《シェ》を人に紹介できるほどの女性とは評価してなかったからだ。

次の日、市の公安局へ行って、「居留許可証」の申請と取得となるわけだがその前に会社の所在地のある県（中国での県は市より行政規模的に異なり、日本の郡のイメージ）の公安局の承認が必要とのことで、そちらに行った。

五階建てぐらいの立派なビルの玄関を入るとホテルのロビーのような広い場所の奥側にカウンターとその内側にいくつかの机と椅子があった。しかし居たのは女性一人だけだった。その場に居たのも、高倉と謝《シェ》だけで、他には誰もいなく閑散としていた。

出てきた女性に謝《シェ》が何か話している。

担当らしき年配の肉付きの良い女性が言った。

「前回来た人となぜ違う人が来たのですか？　同じ会社だったら、同じ人が申請に来て下さい」と言っていますと謝《シェ》は〝どうしよう〟といった感じで高倉を見た。

その年配の女性はそっけない態度だった。

謝《シェ》は困った顔をして戸惑って高倉と顔を見合わせていた。

「急にそう言われてもねぇ」高倉と謝《シェ》は一瞬途方に暮れていた。

するとその女性は、「今回は認めますが、次回はだめです」と言って、書類に判を押して渡してくれた。

「このことは、ちゃんと人事部日本人担当の石《シィー》に伝えた方がいいね、次に問題ないようにね……」と高倉が諭すように言うと、謝《シェ》は、小さく「うん」と言ったきりだった。

いかにも中国だと高倉は思った。

「担当官の考えによって、更に意地悪でもされたら、手続きが進まなくなってしまうのではないか」高倉は独り言のように言い放った。

「……」謝《シェ》は黙ったままだ。

「ルールに則ってやれば、誰が来ても良いだろう」と高倉は呟きながら、車に乗り込んだ。

だから、こういう手続きは実際やってみて、終わってみないと安心できないのだと改めて感じ、中国の良くない一面を見た思いだった。

しかし、中国人である通訳の謝《シェ》や人事部日本人担当の石《シィー》は緊張感もなく、成り行きでやっているのが感じられ、高倉にはもどかしかった。むろん、会社に業務マニュアルなどあるわけなかった。

県の公安局でひと悶着あった後で今度は市の公安局へ行って、「居留許可証」の申請を行った。ここはスムーズに受け付けてもらえた。

Zビザで入国すると、入国日より三十日以内に居留許可の申請をしなければならないとZビザの中に注釈が付いていた。高倉の場合、十月十一日に入国している為、十一月九日が期限だった。
十月十一日に入国し十月二十三日に申請し、結局パスポートに居留許可証が押印され戻ってきたのは、十一月十二日だった。発行日は十一月六日となっていた。

「これだよ、これ。はらはらしたが、良かった、これで安心して仕事に打ち込めるよ」

高倉はパスポートをまじまじと眺めた。

「良かったですね」と謝《シェ》は相変わらずクールに答えたが、高倉の安心した顔と喜びを見て謝《シェ》の顔にも安堵の様子が窺えた。

高倉と謝《シェ》は待たせてあった車に足早に乗り込み不愛想な運転手雷《レイ》と会社に戻った。

しかし、高倉には疑問が残った。

入国から申請までの空白の十二日間は何だったのか？　入国しすぐにできなかったのか？　そして、高倉は、こういう事は仕事以上に極めて重要なことだから、可能な限り早めに行動するべきと思った。

こんな高倉の思いや心配は、中国人の人事部日本人担当の石《シィー》や通訳の謝《シェ》には理解されていないことも分かっていた。

三、驚きと苦闘の連続

＊異色の存在

品管部員のヒヤリング（面談）を始めたが、彼女彼らも仕事を持っているので、なかなか思うようには進まなかった。スケジューリングして下さいと、謝《シェ》に頼んではいたが、計画的に仕事を進めるという事が不得手な中国の会社では高倉の要望は無理であることが分かった。

それでも、日に一人又は三人はヒヤリングを実施出来た。一人一時間から長い人で二時間以上に及ぶ人もいた。

部員のヒヤリングの結果分かったことは、ほとんどの人がまだ入社して二、三年ということだった。入社歴五年以上でも品質管理の経験者は殆ど居なかった。年齢も三十歳前が殆どだった。李《リ》課長が三十二、三歳くらいに感じられたが実務能力、部下への指導力には疑問があった。

中には、理系大学を卒業した若者も何人かいた。しかし、品質管理の実務や問題の解析の実務経験者は殆どいなかった。

部員の中でＳＱＥ（外注品質技術員）のグループに所属している劉艶《リュウイエン》という女子がいた。

「名前は？」「劉艶《リュウイエン》です」「年齢は聞いて良いかな」と高倉が尋ねると「二十八です」とためらいも無く答えた。

彼女は、背丈は中ぐらいだが肉付きは良く胸は大きく体格は良い方だ、顔も中国人にしては目鼻立ちがはっきりしていて、少し浅黒かった。黒色の髪は肩の後ろまで伸びている。

「学校は？」「青島《チンダオ》理工大学です」更に高倉は尋ねた「専門は？」彼女は「機械設計です」と言った。

「三星集団への入社はいつですか」「二〇一二年八月です、凡そ一年前です。入社以来、今の職場です」と劉《リュウ》ははきはきと答えた。

「三星集団に来る前はどこで何をしていましたか？」

高倉は、通訳がしやすいように極力正確な日本語で丁寧に喋るように心掛けた。

「中国自動車会社で四年半、品質管理の仕事をしていました」

「品質管理ですか……具体的にはどんなことをやってきましたか？」

「品質管理については中国自動車会社で勉強しました、ISOについても知っています。社内監査、外部監査も経験しています、問題解決法なども知っています」などと劉《リュウ》は自信ありげに話した。

ISOは、国際標準化機構の事で、正確にはISO9001、国際標準化機構が定める国際規格の品質マネジメントシステムの事でここで要求される管理システムの認証を得ることが求められている。

劉《リュウ》は中国自動車会社で品質管理の仕事をしてきたので、今の三星集団の品質管理部の仕事のやり方には多くの意見を持っていた。不満もあった。そのお陰で高倉は品質管理部の内部状況が少し分かった。

「今は、SQEの仕事をやっていません、李《リ》課長の指示も外注品質に関係ない事を、その上突然言ってくるし我々の業務役割が分かりません、先日も現場が大事だと日ごろ言われているので私は時間の空いた時に汽車事業部の現場を見に行っていました、すると李《リ》課長は私が何をやっているのか人に聞きまくっていました。そのような部員の動きを探るようなことは止めてもらいたいのです」劉《リュウ》は真っすぐに机に座り時々両手を机の上にのせたりして淡々と話した。

高倉はメモを取りながら黙って聞いていた。

「以前にＳＱＥの業務役割を整理して提出してありますが、それに対しても何もアクションがありません、李《リ》課長の管理能力にも疑問があります」

劉《リュウ》はちらっと、廊下を隔てた向かい側の品管課の方を見た。黒い髪がなびいた。

謝《シェ》も一瞬顔を上げ、髪を手で払うように掻き上げたが、またメモを取りながら通訳に専念している。

「孫《ソン》部長も的確に業務指示が出せず、今大問題になっている市場クレームも全然対策できていません。だからこの九月から陳《チェン》役員が品質も見るようになったのです。董事長の娘の周《チョウ》さんも『自分ができなければ、日本人専門家でも雇って対処することを董事長に願い出ればいいのです』と言っています」

劉《リュウ》は目を〝キッ〟と開いて高倉を見ている。

高倉は依然として黙って聞き入っていた。

しかし、市場クレームと聞いた瞬間、先般初めてアパートに入居した日に許《シュイ》部長から聞いた、アクスルシャフトの市場クレームの件を思い出していた。

劉《リュウ》の話した中には、納得できるものも多かった。しかし上司の悪口を聞くのは高倉としても少し違和感が残った。

しかし、今まで部員から話を聞いた中で、彼女が一番品質管理を理解していると思った。とはいえ、四年や五年の経験では高倉から見ればまだヒヨコだ、個性も強そうだ、実務もどれくらいできるか不明瞭だ。しかし今の品質管理部の事情を一番よく語ってくれた。意見も持っている、従って彼女はうまく使えば、戦力になると感じた。

劉《リュウ》は言った。「ＳＱＥの仕事は、今後高倉さんから指示を出してほしい」

「そうですね、出来れば……」高倉は軽く答えた。

更に劉《リュウ》は続けた。

「SQEの役割を明確にし、やるべき事をやっていきたいです」

劉《リュウ》は自信に満ちた顔をして、謝《シェ》と目を合わせた。謝《シェ》も一所懸命に長い訴えをする劉《リュウ》の顔を時々見ながら、メモを取りながら通訳している。

高倉は「言っていることは分かりました、他の人の意見も聞いて、検討します」と答え、そして、「サプライヤー品質向上案を作って下さい」と依頼しこの日の話し合いを終わった。

「劉《リュウ》さんは、人事部日本人担当の許《シュイ》部長の義理の妹です」と通訳の謝《シェ》は突然言った。

「そうだったのか、だから、周《チョウ》さんなんかとも話ができるし、アクスルシャフトのクレームの件も知っているんだ」と高倉は言いながらノートに書いた会話のメモに目を落とした。

翌日の夕方、突然劉艶《リュウイエン》が農業装備研究院に転属になるという情報が入った。

「高倉さん、昨日話をした劉《リュウ》さんが農業装備研究院に転属になるそうです」

「えぇーっ！　なにぃ！」

高倉は愕然とした、「昨日の話し合いは何だったのだ！」。

高倉の言葉の勢いに謝《シェ》は何も言えず立ったままだった。

少し気を取り直して、高倉は言った。

「それにしても、転属の事前情報は全くなく、本人も驚いているのではないか？」

「なんか、前々からの劉《リュウ》さんの希望らしいですよ」と謝《シェ》は控えめに言った。

「それにしてもどうなっているのだ、この会社は……急な異動は無いだろう！　昨日の今日だぞ！」と高倉は落ち着きを取り戻そうとしても発する声は荒らげていた。

「……」

謝《シェ》は目を伏せ下向き加減で黙って立ったままだ。

どこの会社にもありがちな、自分の気に入らない部下を遠くに左遷させたり、職場転換や転籍をさせたり、更には意地悪をして退職に追い込んだりするケースはよくある現象だ。

〈昨日の劉艶《リュウイエン》との話し合いの内容が李《リ》課長や孫《ソン》部長の耳に入ったのではないか？　その結果の意地悪人事ではないか？〉

高倉は通訳の謝《シェ》に聞こうとしたがまだ、高倉の仕事に大きく影響する事でもなかったので即日何か行動を起こすという事は止めて、孫《ソン》部長との次のミーティングの機会に意見を言おうとしていた。

しかしこのことはまさしく陰湿な策略があったのではないかと、疑問を持った。

〈やはり、ここは中国だ！〉

＊積極性に火がつく

今日は金曜日だ。会社に初出社して一週間が経つから、一週間の出来事などを整理して孫《ソン》品管部長と周《チョウ》女史に報告しようと思った。土曜日は毎週出勤日だった。

高倉は一週間の状況報告を金曜日にまとめ、土曜日に通訳に翻訳させ、来週月曜日に報告しようとした。内容は各種手続きの進捗状況や、部員のヒヤリングの結果感じたことなどが主だったが、サプライヤー品質向上の件、そして、劉艶《リュウイエン》の転属の件と通訳を専属にすることなどを入れた。

翌週、月曜日朝、「おはようございます」と言いながら通訳の謝《シェ》が入ってきた。

もう一人の日本語のできる楊《ヤン》は既に席についていたが、楊《ヤン》の「おはようございます」よりは謝《シェ》の方が日本語らしく綺麗に発音した。

謝《シェ》の発音は他の日本語通訳より綺麗だということは気が付いてはいた。違和感なく聞こえた。

謝《シェ》や楊《ヤン》をはじめ、ＳＱＥのメンバーは高倉と同じ部屋に在席していた。しかし彼らは組織上品質管理課、つまり李《リ》課長の管理下にあった。

従って、彼らは業務の指示が李《リ》課長から急に入ってきたり、また報告などに対応しなければならないわけだ。

実際に現在、李《リ》課長からの仕事が入っていた。

市場クレームへの対応、サプライヤーの品質評価、部品検査基準書の作成などだ。

通訳の謝依霖《シェイーリン》にも部品検査基準書の作成がいくつか指示されていた。

「依霖《イーリン》に、部品検査基準書の作成が出来るわけないだろう、課長は何考えているんだ」と、高倉は李《リ》課長を批判的に言った。そのすぐ後で「あっ、少しはっきり言い過ぎたかな」と声の大きさを抑え呟き、謝《シェ》の顔を見た。謝《シェ》は高倉に背を向け黙ってパソコンに手を置いたまま、動きが止まっていた。

「依霖《イーリン》は、どう考えているのですか」と高倉が聞くと、謝《シェ》は小さな声で「私には部品検査基準書の作成は出来ません」と謝《シェ》は一瞬振り向きざまに答えるとまた背を向けた。

「そうだろう、でも出来ないと言えないんだろ」と高倉が言うと、謝《シェ》は黙っているだけだった。

「それに、急に指示を言ってくる、これでは私がやろうとしていることが出来ないじゃないか」と高倉はたたみ掛けた。

「……」謝《シェ》は背を向けて黙ったままだ。

「謝《シェ》や他のＳＱＥメンバーを私は使ってよい、特にＳＱＥのメンバーは、まだ仕事を知らないので教育してやってほしい」と孫《ソン》品管部長からも言われている。

だから、今回の報告の中に、サプライヤー品質向上の件と同時にＳＱＥを高倉の管理下に置くこと、通訳を専属にすることなどを書き入れた。そして、劉艶《リュウイエン》の転属を再考していただく事も付け加えた。

高倉は謝《シェ》に、朝一番に孫《ソン》品管部長と周《チョウ》女史の都合を確認させた。

「今日、一週間の報告をしたいから、二人の都合を聞いて下さい」と高倉は謝《シェ》に指示した。

一時間ぐらい後になって「今日は、孫《ソン》部長も、周《チョウ》さんも都合が悪いそうです」と謝《シェ》は立ち上がり振り向いて言った。

「いつなら良いのですか」と高倉が聞くと、「明日なら良いみたいです、明日また確認します」と謝《シェ》は事務的に答え椅子にゆっくりと座った。


翌日になって孫《ソン》部長への報告が出来た。

「こんにちは、今日はこの一週間の状況報告です」と高倉は言いながら部屋に入ると、孫《ソン》部長はにこにこ笑いながら「さあどうぞ」とソファーに座ることを勧めた。

高倉がＡ４サイズ二枚にまとめた資料に基づいて話し始めると、孫《ソン》部長はそれを中国語に訳した資料を見ながら聞いていた。

ひと通り報告し終わったところで、孫《ソン》部長はおもむろに口を開いた。

「ＳＱＥのやるべき事を決めてほしい、現状あるものに追加、改訂してもいい。そしてしばらくやってみてＴＯＰに報告したい」

「分かりました。早速考えてみます」と高倉は答えた。更に孫《ソン》部長は「ＳＱＥや通訳の仕事の管理や指示の仕方などは、李《リ》品管課長と話し合って下さい」と言って資料に目をやった。

高倉は部長としての意思は何もないのかと思いつつ「分かりました、そうします」と答えたが一言言っておきたかった事があった。

「通訳の能力、いわゆる日本語力は当然のことながら、管理調整能力、時間的能力なども含め通訳の能力が私の能力となります。少し大げさな言い方かもしれないが、それだけ通訳は私の耳と口の代わりで重要な存在なのです、その事を理解して下さい」

これは通訳の謝《シェ》に対してても分かってもらいたいことだった。

「今後通訳できる謝《シェ》や楊《ヤン》を使う場合は必ず自分を通すようにお願いします」

通訳を専属にするということについて孫《ソン》部長は明言を避けたと感じ取ったが、高倉としては、今日の報告で了承されたと判断した。

サプライヤー品質向上については、「市場問題対策会議のやり方を考えている」と孫《ソン》品管部長からの話があった。

「そうですか、決まったらまた教えて下さい。私も気が付く事があったら提案します」と高倉は言いつつも、劉艶《リュウイエン》の事が気になった。

劉艶《リュウイエン》の転属を再考については、明確な回答はなかったが、孫《ソン》部長としての意見もあった。

「上下のコミュニケーションについて、お互いに話し合って、上手くいかない場合は上司を飛び越えて直訴は止むを得ないが、その場合も内容が不明確なことまで事実として言うのは困る。基本的に職制を飛び越えて言われては困ります」

「そうですね、それは理解できます」

「品管内部の事を他からなんだかんだと言われたくないのです」孫《ソン》部長はきっぱりと言った。

このことは、劉艶《リュウイエン》が品管内部の悪い状況を周《チョウ》女史や陳《チエン》役員に話していることを察しているからだと高倉は思った。そして孫《ソン》部長の言っている事も理解できた。

劉艶《リュウイエン》のように少しばかり中国自動車会社で品質管理業務の経験があり、他の部員よりよく知っている、少し個性が強く、自分の意見をはっきり言う人は、今の品管部長や品管課長では使いこなせないのだと思った。このような人材は日本の会社でもいるし、使い方によっては組織にとって有益にも弊害にもなるということだ。

高倉は劉艶《リュウイエン》について、それ以上の議論はしなかった。

「劉艶《リュウイエン》のことは了解しました。しかし、私の業務に関係する部員の転属などの人事異動の情報は早めに知りたいと思っています。その他孫《ソン》部長の言われることは分かりました、しかし、私は周《チョウ》さんにはいろいろな事を適時報告させて頂きます」と高倉は言った。

そして、高倉は孫《ソン》部長の部屋を出た。

孫《ソン》品管部長は、博士号まで持っているような人だが、劉艶《リュウイエン》のような人材を使えない、または適正に指導出来ないということは現場の品質管理実務について、ほとんど分かっていないのではないかと疑問を感じた。

その日の夕方、四時過ぎになって周《チョウ》女史から連絡があった。

「五時過ぎなら時間が空いているとのことですがどうしましょうか」

謝《シェ》は座っている椅子ごと振り向いて髪を手で後ろへ大きく払った。

「私は何時でもいいですから、今日中に報告を終わらせたいです」と高倉が答えると、謝《シェ》は「分かりました」と答え、体をくるっと廻しパソコンを操作し周《チョウ》女史に連絡した。

三階品質管理部専用会議室で数分待っているとすぐに周《チョウ》女史は来た。

報告が始まったのは、午後五時十分だった。

我々日本人は同じ車で送り迎えされているので、夏時間の定時（五時三十分）に所定の場所で待っていないと、他の皆に迷惑が掛かりまた置いていかれ帰りの足がなくなるということになった。

この日は、予め遅れることを他の同僚や運転手に連絡を入れたので、混乱はなかった。

高倉の帰りは、周《チョウ》女史が夕食のトランスミッション工場の食堂まで送ってくれるということになったからだ。

話が始まる前にそのような事を確認してから報告に入った。

高倉は劉艶《リュウイエン》の件を除き、孫《ソン》部長に報告したのと同じ内容を資料を見ながら、そして時々顔を上げて話した。

周《チョウ》女史は全て聞き終わった後で、若干の意見を述べた。

「契約書に董事長のサインがまだ入ってない件については、すぐ人事に言って対応させます」と周《チョウ》女史は権威者らしく言い切った。

「サプライヤー品質検証の件は、購買部にある重要サプライヤー四十社を対象に加えたらどうか」と聞いてきた。

「重要サプライヤーと問題を出している最も悪い順のサプライヤーとは少し違うので、併せて検討します」と高倉は答えたが〈意外な意見だな〉とも思った。

「通訳を私専属にすることはいいですね」と高倉は念を押した。

「勿論、当然だ」と答えた周《チョウ》女史の顔は半ば疑問にさえ感じているふうだった。

その他は、特に意見はなく、高倉の報告は一応了承された。一時間近くが経過していた。そして、最後に「孫《ソン》部長とは上手くいっていますか」と高倉に聞きながら席を立った。

「はい、今のところ、問題なくやっています」と高倉が答えると、「あっそう」と言いうなずいた。

「あっ、それから今、アクスルシャフトの市場クレーム問題が起きていますが、この件について孫《ソン》品管部長から何か聞いていますか」

周《チョウ》女史は急に思い立ったように高倉に聞いた。

「いえ、聞いていません」と言いながらも高倉は〈来たな！〉と思った。

「この問題について原因解析や対策が遅れていて三星集団として困っています。何よりも優先してこの問題に取り組んでほしいと思っています」

周《チョウ》女史は会議室から出る足を止め高倉に向かって言った。

「分かりました、孫《ソン》品管部長に詳細を確認し、直ぐに行動します」

アクスルシャフトのクレーム問題については、先日初めてアパートに入った日のテレビでもやっていたが死傷者が出ていて今や社会問題にもなりかねない大変重大な問題だということは既に承知していた。

「政府への報告も滞っていて、お客様からの訴えも強く、このままだと四輪中型トラックの製造が出来なくなるような大問題です。三星集団存続の危機です、至急取り組んで下さい」

周《チョウ》女史は真剣な顔で、しかも懇願するような口ぶりで言った。

通訳の謝《シェ》もその重大さを理解したような言い方で高倉に伝えた。

「分かりました、明日から早速行動します」

高倉は、〈これは一大事だな〉と内心思っていた。

「ところで帰りの足は、ないですね」と周《チョウ》女史は話を変えた。「はい、その通りです」と高倉が答えると、

「じゃ、下の玄関で待っていて下さい。で謝《シェ》は大丈夫ですか、足は？」

「あっ、はい、私は大丈夫です、バスで帰りますから……」

「あっそう」と言って周《チョウ》女史は会議室を出て行った。

高倉が正面玄関で待っていると周《チョウ》女史の車は直ぐに来た。トヨタレクサスのCT200h型リアーゲート（ハッチバック）タイプの左ハンドル車のようだ。セダンタイプとは異なりスポーツタイプでコンパクトな車だ。エンジン容量は確か一・八リッターと記憶していたが確信はなかった。日本で買えば三〇〇～四〇〇万円ぐらいはすると思った。

高倉は「サンキュウ」と英語で言いながら車に乗り込んだ。そしてシートベルトを掛けロックした。本社正面玄関から右回りでロータリーをゆっくり走り守衛所を抜け大通りに出ると車は一気に加速した。スピードは直ぐに時速八十キロくらいに達したと感じた。

彼女は、アメリカの大学を卒業していて、当然アメリカで数年間生活をしているので、英語は問題なく話せるということだった。

高倉は何とか英語で会話しようと試みたが上手くいかなかった。しかし、そのようなおぼつかない会話だったが車内での時間を過ごした。

「この車は日本製ですか」と尋ねると、「中国製です」と彼女はチラッと高倉の顔を見て言った。

〈広州製かな〉と高倉は思った。広州市は中国沿岸部の南の方に位置している大都市でトヨタやホンダなどの工場があると聞いていた。

トヨタはその他中国各地に何カ所か工場がありそれぞれ別の車種の車を造っていた。

「レクサスはアメリカでも評判は良いですよ」と言うと、周《チョウ》女史は少し笑顔になり満足そうにうなずいた。

「内装の建て付けもいいですよ」と言いながら高倉は内装部品の合わせ部に手を軽く触れ室内を見回し

た。しかし、乗り心地は少し硬かった。足回りの味付けはやはりスポーツタイプらしく感じた。

足元をちらっと見ると、かかとの高い靴でアクセルペダルを踏んでいた。しかも、かなりのスピードだ。田舎の一本道片側二車線で他に車は少ないとはいえ、スピードメーターを覗くと八十キロ以上は出ていた。

道路わきの木々が次々と後方に去っていき空気の速い流れを感じ取ることが出来る。

〈大丈夫かな〉高倉は少し心配になった。

「周《チョウ》さんは、アメリカの大学で、何を学びましたか、専門は」と更に聞いた。

「自動車工学です」と彼女は答えた。

「えっ、自動車工学ですか、すごいですね」と言うと、「そうでもないですよ」と謙遜して言った彼女はチラッと横の高倉を見て、また前方を見たまま視線を逸らすことなくハンドルを握っていた。

そんなおぼつかない英語での会話をしながら二、三十分経つと周《チョウ》女史の車はトランスミッション工場の守衛所をゆっくりと入って食堂に近いところで止まった。

「シェイシェイ、サンキュウソウマッチ」と高倉はお礼を言って車を降りるとすぐに食堂へ駆けた。高倉はかなり慌てていたので周《チョウ》女史の顔はよく見なかった。

しかし、初めて周《チョウ》女史の車に乗せてもらって、何となく周《チョウ》女史の事が分かったようで楽しかったし満足もしていた。

そして、周《チョウ》女史は愛想が良いとか愛嬌を振りまくといったタイプではなく、私的な付き合いは出来そうもないが、仕事上では十分に高倉の側に立った判断をしてくれ、バックアップもしてくれる、そんな従来からの印象から確信に変わった。

高倉は、仕事への更なる自信と積極性が湧き出してきていた。

食堂までは二、三十メートルだ。

既に、他の日本人は食事を終わるところだった。皆に少し待ってもらい、雷《レイ》の運転する送迎用の車で高倉は皆と一緒にアパートまで帰った。

＊課長とSQE（外注品質技術員）

翌日、李《リ》品管課長とミーティングを持った。

李《リ》課長は昨日の高倉と孫《ソン》品管部長との話を聞いている様子だった。

李《リ》課長は小柄ながら太り気味の体格で動きも言葉もはっきりしていた。活発に感じた。

「私は、高倉さんの仕事を全力で支えます。同じ品管部だから……」

「そうですね、ＳＱＥに対する仕事を指示する時は、必ず私を通して下さい」と高倉は言いつつ、〈今言った事を忘れないで〉と内心思っていた。

「サプライヤー品質向上をＳＱＥと一緒にやってくれ、ＳＱＥを教育してくれ、などと孫《ソン》部長から言われている以上、そのつもりで頑張ろうとしているから」と高倉は決意を示した。

「前任者にもＳＱＥを付けたが、業績が見えなかったので、品管課長が管理した。しかし、今後は高倉さんの仕事を優先させます」

そして更に続けた「メンバーの人事評価はメンバーをよく知っている部長と課長で決めます」と李《リ》課長は自信ありげに言った。

「分かりました、ところで……」と高倉は話を続けた。

「謝《シェ》は通訳で、検査基準書なんか作れないし、作らせたら私の仕事に支障が出るので、今後一切やりません。私の仕事、通訳翻訳に専任させます、いいですね」と高倉は念を押した。

「分かりました」と課長は答え、その他市場品質会議、サプライヤー品質審査の方法などについて話し合った。

このようにして、謝《シェ》や他のＳＱＥの仕事のやらせ方について高倉は李《リ》品管課長と意思統一した。

「話は変わりますが、今、アクスルシャフトのクレームが問題になっていますが、どのような状況ですか、誰が進めていますか？」

突然の高倉からの質問に李《リ》品管課長はかなり驚いた様子で答えた。

「えっあっ、あのーその件は、現在、汽車（四輪中型トラック）研究院で対策を進めています」

「品質管理部は誰が担当ですか」

「えぇーと、私とＳＱＥの丁亮《ティンリャン》です」

「それでは、早速ですが研究院の担当者を呼んで現在の状況を教えて下さい。……というのは昨日周《チョウ》さんから、私に推進するように指示があったからです」

高倉は、周《チョウ》女史から自分に与えられた役割を果たそうとし、孫《ソン》品管部長に確認するまでもなく対策推進を進めようとしていた。

「分かりました、直ぐに研究院に連絡を取ります」

「大至急ですよ、いいですね」

「はい、分かりました」

李《リ》課長の返事ははっきりしていた。

この日、高倉が初出社してから既に二週間目に入っていた。

ＳＱＥは劉艶《リュウイエン》を除くとあと三人だ。

この三人はサプライヤー品質を向上させるため高倉の手足になる者だ、教育してやってくれとの孫《ソン》品管部長からの依頼もある。

日本語の話せる楊文明《ヤンウエンミン》、入社歴一年の黄秋生《ファンチウション》は大学での専攻は建築学と言った、同じく入社歴一年の丁亮《ティンリヤン》は大学での専攻は化学ということだ。

いずれも二十三、四歳の若者だ。

品質管理については、入社後社内研修を二〜三日受けた程度だ。後は、自分で勉強したと言っている。入社後製造現場経験が一〜二カ月ある程度だ。もちろん品質管理の実務経験は皆無だ。品質検証マニュアルに沿ってサプライヤー検証をしたとしても、どれだけ工程改善や品質改善の提案や指導が出来るのか、〝推して知るべし〟だ。

今三星集団では、ＴＳ１６９４９認証を取得する為、専門講師が来て連日研修を行っている。ＴＳはＩＳＯと同じ国際規格で品質体系を要求されるものだ。特にＴＳは自動車に特化したものということだが、日本の会社で認証取得しているということは高倉もあまり聞いたことが無かった。

そのＴＳ研修を関係部門が連日入れ替わり立ち替わりやっている。彼らＳＱＥも必要と思われる研修には出席していた。品管課長からの指示だ。勉強することは良い事だが計画的にやってもらいたいものだ。朝になって急に「今日十時から出席します」と言われても、これは一緒に仕事を進めようとしている高倉にとっては困ることだ。

丁《ティン》は高倉との面談で、今の自分達の仕事の疑問点や問題点を多く指摘した。真面目な建設的意見も多かった。高倉は使える人間だと感じていた。

楊《ヤン》は日本語が出来るということで、仕事上の通訳として期待した。

黄《ファン》は性格もおとなしく、これからもっと積極性を鍛える必要を感じた。

謝《シェ》は女子ではあるが、その扱いを差別することはしないと決めていた。通訳であっても女子であっても、仕事は仕事、厳しくというより日本式に普通に接すると高倉は決めていた。

＊ＱＣサークル活動

孫《ソン》品管部長から、依頼されていた大きな柱の一つはＱＣサークル活動の指導だった。

ＱＣサークル活動の三星集団の全社推進役は品質管理部にあって、推進担当者も決まっていた。

「ＱＣサークルの担当者は誰ですか？」と高倉は謝《シェ》に尋ねた。

「田《ティアン》さんです」

「あっそう、話がしたいのですが呼んで下さい」

「はい」と言って謝《シェ》は席を立った。

謝《シェ》は一分もしないうちに田《ティアン》と一緒に戻ってきた。

「田《ティアン》さんが来ました」

「あっ、どうも、お座り下さい」と高倉は言いながら椅子を勧めた。

謝《シェ》は自分の椅子を田《ティアン》の横に置き座った。

「はい」

田《ティアン》は少し不安そうに返事をすると控え目にゆっくりと座り、顔を上げた。

彼は、丸顔で中肉中背、というより少し痩せ型でおとなしそうな感じだ。

「田《ティアン》は、QCサークル活動の謂れというか、目的などを知っていますか?」

高倉は〈突然難しい質問かな〉と思いながらあえて質問した。

「大体知っているつもりですが……」

田《ティアン》は自信の無さそうな返事をした。

「そうですか、では貴方の復習の意味を含め説明します」そう言って高倉は話し始めた。

「QCサークル活動は、もともと日本で一九六〇年代初めに生まれたのです。それまでは、スタッフを中心にした品質管理だったが、物の質を高めるには、やはり現場の作業者が学ばなければならないということで、現場の作業者でグループを作り自ら現場の問題を解決するということになったのです。

その過程で問題解決手法を学び、品質意識の向上を図り、チームワーク精神を養い、人間性を高めたりします。更に会社にもいろいろな面で貢献するということが大事であり目的でもあるのです」

高倉は教科書に載っているような事を淡々と話した。

通訳の謝《シェ》は、時々メモを取りながら聞いていたが「あっ高倉さん、もう少し文章を区切ってお願いします」と一気に説明している高倉を遮った。

「そうか、そうだね、分かった」高倉はそう言って話し方を自制した。

田《ティアン》は黙って、時々高倉の顔を見て聞いていた。

「今、言ったようなサークル活動であるべきなのです、基本は自己啓発活動なのです」高倉は話を区切った。そして更に続けた。

「従って、日本では五十年以上の歴史があるわけだが、このQCサークル活動の結果として日本品質は世界一になったと評価されたのです」

通訳の謝《シェ》も一生懸命に高倉の説明についていった。

「すごいですね、日本は……」田《ティアン》が一言発した。

「今や世界の各地、各企業でＱＣサークル活動を進めています。中国の企業も、日本のＱＣサークルに倣って実行している企業はかなりあるということを聞いています」

「そうですね、中国でも盛んになっていると聞いています」田《ティアン》も分かっているような言いぶりだ。

高倉の長い説明は、田《ティアン》にとっては退屈に感じられた。

高倉は説明が終わって一呼吸置いて、「ところで、三星集団の今年のＱＣサークルの計画は、どのようになっていますか？」と田《ティアン》に聞いた。

「今年度の各事業部の進捗状況を確認する為に近々事業所を回る予定です」

「全体の発表会はいつですか」

「今年十二月です」

「次のＱＣサークルリーダー会議はいつですか」高倉は次々と質問した。

「来週月曜日、農業車（三輪車等の特殊貨物車両）事業部です」

「じゃ、私も行きますから、一緒に行きましょう」と高倉は積極的な姿勢を見せた。

取り敢えず会議に出てどんな状況か知ることが一番だった。

「その他何か問題とか、意見とかありませんか」高倉は田《ティアン》からのいろいろな意見を期待したが、返事に気抜けした。

「今のところ特にありません」

田《ティアン》は高倉と謝《シェ》の顔を無表情で見合わせた。

「そうか、じゃ当日よろしくね」と高倉は言って話を打ち切った。

「分かりました」と田《ティアン》は言って席を立ち軽く会釈し部屋を出て行った。

〈田《ティアン》への指導はこれからだな、しかし、あまり期待できないかも……〉

高倉はQCサークル活動の指導への入り口に立ったことを実感していた。

＊スパイ行為？

高倉の部員に対するヒヤリング（面談）と並行して、各事業部に置いている、監督課の課長もヒヤリングの対象としていた。

監督課の課長はそれぞれの事業部（工場）に三人居るがまず一番近くの汽車（四輪中型トラック）事業部の程《チョン》課長とヒヤリングを実施した。

監督課としての役割なり仕事はなにか、事細かく聞いた。そして、今の問題点や彼の考えなど概ね一時間半くらい話し合った、というよりいろいろなことを聞いて高倉の勉強にもなった。

翌日、朝の早い時間に通訳の謝《シェ》が、立って窓の外を見ていた高倉の後ろから静かに近づき話しかけた。

「あのぅ……」と言ったところで高倉が振り返った。「李《リ》課長から、昨日汽車事業部監督課の程《チョン》課長と何を話したのか、聞かれましたので、大体の事を話しました」

謝《シェ》の顔や態度は平静を保とうとしていたが何か落ち着きのなさを感じた。

「えっ！　それはまずいよ、そんなスパイみたいに、どんな動きをしているか、中国人が何を私に言ったのか、探るようなことは絶対だめだよ。そんなことをしたら私に本音で話してくれる人はいなくなってしまうよ」

高倉は、真面目な顔をして謝《シェ》を見つめた。

「通訳は、通訳したことを絶対に他人に言ったら駄目だよ、通訳が機密を守れないなら通訳として失格だぞ、通訳としての基本的な条件だ」と高倉は両手を上下に振って真剣になって諭した。

「……」謝《シェ》は気まずそうな顔をし、黙って下を向いて聞いている。

しかし、謝《シェ》も李《リ》課長から聞かれたら断れない、隠せないというのも今の李《リ》課長の影響力からして理解できた。

「分かった、じゃ私から李《リ》課長に言います。今から李《リ》課長と孫《ソン》品管部長の所へ行こう」と高倉は少し冷静さを取り戻し、謝《シェ》を促した。

「あっ、いえっ、あのう、いいです。今度このような場合、聞かれたら、断りますから、私から言いますから」と謝《シェ》は慌てて拒絶した。

「大丈夫だよ、さあ行こう」と言って高倉は謝《シェ》の腕に手をかけようとした。

「いえいえ、次に聞かれたときは必ず断りますから、絶対に言いませんから」

謝《シェ》は高倉から二〜三歩後退りした。そして決して課長や部長の所に行こうとしなかった。

下の者が、上司に何か意見を言う、ということは、中国社会にとっては、重大なことであり、そう簡単には言えないことだった。

今ここで、課長や部長に、課長からの聞き取り行為の件を訴えたら、謝《シェ》の立場は相当悪くなり、品質管理部に居られなくなってしまう、ということが容易に想像できた。

「そうか、じゃ、今回に限りそういうことにします。今後は絶対に注意して下さい」と高倉は言いつつもこのまま引き下がれない、何か割り切れないものを感じていた。

「はい、分かりました」と謝《シェ》はうつむいてささやくような声で言うとゆっくり体を廻し、背を向けて椅子に座った。

高倉の正義感と仕事への生真面目さが、李《リ》課長のスパイ行為を許せなかった。裏に孫《ソン》品管部長の影が見え隠れしていたのも感じた。

先般、女性SQEの劉艶《リュウイエン》が突然転属になった時も、もしかしたら、劉艶《リュウイエン》が高倉に話した内容が李《リ》品管課長や孫《ソン》品管部長に漏れていたのではないかと容易に想像できた。

〈やりにくい会社だな、精神的なプレッシャーをかけてくるということか、でも自分流のやり方で行くぞ、報（告）連（絡）相（談）を欠かさず実行して、ぐいぐい攻めてやるぞ、一年でクビになっても〉

高倉は一瞬李《リ》課長や孫《ソン》部長に迎合することも頭をよぎったが、こんなことで自分の信念を曲げるようなことはしなかった、というより出来なかった。

その日は、他の部員のヒヤリングを行い、合間にサプライヤーへの訪問予定について楊《ヤン》を通訳にして丁《ティン》と話し合った。

「クレームの多いサプライヤーから順番に訪問していきましょう。まず初めに現在問題になっているアクスルシャフトのサプライヤーを計画に入れて下さい。サプライヤーへの連絡と予約を忘れずにしておいて下さい」

「分かりました」と丁《ティン》ははっきりとした口調で言った。

「訪問するにあたって当然ですが、工程検証マニュアルやクレーム資料、こちらからのプレゼン資料などの準備はしっかりとやっておいて下さい」

「分かりました、大丈夫です、準備します」丁《ティン》は直立したまま丁寧な物言いで返した。

「じゃあ、決まったら教えて下さい」と言って高倉は話を終了させた。

＊重大クレーム真の対応へ

アクスルシャフトの市場クレームの件について、李《リ》課長に話をした翌日の午前中、汽車（四輪中型トラック）研究院の担当者宋《スン》が現在の推進状況を説明に来た。

丁度サプライヤーへの訪問予定についてＳＱＥの楊《ヤン》と丁《ティン》に指示しようとしていた矢先だった。

「高倉さん、研究院の宋《スン》さんが来ました」

謝《シェ》は席を立って、宋《スン》を高倉に紹介した。

「それでは、李《リ》課長と丁《ティン》を呼んで同席させて下さい」

「はい、呼んできます」

謝《シェ》はそう言いながら傍で机に向かっていた丁《ティン》にも何か言った。

そして、李《リ》課長と丁《ティン》と宋《スン》、謝《シェ》と高倉は会議室に移動した。

「こんにちは、宋《スン》です。アクスルシャフトの市場クレームの件について現状を報告に来ました」

全員が机に向かい椅子に座ると、宋《スン》は改めて挨拶をした。すると高倉も短い挨拶を返した。

「高倉です、よろしく」

「今日はアクスルシャフトの市場クレームの件について、現在の対策推進状況を報告して下さい」と李《リ》品管課長は宋《スン》に向かって言った。

すると宋《スン》は用意してきた資料を見ながら、説明を始めた。

「分かりました。えーアクスルシャフト折損の件については、今年に入ってから先月末時点で市場からの不具合打ち上げは百五十一件、月平均約十九件です、発生率約一・三％全て部品交換で対応しています。

アクスルシャフト折損が原因と思われる事故で死者二名負傷者十一名と報道されていますが、事故との因果関係は明確になっていないので、現在会社としては認めていません。発生地区の特徴は特に見当たりません。設計強度を再検証した結果安全率二・三で問題なしと見ていますが、想定荷重よりかなり大きな荷重がかかることも考えられることから、シャフト径を若干大きく設計変更して想定荷重に対する安全率を更に高めようとしています」

「う〜ん、従来から想定している、いわゆる設計荷重は問題あるんですか、もし設計荷重に問題あるのならこの車は発売当初から全車に近い数の不具合が発生しているはずですよ。発生は今年に入ってからでしょ、それ以前の車からは発生してないでしょ」

高倉は即設計変更に話が進もうとしていることに疑問を呈した。

「しかし、その後の使い方に変化が出ているかもしれないし、取り敢えず強度を向上させればクレームは発生しなくなると考えます」

宋《スン》も持論を主張した。

「その後の使い方はどう変化しているのか実際の市場を調べたのですか？」と高倉は更に突っ込んだ質問をした。

「調べてないです」と宋《スン》は悪びれず平然と答え、いかにも自信ありげだ。

高倉は現物の調査、解析をやってないのではないかと想像し次の質問をした。

「クレームの現品は戻ってきていますか？」

「数本ありますが……」と言いながら宋《スン》は李《リ》課長の方をちらっと見た。

「現物を見て何か分かりましたか？」

「特に……」高倉の質問に対し宋《スン》の返事はいよいよ詰まってきた。

「疲労破壊か一発破壊かぐらいは分かるでしょう、あるいはシャフトのどのあたりから折損しているかなど……」

「……」現物を見たのか見ていないのか宋《スン》は答えが出なかった。

「分かった……というより、現場現物の解析をやってない、ということが分かった。それにしても発生率一・三％だよ！　重要保安部品だよ！　発生率が高いのにもっと早く対策しないと……、それに死傷者まで出ているというマスコミ報道がされている現実をどう考えているのかね……」

高倉は日本の場合と比較しクレーム率の高さに驚いたが、尚、クレームが発生して対策が協議されるまでに数カ月かかり、対策が協議されてから更に一カ月以上も経っているのに、ただおろおろしていて有効な対策が取られていない、更に社会問題化してきているのに、事の重大さに鈍感な動きに驚きを隠せなかった。

「品管部は何かアクションを取っていますか？」

「品管部はクレーム現品をサプライヤー（外注メーカー）へ戻し、解析させていますが、まだ回答がありません」

李《リ》品管課長は不思議なくらい平気な顔をして言い放った。

「回答はいつまでに来るのですか？」

高倉の質問は続いた。

「まだ、分かりません、昨日も電話で聞いていますが良い返事が返ってきません」と李《リ》課長はサプライヤーが遅れていることを強調した。

「孫《ソン》品管部長からの指示は何かありますか？」

「はい、サプライヤーへ対策を指示し、もし言う事を聞かない場合はサプライヤーを代えると言っています」

李《リ》課長はサプライヤーに対し強力に推進していることを言いたげだった。

「分かった、ではそのサプライヤーを直ぐ呼んで下さい。今日、明日にでも、直ぐです、いいですね、私からも話を聞きます」

高倉は、やっぱり自分が直接行動しなければ早期の対策は見込めないと判断した。

研究院の担当者宋《スン》は、設計的検討はしたが現物や現場の品質管理状況の調査は品管部の仕事と割り切っている。

また、品管部も現物解析はサプライヤー任せで、責任を逃れようとしていることが推測できた。

「設計的検討も良いですが、この場合もっと現物を調査解析する必要があると思います。従って、直ぐにサプライヤーと話し合い、原因解析を進めることを指導します。サプライヤーと会議を持つ時にクレーム現品を用意しておいて下さい」

と高倉はサプライヤーとの会議の開催を李《リ》品管課長に依頼すると、

「はい、分かりました、直ぐに連絡を取ります」と李《リ》課長は言い、少し太り気味の顔を赤らめて何やら丁《ティン》に指示した。


昼食近くになって、高倉はパソコンでの仕事の手を止め立ち上がって窓の外を眺めていた。

「今日も青空は無くすっきりしない天気だな」と独り言を言いながら見ていた北の方には、ビル工事の合間より、うっすらと薄茶色の空が広がり遠くに五連連峰が霞んで見えた。

「高倉さん、アクスルシャフトのサプライヤーが今日午後三時に来るそうです」

李《リ》課長と丁《ティン》が通訳の謝《シェ》の所に来て何やら話をしていたと思ったら、謝《シェ》が高倉の方を振り返って言った。

「あっそう、意外と早かったね」と言いつつ高倉は珍しく早い対応に少し驚いた顔を見せた。

「じゃあ、会議室と現物の用意も忘れないで」と高倉は李《リ》課長の方を見たが丁《ティン》に向かって指示すると、

「はい、分かりました」

丁《ティン》は傍に立って聞いていたが、快い返事をした。

「会議のメンバーは研究院の宋《スン》やＳＱＥの丁《ティン》も入れます」と李《リ》課長は言いながら丁《ティン》と顔を見合わせた。

「そうですね、それが良いと思います」

高倉は会議の開催まで漕ぎつけたと思い、次の展開を考えていた。


高倉は昼食を食べながら、アクスルシャフトクレーム対策について、今までの経過を安本や澤田に話した。

「三星集団にとって会社存亡の危機とさえ思われる大問題なのに、実務の進め方は、それぞれの担当部門がマイペースでは董事長も嘆きたくなるね」

安本は小声で言った。

「中国だね、日本だったらリコール間違いないね、こんな動きは考えられないよ。場合によっては裁判沙汰だよ」

高倉は周りをゆっくりと見廻した。

董事長や周《チョウ》女史、総経理や各部長らが、互いに何やら話しながら食事をしている。

澤田は食事を口に頬張り、安本と高倉の会話を聞き、ただうなずくだけだった。

「アクスルシャフトのサプライヤーのルンボア有限会社の営業と品質責任者が来ました」

午後三時少し過ぎ、謝《シェ》が高倉に伝えた。

会議室には三星集団側の関係者とサプライヤー（外注メーカー）の二人が既に座っているのを見て、高倉は机の真ん中に空いていた椅子に座り、同時に謝《シェ》に高倉の横に座るように手で合図した。

「日本人品質専門家の高倉さんです」

謝《シェ》は座る前に高倉をサプライヤーの二人に紹介した。

「高倉です、よろしく」高倉は軽く挨拶した。

「ルンボア有限会社の品質責任者と営業責任者です」

謝《シェ》はルンボアの二人を机越しに高倉に紹介した。

「よろしくお願いします」

二人は殆ど同時に椅子から立って言い、そして着席した。

「アクスルシャフトの折損不具合の対策状況をルンボア有限会社から説明して下さい」と李《リ》課長から会議開始の言葉があり、ルンボアの品質責任者から説明が始まった。

ルンボアという字は難しい漢字なので高倉はカタカナでメモを取った。

ルンボアという会社がどんな会社か、何処に在るのかなどの説明は無く、いきなり問題の説明に入った。

「不良品を五本持ち帰って調べました。図面寸法に対し、全ての個所で合格でした」

グレーの作業服で中太り中背、浅黒い顔つきの品質責任者は自信ありげに話し始めた。

「データの記録はありますか」と高倉が聞くと、

「いや、記録は残っていません」

ルンボアの品質責任者は全然悪びれずに答え、横に居た営業責任者と顔を見合わせた。

「記録が無かったら、合格かどうかの証拠が無いじゃないの」

「でも間違いないです」

そんなやり取りをしたが、結局サプライヤーの現物、現場調査は不十分で、原因を特定できずに時間ばかりが過ぎていたという実態が、明らかになった。

「市場から戻ってきたアクスルシャフト不良品の寸法を測ってデータを残して下さい。それから材料検査、熱処理後のシャフト表面硬度の測定をしてデータを残すこと、不良品が出始めた今年一月から、加工工程や熱処理工程に何か変わったことが無かったか、例えば作業者、加工場所、機械、刃具、切削条件、熱処理条件、熱処理設備や治具などの調査を至急実施して下さい。そしてもし不具合の原因が分かったらその不良品の製造ロットの特定をして下さい」

高倉はクレーム現品を目の前に置き、指で現物を指差しながら現物の測定個所などを細かく指示した。そして、その他幾つかの検査、調査項目も具体的に要求した。

「材料検査は自社で出来ないので別の材料分析会社に出しますから、少し時間がかかりますがよろしいですか」と言って、ルンボアの品質責任者は皆の顔を見廻した。

「どれくらいかかりますか」

「一、二週間だと思います」

「分かりました。なるべく早くやってもらって下さい」と高倉が言うと、ルンボアの品質責任者は「はい」と返事をしたが、自信なさそうな感じがした。

「調査や解析結果は、後日報告してもらいます、いつまでにできますか」と高倉は更に念を入れて聞いた。

品質責任者は営業責任者と何やら相談してから「一週間下さい」と答えた。

「分かりました。では一週間後、多分二十四か二十五日ごろ、ルンボアに行きますので、それまでに対策を完了させて下さい、いいですか」

　高倉は若干余裕を見て約束させた。

「分かりました」と品質責任者からは意外とはっきりした返事が返ってきた。

「それまでに原因が分かり、対策を実施したらその時点で、一度連絡を入れて下さい」

「どなたへ入れたらいいですか」と品質責任者が三星集団側の面々を見廻した。

「丁《ティン》で良いです」と高倉は言って李《リ》課長の顔を見て目配せした。すると李《リ》課長も黙ってうなずいた。

「分かりました」と品質責任者が一言答えると、そこで、「では今日の会議はこれで終わります」と李《リ》課長が最後を締めくくった。

　ルンボアの二人も、李《リ》品管課長、丁《ティン》も一応納得した様子で会議室を出た。

「ルンボアという会社がどんな会社か分からないが、取り敢えず今日の宿題をどこまでやり切れるのか、見ものだな」

　高倉は席に戻ると李《リ》課長と丁《ティン》に少し笑って言った。

「そうですね、やはり高倉さんのように、こちらの要求事項を具体的に言わないとダメなんですね」

　李《リ》課長は納得したように言い、丁《ティン》に顔を合わせると、「はい、私も勉強になりました」と丁《ティン》も理解したようだった。

　高倉はアクスルシャフトのクレームは大問題であるが故、早急に対策を出さなければと焦りつつ、自分が出したルンボアへの要求に対する答えを心配しながらも期待して待つことにした。

　会議が終わると、李《リ》品管課長は孫《ソン》品管部長から呼ばれた。

「先ほど、李《リ》課長は高倉さんやサプライヤーなどと会議室に居ましたが何の会議だったの？」

　孫《ソン》部長が李《リ》課長に尋ねた。

「あっはい、高倉さんの要望でアクスルシャフトクレームの件で打ち合わせをやっていました」

「そうですか、アクスルシャフトクレームの件は、高倉さんが三星集団に来る前からの問題であり、私も董事長から特別に指示されていたので我々だけで解決したかったんだ。だから高倉さんには敢えて話してないのだよ」

「そうだったんですか、まずかったですか、この件は、周《チョウ》さんから高倉さんへの指示だそうです」

李《リ》課長は、孫《ソン》部長が知らないところで行動していたことを恐縮していたが、弁解じみたことも言った。

「我々が何もやっていないと、董事長から見られるとまずいので、その点は注意して、いいですね」

「はい、分かりました」

李《リ》課長はそう答えたが、『注意して下さい』だけでは高倉との関わりをどの程度にしたらいいのか悩んだ。

アクスルシャフトのクレームの件を、なぜ孫《ソン》品管部長が高倉に言わなかったのか、やっと分かった。

〈所詮、自分の保身の為に、いたずらに解決を延ばしているだけではないか〉

高倉は孫《ソン》部長の思惑を殆ど意識せずにこの問題の解決に向け推し進めていった。

＊ハウスキーパー（通称シャオジャ）来る

日曜日朝九時過ぎ、高倉の携帯電話が鳴った。

高倉は起床したばかりの状態で、少しびっくりして電話に出ると、人事部日本人担当の許《シュイ》部長からだった。

「もしもし、先日話したハウスキーパーですが、今朝、そちらに行きますのでよろしくお願いします」

「あっはい、有難う。十時頃でしたね、待っています。どんな女性か楽しみだね」と言って電話を切ると、高倉は、ちょっぴり卑猥な想像をしながら、お湯を電気ポットで沸かして、日本製カップラーメンを食べる準備をした。

高倉はカップラーメンをすすりながら、中国語で理解できないテレビの音声を聞き、テレビ画面を見ると何やら交通事故の現場が映し出されている。

「交通ルールを守らないのが原因か……ひどいね」高倉は独り言を呟いていた。

食べ終えたカップラーメンのカップを片付けお茶を飲んで、ひと休みしていると、軽く小さな音でドアをノックするのが聞こえた。

高倉は急いで駆け寄りドアを開けた。

「おはようございます」と少し違和感のある日本語だ。

いきなり顔と顔が合って、はっとして高倉も「おっ、おはようございます」と言った。

その女子は学生風で、黒髪は肩のあたりまで自然に伸ばし、化粧は殆どしてなく素顔だ。

青色のジーンズのスラックスに綿シャツの上に同じく青色のジーンズのベストを着け、運動靴を履いている。地味な感じだ。

背丈は百五十五〜百六十センチメートルくらいで若干大きめで体格は比較的スリムで、健康そうだ。

「どうぞ、入って」高倉は笑顔で迎え入れ、ソファーに座らせた。

「名前は？」

「羅佳平《ロオジャピン》です」彼女は笑顔で答えた。

「どこの大学ですか」

「山東師範大学で日本語を勉強していましたが今年卒業し、今は錦江ホテルで働いています」

「あぁ、あの東の海に近い大きなホテルですね、日照市で一番立派な……、そうすると、私がお願いする仕事は大丈夫ですか」

「はい、日曜日とそれから夜なら大丈夫です」

「あっそう、……で貴方のお父さんやお母さんはどこに住んでいますか」

「済南市《ジーナン》の近くの田舎です、済南市《ジーナン》中心から更に北方向へ路線バスを乗り継いで二時間ぐらいかかります」

「あっそう、確か済南市《ジーナン》はこの山東省の省都だよね、ここから北西方向、直線で約二百〜三百キロメートルも離れているんでしょ、遠いですね」

「そうですね、だから滅多に帰れないんです」

彼女は、初対面にしてははきはきと答え、明るい性格と感じた。日本語もまずまずだ。

高倉も話す時は、ゆっくりと丁寧に極力正確に発音するようにした。

そんな彼女の周辺状況や高倉自身の事を紹介したりして話は弾んだ。時々笑いさえ起こった。

高倉は、掃除のやり方を細かく話し、ベッドのシーツの洗濯と交換など、やってほしい事を説明した。

彼女はやる気があった。

仕事量としては約二時間くらいかかりそうで、報酬、アルバイト料も折り合いが付いた。

「では、今日から早速やってもらおうかな」

「はい、やります」と言って彼女は掃除を始めた。その間高倉はパソコンでネット情報を見ていた。

仕事が終わると、高倉はひと通り確認して、報酬を渡した。

「有難うございます、次は何時来ればいいですか」

「そうですね、来週の日曜日の午前中にお願いします」

「分かりました、今日はもう少し話をさせてもらっていいですか」

彼女は、日本語をもっと使いたかったらしいが、彼女からすり寄ってきたと一瞬勘違いした高倉は驚いた。「えっ、あっ、あぁいいですよ、とっところで名前は、どう呼んだらいいかな」

「ジャピンでいいです。シャオジャって呼ぶ人もいますが、どちらでもいいです」

「それでは、シャオジャって、呼ぶよ」

「はい、父もシャオジャって呼びます」シャオジャは嬉しそうに笑顔を振りまいた。

日本語で更にいろいろ話して一時間以上経った。

十二時過ぎになって「昼食でも食べに行きますか」と高倉が誘うと「はい、行きましょう」と彼女も明るく答え、二人は、この後、昼食を一緒に食べに外に出た。

近くの路線バス停からバスに乗り、マクドナルドハンバーガー店へ行った。

昼食が終わると、高倉は少し街をぶらぶらした。高倉はシャオジャも誘おうとしたが今日は初日でもあり、最初からあまり拘束しても良くないと考えた。そしてシャオジャはバスで自分のアパートへ帰って行った。

〈そう言えば、父母とも病気がちで、仕送りもしていると言っていたが、やはりお金が必要なんだな、大学まで出させてもらっているから……ある意味可哀相だな〉

高倉は、それでも明るい表情を絶やさないシャオジャが愛おしく感じられた。

＊ＱＣサークル活動の指導開始

九月十六日月曜日、先週ＱＣサークル推進担当の田《ティアン》に聞いていた通り、本日農業車（三輪トラック等の特殊運搬車両）事業部へ会議に行くことになった。

農業車事業部は高倉たちの居る本社から北に向かって車で約三十分から四十分、日照市内とは反対方向、内陸の方向の五連県に在る。

「今日は、ＱＣサークルで農業車事業部だよね、車の手配は大丈夫ですか」朝一番で高倉は謝《シェ》の横に立って尋ねた。

「今から手配します」と謝《シェ》は椅子に座ったまま顔を上げて答えた。

「田《ティアン》も一緒に行くのですか」と高倉が聞くと、「田《ティアン》さんと、李《リ》品管課長も一緒に行くそうです」と謝《シェ》は、今度は立ち上がって言った。

「そうですか、開始時刻に遅れないようにしましょう」と高倉は言って、席に戻りパソコンの資料を見ながら少し時間を潰して待った。

十五分ぐらいしてから、「車が手配付きましたから行きましょう」と謝《シェ》は言いながら、前の部屋に居る李《リ》課長と田《ティアン》に伝えに行った。彼らは直ぐに部屋から出てきて、そして地下の駐車場に向かって四人一緒にエレベーターに乗り込んだ。

車は、日本人送迎用車のトヨタ車だ。運転手はいつもの雷《レイ》だ。

農業車事業部への道は、会社を出て片側二車線の大きな道路を北へ走り二～三キロメートルぐらい行くと、長さ二百メートルぐらいの大きな橋を渡りすぐ左に曲がり、今度は片側一車線の道路に変わる、この道をひたすら北西に向かって走る。このあたり五～六キロメートルは、ほとんど直線道路で車のスピードメーターは時速八〇キロを指していた。

左手に比較的大きな河川が流れ、その河川沿いを走り、右手には畑が広がっていて、遠くに農家が散在している、行く方向左手、河の向こう側に狭い畑があるが、その後ろは五連連峰が続いていた。山の高さは五〇〇〜六〇〇メートルあるかないかくらい、全面岩山でかなり険しく頂上付近は尖った峰がいくつか連なっていた。峰が五つ連なっていることから五連峰と名前がついて、その五連峰があるからこの地方は五連県と名前がついたそうだ。ハイキングコースもあるらしい。短い小さなスキーゲレンデもあった。冬は寒いだろうなと感じた。河川沿いの道路が終わると今度は山の峠越えの道になる。緩やかに左カーブした岩山の間を登り始めると今度は右にそして左にと道路は大きくカーブしている、車はそんな道路を快走して登って行った。そんなに高くない峠を抜け、緩い下り坂を下って行くと五連の街並みが見えてきた。

高いビルはほとんど見当たらないが五〜六階建てのアパートはいくつか見えた。

「こんな地方にもこんな街並みがあるんだ」と高倉は一人驚いて言ったが、謝《シェ》は通訳しなかった。

李《リ》課長も田《ティアン》もただ黙って前を見ている。

その街の中心に入ると、お店や人の多い事にまたまた高倉は二重に驚いた。しかし、お店の外観も道路や歩道も雑然としていて綺麗とは言い難かった。

市街の中心地から川を渡るとすぐに農業車事業部が在り、川沿いの道路に正門が見えた。

如何にも古い建物で歴史を感じさせる。車は正門から入り三階建て事務所前の玄関先で止まった。すると、担当らしき者が待っていた。「ご苦労様です、こちらです」と言って高倉を含む四人を事務所の向かい側にある古い建物の三階ＱＣサークル会議の場へ案内した。

既に会議室にはＱＣサークルメンバーが何人かＱＣサークル活動報告の準備をして待っていた。

ＯＨＰ（オーバーヘッドプロジェクター）に報告資料の表紙が映し出されていた。

「あれ？　今日は何か会議ではなかった？」と高倉は通訳の謝《シェ》に向かって言った。謝《シェ》は「えーぇ、違うみたい」と言い、周りを見廻した。「私は今日初めてだから、とにかく様子見だな」と高倉は言って席に着いた。

日本人の高倉がいることで会議室は緊張した雰囲気だった。いや多分そうだったのだと高倉は想像していた。

品管部ＱＣサークル推進員の田《ティアン》が高倉と謝《シェ》を紹介した後でグループの中の一人と一言二言話をして、終わると報告が始まった。

テーマは、〝ギアケースの加工精度向上〟というありふれたテーマだ。

加工穴が八カ所あって、互いの穴位置の精度が要求精度を満足せず、不良品が多発している為、その対策をグループ七人で考えて進めた、というものだった。

高倉は最後まで黙って聞いていた。

報告資料は全て中国語だ、その資料を見ながらそして報告内容を聞いて謝《シェ》は通訳している。

ほとんど同時通訳の為、報告のスピードに付いていけないということと、途中で機械用語などの専門用語が出てくると即座に訳せないという問題があり、通訳もしどろもどろで高倉には報告内容を充分に理解することが出来なかった。

三星集団はＱＣサークル活動を昨年あたりから始めていたらしく今回の発表会（報告会）は二回目と聞いていた。

従って、報告はＱＣストーリーに沿っていっていると高倉は感じたがしかし、その内容はかなり薄いものだった。

もともと、ＱＣストーリーというのは問題対策の八ステップ（又は七ステップ）のことで、そのステップに沿って実務を展開していくことを基本とし、報告内容も当然その八ステップに沿って整理し進めるということが日本でも指導されてきた。

今回の報告会に〈初めは会議ということだったが……〉同行して来た品管課長の李《リ》は幾つかの意見を偉そうな口ぶりで言った。

「要因分析は統計手法を使ってやるべきだ」

「QCストーリーが全然だめだ」などと……。

今日のこの場は、各事業所のそれぞれのサークルの進捗状況の確認の為に、リーダーから進捗状況を聞き取る為の会議である。と思っていたが、実際は、報告させてそれに対して至らないところやもっと良くするところなどを指摘し意見を出し、指導する場なのだということを高倉は初めて悟った。

〈QCサークルメンバーの中には各事業部の課長クラスや現場の係長クラスの人間も入っていると思われたが、そのような人達に対し、本社品管部の一品管課長が上から目線で意見を言っても、聞くわけないよ、仲が悪くなるのは当然だ〉と高倉はこの時そう思った。

「実態とかけ離れた意見ではなくて、彼らの実力を考えた意見が必要ではないですか。また問題点があるなら、そこを具体的に言ってやらないと、彼らはどうして良いか分からないのではないかな」と高倉が言うと、一瞬、その場の全員が黙ってしまった。

〈日本人品質専門家の俺が口を開いた為に、雰囲気が落ち込んでしまったか……、俺は品管課長に言ったつもりだったのだが……〉

一時、暗い雰囲気になったが、今日のこの事前報告会とも言える場の意味に気が付いた高倉は、報告内容について、更に口を開いた。

「なぜこのテーマにしたか、目標は具体的に、要因分析の前に現状をもっと把握すること、データの数を増やすこと……」などなど、多くの点を指摘し、意見を出した。

次の二番目三番目に報告したサークルにも同じような指摘や意見を述べた。

三サークルの報告と指導が終わると時刻はもう十一時半に近かった。

「今日はここまでですね、残り三サークルは、また明日来ます」と推進担当の田《ティアン》は立ち上がって言った。

この事業部（農業車事業部）のＱＣサークル推進担当は、鄭《チョン》と言った。

「発音が難しいのでテイさんで良いですよ」と謝《シエ》は言った。するとテイも笑ってうなずいた。

「今日は、リーダーを集めての会議だと思ったら、これでは事前報告会じゃないの」高倉が少し不満げに田《ティアン》に言った。

「うぅー……」傍にいた田《ティアン》は言葉が出なかった。

するとテイは「ご指導をよろしくお願いします」と田《ティアン》をかばうかのように言った。物腰の柔らかそうな人だった。今朝この事業部へ来たとき、玄関で高倉達四人を待っていたのは、このテイだったということが分かった。

高倉達四人は昼食時刻までに本社に戻らなければならない為、車が待っている事務所玄関口まで足早に戻った。

四人は車に乗り込むと窓を開け高倉が見送りのテイに「じゃ、また明日来ます、時間は九時ですね」と念を押した。李《リ》課長や田《ティアン》も中国語で挨拶をしているらしかったが、そう言いながら車は走り出した。

そして今朝来た道を本社に向かって戻った。

〈そうか、ここはリーダー会議などはやってなくて、各サークルの推進状況は、取り敢えず途中でも報告させてその進捗をチェックし指導していくというやり方なんだ。まぁそれならそれでもいいか〉高倉は変に納得したが、ＱＣサークル活動の推進、管理の仕方について徐々により良い方向に改善すべきとも思った。

高倉はＱＣサークル推進担当者の役割について田《ティアン》と先日ミーティングした時に指導していた。全てのサークルに対しどのように推進すれば良いのか、各サークルのリーダー達に対しどのように接し、指導していくか、どんな仕事をしたら良いのかなどを話していた。しかし今日の田《ティアン》を見ていると、はっきり言ってリーダーシップが取れていなかった。というよりあまりにも李《リ》課長に気を遣っていると思えた。彼はおとなしすぎるので、もっと積極的に彼の意見を出しても良いと思った。

高倉は実は考えている事がある。ＱＣサークル活動の中身、いわゆる報告を聞いてそれに対する指導だけでなく、この三星集団のＱＣサークル活動を更に活発にする為にもっとやることがあるのではないか、と高倉は考えていたのだった。しかし、現在まだ三星集団の進め方の全容が摑めていないので、今年度の発表会（報告会）まで、取り敢えず従来通りのやり方を見ていくことにした。

この日、三星集団に来て初日から三週間目に入りＱＣサークルの指導という実務にやっと入ったかと思いながら、今月中に他の事業部も終わらせようと考えていた。

翌日、再度、農業車事業部へ行って、残りの三サークルの報告を聞いた。そして昨日同様に報告内容に対し意見を言ったり、改善を指導したりして、より良い内容にする為にたっぷりと時間をかけた。これら農業車事業部のサークルの内容は事業部の内部で事前報告会を行い、ある程度改善してきたということだった。しかし、そうは言っても高倉の目から見るとその出来具合、レベルは低かった。

しかし農業車事業部はかなりやる気があった。

翌十八日は技術装備部、三サークル。ここは、日本的に言うと、生産技術（設備）部で、工場の生産設備や治具、工具の製作が仕事だった。

昨日は品管課長の李《リ》も出席したが、今日は来なかった。

その後も李《リ》課長は一切出席しなかったことを考えると、最初は高倉がどのような言動を示すかの様子見であり、その後は高倉に任せたということか、と推測した。

技術装備部の玄関で車を降り、階段を上り会議室に行くと、技術装備部の最高責任者である総経理が報告会に同席していた。

通訳の謝《シェ》はサークルの報告者を高倉に紹介し、そして横に座っていた人も紹介した。

「おはようございます。えっ、総経理ですか、他の事業部は総経理までは出てこないですね、ここの総経理はQCサークルに対し関心が高くていいですね」と、高倉は笑顔で総経理の顔を見た。

総経理は苦笑いをして、隣の者に何やら話している。

報告の内容は、昨日の農業車事業部の六サークルと比較すると、内容が不十分であり全体のまとめ方も少し劣った。

高倉は、それぞれのサークルの報告内容に対し、昨日同様いろいろな意見や指示を出した。

技術装備部のサークル報告は午前中で終わった。

午後になって「残りの事業部について、どのように進めましょうか、日程的にどうしましょうか」と推進役の田《ティアン》が言ってきた。

「まだ報告と指導が終わっていないのはどこですか」と高倉が尋ねた。

「車両研究院（汽車事業部の研究所）、汽車《ティアン》（四輪中型トラック）事業部、農業装備部（トウモロコシ刈り機や稲刈り機）が残っています」と田は答えた。

「今月中に残り全部終わらせましょう、そのようにスケジュールして下さい」と高倉は言って、田《ティアン》の肩を軽く叩いた。高倉は田《ティアン》の動きに期待した。

その日のうちに田《ティアン》が得意そうな顔をして言ってきた。

「残りの事業の日程を決めました」

「早かったね」と高倉は笑顔で応え、

「明日、明後日ですね、何か他に予定はなかったかな？」と高倉は通訳の謝《シェ》に尋ねた。

「監督課の課長とのヒアリングが二人残っていますが、う～ん……それ以外約束や予定は無いです」と謝《シェ》は少し頭を横にかしげながら言った。

「分かった、じゃそうしましょう」と高倉は直ぐに決断し田《ティアン》の顔を見て言った。

「早速、相手に連絡します」

田《ティアン》はそう言うと軽やかに高倉の席を離れた。

翌日、車両研究院の二サークルの報告を聞いた。

二サークルとも今まで聞いた中で一番出来ていない内容だった、まだ途中でもあった。

彼らはQCサークル活動そのものを知らなくて、とても発表会（報告）に持っていける内容ではなかった。単なる業務報告だった。QCサークル活動は単なる業務報告でないことから教え、一サークルで一時間以上時間を割いて最初から細かく意見を出したが、彼らのやる気が感じられなかった。

「QCサークル活動を理解していないのではどうしようもないね、今日私が説明したがどこまで理解したかね」と高倉は帰りの車の中で田《ティアン》に言った。

「そうですね」と田《ティアン》は言い苦笑いした。

「明日の、汽車（四輪中型トラック）事業部は今日のサークルよりましだと思います」と田《ティアン》は続けた。

「そうか、明日は何時からだったかな」と高倉が聞くと、「午前が汽車事業部、午後は農業装備部です」。

田《ティアン》は横に座っている高倉を時々見て明快に答えた。通訳謝《シェ》は前席に座っている。

＊汽車事業部での小事件と期待

汽車事業部、三サークルの報告は朝八時三十分から開始だ。

高倉は朝のミーティングで、サプライヤー品質改善の為の訪問計画もそろそろ実施しなければと思い具体的な訪問日とサプライヤーを決めるよう段取りをＳＱＥの丁《ティン》に指示した。

軽い打ち合わせを終わり、汽車事業部へ通訳謝《シエ》と田《ティアン》と三人で出かけた。車で二、三分の所だ。この工場は四輪中型トラックを製造している。事務棟の建屋は数十年前のものと思われ古く壁は石積み造りだった。

工場建屋も同様、かなり古かったが、内部の６Ｓ（整理整頓清掃など）は良くはないが、極端に悪くもなかった。

ここ汽車事業部は日本人専門家大隅の席があるところだ。

高倉は二階に居る大隅に挨拶をしに立ち寄って、そしてＱＣサークル報告会場の三階の会議室へ向かい更に階段を上った。

会議室に入ると、既に報告サークルのメンバーが集まっていた。

「おはようございます」と言って高倉が会議室に入ると、「おはようございます」と言う複数の声が聞こえた。

推進担当の田《ティアン》はそこに居る全員を見廻し、

「今日は日本人専門家の高倉さんに指導していただきます」と言って田《ティアン》は高倉を紹介した。

「おはようございます、高倉です。よろしくお願いします」と高倉は軽く挨拶した。

「これから報告をしていただきますが、ＯＨＰ（オーバーヘッドプロジェクター）を使って下さい。報告時間は十五分が基本です。その後、質疑応答を行います」と田《ティアン》は皆に説明した。

高倉の紹介と報告に関する時間などのルールの説明は今までの全ての事業部のサークル報告会で話した内容と同じだ。

最初の報告を開始し、十分くらいした時に、突然会議室にQCサークル活動に関係のない人が数人何か言いながら入ってきた。

総勢十人ぐらいがどかどかと入ってきたのだ。その中に五十代くらいの女性が一人いた。報告中の者やそのメンバー、高倉や田《ティアン》も皆何が起こったかも分からずあっけにとられた。

「なんだ、この連中は、QCサークル報告会をやっているのに、我々に何も言わないで勝手に入ってきて、失礼じゃないか」と高倉は皆に日本語が通ずるわけでもないが、大きな声で聞こえるように言った。

通訳の謝《シェ》もわけが分からず何も言わなかった。

すると田《ティアン》をはじめ他のメンバーは急ぎ黙ってOHPを片付け会議室を逃げるように出て行こうとしていた。

高倉もそんな皆の行動につられてわけも分からず、取り敢えず会議室の外に出た。

「依霖《イーリン》、なんだ、今のは……」と高倉は謝《シェ》の名前を呼んで尋ねた。

すると謝《シェ》は重い口を開いた。

「今入ってきた人の中に汽車事業部の総経理が一緒に居ました、女性で年配の人です。何か会議をやるそうです」と謝《シェ》は言った。

それを聞いて正義感が強く、仕事に対して生真面目で、曲がったことが嫌いな高倉は怒った。気の短い性格が更に拍車をかけた。

「総経理だって、役員だって、先に使用している人がいる会議室に理由もなく入ってきて何も説明せず出て行けはないだろう」と高倉は気短に言いながら踵を返し降りかかった階段をまた上ろうとした。

「あっ、ちょっとちょっと、待って下さい、他に場所を探すそうですから」と言って謝《シェ》は慌てて両手を前に出し高倉を止めた。

田《ティアン》や汽車事業部のサークルメンバーも高倉の行動に驚いて、みんなで、高倉を止める動作をした。

「こんな理不尽で、失礼なやり方がまかり通っているこの会社の将来はないよ」と高倉は怒りを抑えられずにいた。

「事業部のトップがQCサークル活動に関心がないのは、この会社にとって、品質にとって、致命的だよ」と高倉は続けた。そして一瞬、間をおいて、落ち着きを少し取り戻し「ねぇ、依霖《イーリン》はどう思いますか」と謝《シェ》に問いかけた。謝《シェ》は「えぇ……」と言ったきり立ち尽くしていた。

後で聞いた話だが、あの女性総経理は他でも評判は良くないそうだ。それを聞いて高倉は何となく納得した。

別の報告会場を誰かが見つけてきてそこで報告会を再開した。しかし、その場所は、事務所の一角を衝立で仕切った場所で、落ち着かない報告会となった。

高倉の気持ちは、まだもやもやしていて胸の霧が晴れていなかったが、何とか気を取り直そうとしていた。

汽車事業部の三サークルの中に二十歳代の若い女性が報告したものがあった。〝プレス部品の不良対策〟というテーマだった。テーマも単純だが内容も単純だった、全然深みが無く高倉も何を質問意見したら良いか暫し考えてしまった。

「あまりにも出来が悪くて質問も意見も何も出ないか……」と彼女は立ったまま独り言を言った。

その内容を謝《シェ》はそのまま通訳した。

彼女はとてもプレス現場の人間とは思われない程、顔艶もあり、目はくりくりしていて、愛くるしい顔をしている。綺麗に洗濯された薄い青色の作業服の肩まで黒髪が垂れていた。

「不良品のデータはそれだけですか」と高倉が尋ねると「いや、まだあります」と彼女は答えた。高倉は「不良事象の分類はもっと出来るのではないですか」など要因解析の所の質問をいくつかして、そして意見を出した。すると「もう一度持ち帰り検討して改善します」と彼女は素直に答えた。

「そうですね、現状の把握や要因の解析の所が薄いので、今日の結果を踏まえ、もっと充実させて下さい」

「そして、テーマ選定理由も最後の歯止めももっと考えて下さい」……等々、多くの改善項目を高倉はアドバイスした。

報告内容すなわち報告資料の最初から最後まで細かく改善意見を出したのにもかかわらず、彼女は食い付いてきた。

「分かりました。もう一度見直します、有難うございました」と言って彼女は終わった。

先ほどの女性総経理のような、無関心上司の居る中で、また他事業部の例にあったが、ＱＣサークルの意味さえ知らない者がいる中で、しかも現場の仕事の中でこのように若い女子がＱＣサークル活動に参加してくることは大変良い事で、高倉は若干の驚きもあった。内容の出来不出来はあるにせよ三星集団全体に女子でもやっているということをＰＲしたいと思った。まだまだ希望が持てると感じていた。

そして、三星集団トップマネジメントに、もっとＱＣサークル活動の理解を深めることを高倉は決意していた。

午後から予定通り農業装備部へ行って報告会を行った。この事業部は主にトウモロコシの刈り取り機や稲刈り機を生産していて、四輪中型トラックに比べ生産台数は少なく、工場に活気はなかった。報告内容はほぼ、他事業部のサークルと同じだが、いずれもじっくり聞いて、それなりの意見を出した。

ここまでで、今期予定している全事業部の報告会はひとまず終了となった。

ＱＣサークル活動計画によると、活動への登録は全部で三十二サークルあって十一月中旬までに八サークルまでに絞る、いわゆる選抜して、十二月に全社（三星集団）ＱＣサークル大会を実施するとなっていた。今は九月末なので、来月十月の国慶節の休暇明けに具体的に選抜作業に入ることになる。活動登録はしたが実際は活動していなくて、または活動したが途中で行き詰まっているか放棄しているサークルもかなりあって、実際に高倉が報告を聞いたのは二十二サークルだった。従ってこの中から八サークルを選ぶということになった。

農業装備部から戻り高倉は謝《シェ》にねぎらいの言葉をかけた。

「通訳大変だったね、専門用語も出てきて、これからもよろしくね」と高倉が言うと、

「あっ、いーえっ、専門用語はもっと勉強しないと……」と謝《シェ》は言って、持っていたメモ帳を開いて数秒間目をやった。

「今回報告を聞いたサークルの資料を全部取り寄せておいて下さい、そして可能な限り翻訳して下さい」と高倉は謝《シェ》に依頼した。

資料が日本語になっていないと細部まで正しい評価が出来ないからだ。

「はい、分かりました」と彼女は相変わらず言葉少なく答え、疲れた表情をしている。

「あぁ疲れた」と高倉は言って、両手をひじ掛けに置き椅子にどっかりと座った。

〈今年この程度の参加サークルだったら、来年はもっと多くの参加を促し、内容も更に進歩したものが期待できるかな……〉

＊サプライヤー（外注メーカー）の驚くべき実態

高倉はＱＣサークル活動を推進しながら、並行してサプライヤー品質改善計画も実行に移さなければならないので、先日のミーティングでＳＱＥ（外注品質技術員）の丁《ティン》に指示した事を確認した。

「依霖《イーリン》と丁《ティン》、ちょっと来て」と前の机に座っている二人を呼んだ。

「はい、何でしょうか」と謝《シェ》が席を立ち振り向いた。丁《ティン》も同時に振り返って立ち上がった。

「先日、具体的な訪問日とサプライヤーを決めるなどの段取りをお願いしてあるがどうなったかな？それからアクスルシャフトのクレームについてルンボアからの報告は何かありましたか」と高倉が言うと、丁《ティン》は「出来ています、九月二十四日、ギアポンプの会社、二十五日にアクスルシャフトとショックアブソーバーのルンボア有限会社に行く予定です。アクスルシャフト折損の原因は熱処理不良と言っています。詳細は会社訪問時に説明しますということです」と丁《ティン》は言った。「えっー、二十四日ギアポンプの会社、明日じゃないの。ルンボアは明後日か、対策内容をちゃんと説明できるかなぁ」と高倉は急な話に驚くと同時に少し心配にもなった。

「行く為の準備は出来ていますか」と高倉が気を取り直して言うと丁《ティン》は「大丈夫です、クレーム情報もあります、品質検証マニュアルも用意しています」と自信ありげに言った。「同行する研究院や技術装備部（生産技術部）のメンバーの参加は大丈夫ですか」と高倉が更に尋ねると、「事前ミーティングを今日行い、問題ありません」と丁《ティン》は答えた。

「サプライヤーの方には連絡、ついていますか」「ＯＫです」「で、明日は何時出発ですか」「八時半ごろで良いと思います」と丁《ティン》は答え、準備は問題ないことを示した。「分かりました、じゃ明日、よろしく、あっそうだ、車の手配も忘れないで……」と高倉は言いながら、謝《シェ》の顔を見ると謝《シェ》は「車の手配は丁《ティン》がします」と平然としていた。丁《ティン》は「分かっています」と納得した顔で答えた。

「じゃ、よろしく」と高倉は言って謝《シェ》と丁《ティン》を席に戻した。

丁《ティン》は高倉が指示したことはちゃんとやっていたので少し安心した。しかし、中国特有（？）ともいえる、こちらから聞かないと言ってくれない、急に言ってくる、急に始める体質、いわゆる物事を計画的に進めることが苦手ともいえる体質は変わらないようだ。

しかし、この三星集団に来てから初めてサプライヤー（外注メーカー）に行くので、高倉は内心楽しみだった。


翌日朝、風もなく天気は良かった。

「今日は絶好のドライブ日和だね、なんて言ったら怒られそうだ」と高倉は冗談を言いながら車に乗り込んだ。通訳の謝《シェ》、ＳＱＥの丁《ティン》、その他の部門からの参加三名、総勢六名だった。通勤車両のトヨタエスティマの座席は全て埋まっていた。

五連鋳造有限会社は三星集団本社より北の方向、農業車事業部の在る方向だった。本社より田舎道を走ること約三十～四十分、周りは農家が散在している畑の中に在った。

「こんにちは、今日は市場クレームに対する対策状況と製造工程確認に来ました」と最初に丁《ティン》が話した。次に、丁《ティン》は高倉をはじめ同行したメンバーの紹介をした。

五連鋳造有限会社の方は、総経理（社長）、販売財務担当、品質技術担当が出席していた。

総経理は挨拶が終わると、会社の状況を説明し始めた。

「五連鋳造は従業員六十三名、年間売り上げ約三億円、三星集団への部品納入率は約五十パーセント。ギアポンプ以外に分配器もやっている。従業員一人当たりの年間給料は七十万円前後だから経営としてはまずまずと言ったところだ」と総経理は微笑んで胸を張った。

年間給料が日本円にして現在のレートで七十万円ということだが、これが高いのか安いのか高倉には、にわかには判断できなかった。

丁《ティン》は「クレームの対策状況を聞かせて下さい」と総経理に催促するように言った。すると、品質技術の担当者からクレーム対策状況の報告が始まった。

高倉はそれを聞いていて「本当に大丈夫かな」と疑問を呈した。通訳の謝《シェ》は高倉の言葉は訳さなかった。単なる呟きと理解したのだった。

三星集団のメンバーはクレームの対策状況を聞いて、それに対する質疑応答を終えてから、現場工程確認を行った。

中国の大企業は元より殆どの中小企業は製造現場の工程管理は出来ていないのが実態だ。そんなことは高倉には分かってはいた。この会社も報告資料や言葉ではもっともらしいことを言っているが、実態との差は大きいものだった。しかし、それにしても、特に鋳造条件の管理は、鋳造が本職であるはずのこの会社で、最重要項目だ。にもかかわらずほとんど管理できていないと言わざるを得ない状態だった。全てが経験と作業者レベルに頼った管理だ。しかし、このようなサプライヤーの管理レベルを少しでも上げるのが高倉の役割だった。現場を見て高倉は多くの改善点を指摘し、メモを取った。

会議室に戻り、お茶を一服した。中国特有の茶の淹れ方だ。コップの湯に茶葉がそのまま入っていて飲みづらい。

「指摘項目の確認をします」と言って品管部の丁《ティン》が読み上げた。それらの項目についてサプライヤー側の意見を聞き、対策するものを意思確認していった。

最後に高倉は言った。

「指摘項目に対し、どう改善したか一週間後に報告を下さい、良いですか」

すると、品質技術担当者は総経理の顔を見て「どうしましょう」と言っているように見えた。

総経理は目で合図をして、そして言った。

「はい、良いですよ」

すると品質技術担当者は、「分かりました」と答え、そして続けた。「誰宛に報告したらいいですか」

高倉は丁《ティン》の顔を見ながら「丁《ティン》宛で良いです」と答えると、丁《ティン》はうなずいて「はい」と言った。そして、「じゃ、今日はこれで、終わりとします」と丁《ティン》が会議の終了宣言を出した。

高倉が会議室を出ると販売財務担当の中年女性が近づいてきて、小さな声で語りかけた。

「来週日照市に行くので、一緒に食事でもいかがですか」

いくら小さな声で話しても、所詮通訳を介さないと話にならないわけで、内緒の話はできないようになっている。

通訳の謝《シェ》の日本語の声も小声になったので、高倉は一瞬笑いが吹き出しそうになった。周囲に日本語の理解できる人間は高倉と通訳の謝《シェ》以外は誰も居ないからだ。

高倉は、自身の顔が笑うのを抑え、真顔のまま、「そうですね、お誘いは嬉しいですが、でも、サプライヤーの人との飲食は董事長から厳しく制限されていますので、改めて何か機会があったらにしましょう」と言って高倉は食事の誘いを丁重に断った。

高倉はやり手の営業ウーマンの顔を潰すような感じで悪いかなとも思ったが、彼女は「そうですか、残念ですね」と言って笑顔で引いた。

何せ、通訳の謝《シェ》から、会社の上層部にどのように伝わるか安心できない状況だったし、その前に高倉の正義感と仕事への生真面目さが誘いを断ったのだった。

帰りの車の中で、高倉は言った。

「品質管理状態は中国のほとんどのサプライヤー（外注メーカー）は同じ状態だ。皆も分かったと思うけど……それに言っていることと実態が違うということ、だから報告だけで終わらせず、必ず現場を見ることが必要なのだよ。

私の知っている中国のやり方は、報告が終わったら、報告した方もそれを聞いた方も、それで事が完了したと思っている。なあなあの関係なのだ」

更に高倉は続けた。

「改善点を指摘したら、必ず後日でもいいから報告をさせることが必要だ」と高倉は同行した三星集団のメンバーに言った。

「昼食をご馳走になって、はいさようならでは、決して改善されない、このことをよく理解することだ」と高倉は切々と説いた。

「特にＳＱＥの丁《ティン》は後日、必ず報告をさせるように推進して下さい」と高倉は丁《ティン》に指示した。

「分かりました、推進します」と丁《ティン》は気持ちよく答えた。

改善されてきているとはいえ、まだまだコネ社会が残っている中国で飲食の接待や、金品の贈答で正義や公正が曲げられることは厳に注意しなければならない、そんなことをやっていたら品質は百年経っても良くならない。そのことを三星集団のメンバーにも高倉は分からせたかったのだ。

翌日もサプライヤー訪問日だった。

この日はアクスルシャフト、ショックアブソーバーなどを製造しているルンボア有限会社だ。アクスルシャフトのクレームで大問題を起こし先週三星集団本社で打ち合わせを行った会社だ。今日はその時の会議で要求した事の回答日でもあった。どんな話になるのか、高倉は若干の不安はあったが、大いに期待していた。楽しい気持ちにさえなっていた。

この会社は三星集団本社から北東方向に約一時間車で走った距離にあった。

ルンボア有限会社の漢字は難しい字なので、高倉のこの日のメモもカタカナで書いた。

梁《リアン》副総経理以下数名の各担当責任者が出席し昨日と同じ三星集団のメンバーだったが研究院については アクスルシャフト担当の宋《スン》に代わった。

ルンボア側四人、三星集団側六人で会議が始まった。

まず初めに、梁《リアン》副総経理からこの会社の概要説明があった。この会社は従業員四百二十人、年間売り上げ約十三億円、三星集団への納品比率は約五十パーセント、アクスルシャフトの生産能力、月産千四百台、ショックアブソーバーは二千台以上だそうだ。

説明がひと通り終わったところで、ＳＱＥの丁《ティン》が言った。

「今回、アクスルシャフトの折損という市場クレームに対する対策状況の確認が主な仕事で来ました。その後でひと通り現場を見せて下さい」と言うと、品質技術責任者が「分かりました」と言って説明を始めた。

「前回の会議でそちらから要求された調査項目は大体終わりました。材料検査、寸法精度などは問題ありませんでした、データも記録しています」

「結論から言うと、今回のアクスルシャフトのクレーム原因は、高周波焼き入れの不良と判明しました」

「対策は、高周波焼き入れ治具の改善です。既に対策は完了していますので、今はもう問題ありません」

などなど、品質技術責任者はクレームを出していても全然悪びれず書面を見ながら淡々と説明した。

「どうしてその原因が分かりましたか」と高倉が質問すると、「シャフトの折れた付近の硬度が規格よりかなり外れていました」と品質技術責任者は答えた。「対象ロットはどれくらいですか」と高倉が質問した。すると今度は購買責任者が「今年の一月中旬以降の納入分です」と答えた。「どうしてそれが分かりますか」と高倉が聞くと、「完成車の販売日から三星集団への納品日を推定し、そこから逆に製造日を予測しました」と購買責任者は言った。

「ウゥウゥン」と、高倉は言葉を詰まらせた。そして呟いた「ロット管理……論外!」。

不良品の対象ロットが確定できないことは、対象個数も決まらない、対象台数や対象の車両も確定できない、どの車両を良品と組み替えるかという市場対応も出来ないし難しいということだ。また製造工程の変化点も正確な把握が出来ないということだ。その他多くの問題が不明確になる。従って、市場で発生した車両のみ良品と交換してクレームとして打ち上がってこない車はそのままということだ。

……というやり方だと高倉は理解した。

それは、このサプライヤーだけでなく恐らく殆どのサプライヤーも同じであると想像した。なぜなら、三星集団の品質管理のレベルがまだその領域に達していないからだ。だからサプライヤーに対してもロット管理の指導が出来ていないと思った。

高倉は質問を変えた。

「原因が高周波焼き入れの不良ということですが、なぜ不良になったのですか」と高倉は聞いた。

「ワーク（シャフト）をセットする治具がずれていました」と品質技術責任者は答えた。

「どのようにずれて、どのように対策しましたか、再発防止は出来ていますか」と高倉の質問は矢継ぎ早に更に突っ込んだ内容になった。

「うぅーん、えーっと……」品質技術責任者やその場に出席していた全員が黙ってしまった。

「貴方がたは現場を見ていますか」高倉はその場にいたルンボア有限会社の出席者に質問した。

「……」みんな黙っていた。

「現場はどこですか、今見ることが出来ますか」と高倉が言うと、ルンボア有限会社の出席者の誰かが言った。「実は熱処理は別の外部の熱処理会社でやっています」

「そこはどこですか」と高倉は質問を続けた。

「ここから、更に車で約二時間かかります」と購買責任者が言うとＳＱＥの丁《ティン》もうなずいた。

「分かった、今からその熱処理会社に行きましょう」

高倉から思えば自然の成り行きだった。

「えっ！　今から……」丁《ティン》が声を上げた。

その場にいた全員が絶句した。そしてお互いに顔を見合わせたのち数秒間の沈黙が続いた。

「今からですか、本当に行きますか」と通訳の謝《シェ》がその場の雰囲気を察知して、念を押すように聞いてきた。「そうだよ、今日中には帰ってくることができるだろ」と高倉が言うと、「そっ、そうですが……」と謝《シェ》は言ったまま黙ってしまった。

この今いる会社、ルンボア有限会社まで三星集団本社から約一時間、更に熱処理会社まで約二時間。時刻は既に昼に近かった。通訳の謝《シェ》もＳＱＥの丁《ティン》も三星集団本社まで何時に戻ってくることが出来るのか心配している様子だ。

一番慌てている様子なのは梁《リアン》副総経理以下数名の各担当責任者達だった。お互いに顔を見合わせながら、何やら話し合っていたかと見るや、各担当責任者達は慌てて何処かに携帯電話をかけている。

一瞬の静けさから今度は、ざわついた雰囲気になった。

「熱処理会社の方は大丈夫ですか」と高倉は聞いた。「あっ、そう、だっ、大丈夫です」と購買責任者が慌てた様子で答えた。

高倉は丁《ティン》に指示した。「今日このルンボア有限会社での指摘項目など話し合った結果は後で整理してこちらに送ってやって下さい、そしてその解答も必ず貰うようにして下さい」

「分かりました」と丁《ティン》は言って、品質技術責任者に自分のメモを見ながら何やら話している。

高倉は、三星集団のメンバーは元よりその場にいる全員に〝現場を見る大切さ〟について身をもって教えたかったのだ。

ルンボア有限会社の品質技術責任者に対し、外部サプライヤーであっても親会社の責任として、現場を見て、再発防止がきちんとされているか確認しろよ、書面の報告だけで終わってはだめだ、と高倉は言いたかったのだ。

必要以上に努力しない人たちが多い中国の会社で、常に何事にも最大限の努力をする。その事が良い仕事を達成する為の要件だと教えたかったのだ。時間が無いから、また次の機会にする、今回はやめ、という判断をしたら、相手ルンボア有限会社にも緊張感が伝わらないし、第一に三星集団のメンバーの教育上も必要な行動だと高倉は思った。

この問題、アクスルシャフトのクレーム対策は今、三星集団を揺るがす大問題になっているという認識も緊張感もここに居る関係者に全く感じられない。高倉はこの成り行き主義を打破する必要があった。

昼食をルンボア有限会社の近くのレストランで早々に済ませた。レストランと言っても田舎町なので日本人の高倉が美味しく食べられるようなものは無かったが、何とか口に入れて腹の足しにした。しかし一番のご馳走だと謝《シェ》が通訳した蟬の抜け殻のような得体の知れない唐揚げは高倉の口に入れることは出来なかった。

三星集団のメンバーの内、SQEの丁《ティン》以外のメンバーは昼食後まだ見ていない現場を確認し記録に残し午後四時頃には会社に戻るように高倉は指示した。そしてルンボア有限会社の車で送ってもらえることを確認した上でレストランを出た。

「さぁ、行こう依霖《イーリン》」と言って高倉は車に乗り込んだ。

運転手の雷《レイ》は何やら呟きながらハンドルを握っていた。

「雷《レイ》は不満なのかな」と高倉は謝《シェ》に尋ねた。

「うーん、どうなのかな」と謝《シェ》も答えを濁した。「仕事だからね、仕事には厳しくないとね」と高倉は謝《シェ》に理解を求めるように言った。

そして、高倉と通訳の謝《シェ》、SQEの丁《ティン》は熱処理会社に向かって車を走らせた。

ルンボア有限会社の品質技術責任者と購買責任者は別の車で既に発ったそうだ。

車は広大な畑の中や人家の連なる街道、そして幾つかの街並みを通り抜け二時間余りかかり、ようやく熱処理会社に着いた。

熱処理会社は、田舎の街の中に在った。街の中といっても、会社の前に大きな幹線道路が走っていて、会社の裏側は木々が生え、その向こうは何やら畑のように見える。両隣は倉庫のような工場のような建物があって、美しい風景ではなかった。

そんなに大きくない石造りの工場だ。石の塀の門をくぐるとすぐ事務所が在った。

「こんにちは、よろしく」と言って高倉は事務所前で出迎えた数人の男たちに挨拶をした。

「取り敢えず中へどうぞ」と熱処理会社の総経理代理の工場長と呼ばれている人が高倉を案内し、謝《シェ》も丁《ティン》も後に続いて事務所内に入った。

そして、煙草を一本取り出して、「どうぞ」と言って高倉に勧めた。

「ありがとう、でも私は煙草を吸わないのです」と言って高倉は煙草を断った。

そして、高倉は今日、急にここへ来たわけを説明した。

工場長は、事務所での話を主に考えていたようで、「お茶をどうぞ」と言いながら、今回問題になっている熱処理不良について話し始めた。

高倉は話を少し聞いた後で、「現場を見せて下さい」と言って数分で席を立った。

工場長は慌てた様子で、「工場の中は汚くて危険ですから注意して下さい」と言いながら工場への入り口に向かって歩き始めた。

工場へのドアを開け、中を見た瞬間、高倉は思わず「あっ！」と声を上げ足が止まった。

工場の壁、床は汚れて、部材や工具、建材の端くれ、土、砂が散乱して、水溜まりさえある。整理、整頓、清掃は全然できていない状態だった。他の中国の工場と同等、いやそれ以下の状況で「汚い！」の一言だ。最悪の環境だった。元々熱処理工場は汚れやすい環境にはあったが、それにしても……という感じだった。

足の踏み場もない、ということはこのことか、と思いつつ案内されるままに高周波熱処理現場に行った。

現場の作業員と責任者がいた。

軽く会釈をすると高倉がここへ来た目的を理解している様子で現場責任者は「これが熱処理設備です」と指さした。

「熱処理不良が出ましたが、原因は何だったんですか」と高倉は現場責任者に聞いた。

「原因の一つはワーク（熱処理品）のセット治具がずれていました」と現場責任者は答えた。

「いつから、ずれていましたか」

「いつからというと、今年一月中旬から作業者が新人に代わりましたので、多分それ以降だと思います。今、クレームで上がっているのは、殆どが今年一月中旬以降生産して、三星集団に納入したものです」

「治具を改善したのは、何時ですか」

「三日前の生産分からです」

「どんな改善をしましたか」と高倉が聞くと現場責任者は現物を指さしながらその改善点を説明した。

「治具を改善したのは良いですが、その治具に確実にセットすることを、作業者に教育しましたか」と高倉は突っ込んで質問した。更に「治具の点検と作業の注意点を作業標準書などのマニュアルに反映しましたか」と質問したが、現場責任者は「作ってありません……が、問題ありません、よく教えてあります」と答えた。

「改善後の焼き入れ硬度のデータはありますか」と高倉は質問した。

「改善後のデータは取り、問題ない事を確認しました、が記録は残っていません」と現場責任者は答えた。

「それはダメです。記録を残して下さい、今日からの分でも良いですから」

「分かりました、そうします」

「熱処理条件は問題なかったですか」と高倉は違う質問をした。

「実は、熱処理条件も新人作業者が勝手に変えていたため、元の基本に戻しました」と現場責任者は真顔で言った。

「やっぱりそうか、冶具の問題だけではなかった」と高倉は言って同行していたＳＱＥの丁《ティン》に教えた。丁《ティン》は直ぐにメモを取った。

高倉が熱処理条件に疑問を持ったのは、現場の設備を見て直観的に感じたのだった。熱処理条件を書いたものが現場になかったこと、設備も古く、清掃もなく汚いまま使っていること、始業点検表もないこと、作業者は二十歳前後の若者であり作業に不慣れに見えたことなど多くの欠点があったからだ。

高倉は現場確認の終わりにいくつか改善項目を提案した。指示権限はないのであくまでも提案という形で申し述べた。

「冶具の改善点と作業上の注意点を書いて現場に貼っておいて下さい、これは安全上も必要です」

「はい、すぐ検討します」と現場責任者は答えた。あまりに素直な返事に〈大丈夫かな？〉と高倉は思った。

「熱処理条件を明確にして作業標準書を作成し現場で使えるようにしたらどうでしょうか。その他、本日現場で私が指摘したことを整理し、記録に残しておくことが大事です。

検査データや製造記録、納品記録もしっかりと記録するようにしたらいいでしょう」

「分かりました、ご指摘の内容を整理し出来る限り実行します」と言いながら、現場責任者は傍にいた工場長の顔を見た。

「あっ、それから対策品には何か目印を付けて下さい。例えば、シャフトのどこかに刻印するのが一番いいですが……」

「分かりました、ここにポンチマークを付けます」と言って熱処理会社の現場責任者はアクスルシャフトの現物を持って、指で示した。

「はい、良いと思います。じゃあ、丁《ティン》はこの情報を関係部門に連絡して下さい」

「はい、分かりました」と言い丁《ティン》はメモを取った。

「対策前の在庫は全て廃却して下さい。そして対策品を納入する時は荷姿の外からも識別できるように大きく〝熱処理対策品〟と明示して下さい」

「分かりました、間違いのないようにやります」

熱処理会社の現場責任者は良い返事をした。

事務所に戻った高倉達は総経理代理の工場長を交え話し合った。お茶やバナナなどの果物がテーブルに用意されていた。

高倉は茶葉が浮いたコップの熱いお茶を一口含み飲み込んだ。

高倉は、現場で指摘指導した項目以外に、物流関係で間違いが起こらないように幾つかのアドバイスを出し、同行した丁《ティン》や親会社のルンボア有限会社の品質技術責任者と購買責任者にも伝え、後で熱処理会社及びルンボア有限会社の社内に対してもフォローするように依頼した。

熱処理会社の総経理代理の工場長は「今回高倉さんに来て頂き有難うございました。今日高倉さんから指摘された多くの項目は必ず実施します。このように具体的に細かく指導して頂き、我々としても大変嬉しく思っています。また是非来て指導して頂きたいと思います」

工場長はその場の皆に向かって笑顔を振りまいた。

〈あれっ？　クレームを出した罪悪感はないのか、どこへ行ったのか〉と高倉は思ったが〈ここは中国だ〉とその場の雰囲気に合わせた。

「高倉さん、ルンボアの人が何か言っています」と通訳の謝《シェ》が言った。

一緒に同席していたルンボア有限会社の品質技術責任者と購買責任者が高倉に向かって顔を合わせた。すると品質技術責任者が口を開いた。

「本日、高倉さんに仕事の仕方を教わりました。我々も本当に良い勉強になりました。有難うございました。今日の指摘、指導項目は我々もしっかりフォローしていきます。またルンボアにも是非来て頂き指導して下さい」

今回のアクスルシャフトのクレーム対策以外にも現場で多くの改善点を指摘したが従業員が数人の会社でより高度な管理を要求しても出来ないことは分かっている。従って少し努力すればできる範囲でのアドバイスということになるのが今の中国の会社、特に二次三次サプライヤー（外注メーカー）の実態だ。

今回のアクスルシャフトのクレーム対策を例にしてルンボアや熱処理会社がどこまで改善できるのか、思いを巡らしながらもまだ諦めてはいけないと思っていた。高倉は彼らの感謝の弁は正直な気持ちと受け止めた。

帰りの車に乗る前に、高倉はトイレに行った。

「トイレはどこですか」「あそこです」熱処理会社の誰かが言った。「えっ、何処？」「あの壁の向こう側です」と謝《シェ》が指を指した方を見ると、二十メートルくらい離れた会社の敷地の脇に草の枯れかかった蔦がはい回っているブロック塀で囲った場所があった。

「そうですか」と高倉は言って足首まで生えた雑草を踏み分けブロックで囲ってある中に回り込むように入った。

内側の壁にも草の枯れた蔦がはい回っていて汚いと思った。

高倉が中を見た途端、思わず顔を背けた。

「おっ、えっー！　ここはっ！　くさっ！」

大小の便器は置いてあったが、大の方は扉も無く所謂和式トイレだ。便器の周辺は雑草が生え、便器は便や泥が付いていて、中を見ると地面を掘っただけで、排泄物がそのまま積もっていて処理した紙もそのまま捨てられていて、臭いが鼻を突いた。

　高倉は幸いにも大便でなく小便だったので、そこの大便器に座らずに済んでほっとしていたが、では小便器はどうかというと、やはり便器は小便の黄色くなった跡が便器周辺にこびりつき、ごみが小便と入り混じって溜まっていて、足置きの周りは雑草が生えおまけに足置きには小便が垂れていて足の置きどころがないような状態だった。

　高倉はつま先立ちで何とか用を足すと恐る恐る後ずさりして、ゆっくりとその場から何事も無かったような顔で出た。

「いくら田舎のトイレとはいえ、恐れ入った、ここまで汚いとは、参った、参った」と独り言を言いながら車に乗り込んだ。

　一緒に行った謝《シェ》、丁《ティン》そして運転手の雷《レイ》も皆何事も無かったように黙って座っていた。

「アクスルシャフトのクレーム対策について、クレーム事象、原因、対策、再発防止策など今日までの結果を直ぐにまとめ、上司に報告出来るようにして下さい」と高倉は丁《ティン》に指示した。

「はい、分かりました」丁《ティン》は素直に返事をした。

「すぐですよ、明日中ですから、いいですね」と高倉は大至急だということを念押しした。

「報告資料が出来たら、私が内容をチェックし、その上で孫《ソン》品管部長に丁《ティン》と二人で報告します」

「あっはい、直ぐに報告資料を作ります」

　丁《ティン》は高倉の素早い対応に面を食らっていた。しかし、高倉の迅速な行動と現場での的を射た細かい指摘や指導に対し、相当感激していた。

「今日、ここまで高倉さんと一緒に来て本当に良かったです。今の三星集団にないサプライヤー品質に関する技術力や指導力を勉強させてもらいました。さすが高倉さんですね」と言った丁《ティン》の顔も綻んでいた。

高倉は、重大クレーム問題がほぼ解決した状況にほっとしていた。そして、直ぐに孫《ソン》部長や周《チョウ》女史に報告しようとしていた。

三星集団本社までの帰路に就くころにはもう太陽が西に傾いていた。どこまでも広がる所どころ木々が見える丘陵地の果てに、真っ赤に大きくなった太陽は燃えるように霞んだ空にぼんやりと浮かんでいて幻想的でもあった。そして見る見るうちに遠くの地平線に沈んでいった。この遠い中国まで来て、更に田舎の環境劣悪のサプライヤー（外注メーカー）まで来て、自分にとって本当に良かったのだろうか。

三星集団に来ていきなり会社存続を左右するような重大クレーム対策を依頼され、いま、それを解決できた安堵感を噛み締め、高倉は沈みゆく大きな霞んだ夕日を見ながら感傷に耽っていた。

＊三星集団の弱点

翌日、高倉は丁《ティン》の報告資料が出来る前に口頭での一報を孫《ソン》品管部長に入れた。

「おはようございます」と言って高倉は孫《ソン》部長の部屋のドアをノックしながら開けた。

「おっ、おはようございます、さあどうぞ」

孫《ソン》部長は直ぐ立ち上がり手でソファーを差した。

「今日は何のお話ですか」

「はい、実は孫《ソン》部長からは聞いてなかったですが、先々週、周《チョウ》さんとお話をした時に、アクスルシャフトのクレーム対策について指示があり、李《リ》課長や丁《ティン》と共に進めてきました」

高倉はこの件について、孫《ソン》部長から高倉に話が無かった事を、敢えて言ってみた。

「えっ、あっそう……」

一瞬、孫《ソン》部長の顔色が変わったように見えた。

「昨日、サプライヤーに行って、最終確認を行ってきました。ほぼ対策は完了して、対策品も既に出来、三星集団への納品や市場への対策品の支給も可能になっています。後はそれぞれの部門、製造工場や購買、サービス、営業などへ情報提供し、対策品が間違いなく適用されるように品管部として取り計らって下さい」

高倉は、この後は組織で進めるように依頼した。

「何カ月も出来なかったことが、よく短期間でできましたね……」

孫《ソン》部長は信じられないといった顔に驚きを見せた。と同時に自分たちで解決したいという思いが崩れ去って心が少し乱れていた。

「そうですね、今回の問題はアクスルシャフトの熱処理不良という意外と単純な原因だったからですね。それにサプライヤーに依頼する場合、より具体的に指示や依頼をしないとサプライヤーも何を、どうして良いのか分からないのが現実のようです」

「さすが、高倉さんですね、良かったです。有難うございました。そのような仕事のやり方を是非中国人に教えて下さい」

孫《ソン》部長は高倉を持ち上げていたが、孫《ソン》部長が高倉にこのクレームの件を言わず、自分の立場を守るが為の行動に終始し、市場のお客様の方向を向いていないことに疑問を抱いた。

「対策経過など詳しい事は今、丁《ティン》がまとめていますので、明日か明後日には、文書で報告出来ると思います。あっそれからこの件は周《チョウ》さんからの指示でもありましたから周《チョウ》さんにも報告します」

「分かりました、有難うございました」

孫《ソン》部長は李《リ》課長や丁《ティン》がこのクレーム対策を高倉と一緒にやり、報告書は丁《ティン》がまとめているということに対し満足しているようだった。高倉に礼を言うと、初めて笑顔を浮かべた。

孫《ソン》部長の部屋を出て、高倉は直ぐに謝《シェ》に言った。

「周《チョウ》さんに、報告します。直ぐに都合を聞いて下さい」

「はい、分かりました」と謝《シェ》は言ってパソコンに向かった。

「午後一番で良いそうです」返事は直ぐに返ってきた。

昼食時間が終わり、午後の仕事が始まると同時に高倉と謝《シェ》は周《チョウ》女史の部屋に向かった。

周《チョウ》女史の部屋に入ると、周《チョウ》女史は待っていたかのように歩み寄ってきて、高倉に向かって挨拶をした。

「こんにちは、どうぞお座り下さい」

「はい、以前、業務依頼を受けたアクスルシャフトのクレーム対策の件ですが、ほぼ対策完了しました」

高倉は周《チョウ》女史と向かい合うようにソファーに座り、これまでの経過も含め、ひと通り説明した。謝《シェ》は高倉の横に座り身を乗り出していた。

「今、文書で整理しているので、二、三日後には提示できます」

「えっー！　そうすると、原因はサプライヤーの熱処理不良だったのですか」

周《チョウ》女史は驚きのあまり、眉をひそめ口を半開きしたまま顔を後ろへ引いた。

「そうです、従ってこの対策は既に完了しています。昨日サプライヤーの現場へ行って確認しましたので間違いありません」

「どうやって原因が分かりましたか」

周《チョウ》女史は原因を知らされても、まだ信じられないといった感じだ。

「簡単です、このように量産し大量に市場に提供している場合で、ある時期から不良が連続的に発生している場合は、まずその製品の出来栄えがある日突然に変わったということですから、まず製品が設計図面通り、または検査規格通り作られているかどうか、あるいは従来とどこが変わったのかその現物や製造工程を調べるのが常道です。これをやっただけです」

「そんなことも、研究院や品質管理部は分からなかったのですね。品質管理部もサプライヤーの動きに頼り切ってしまった、ということが解決を長引かせていたということだったのですか？」

周《チョウ》女史は、驚きと同時に、三星集団の実力を知って、相当落胆しているかのように見えた。

「その通りです、研究院も品質管理部も品質不良に対する問題解決の進め方が分からないのだと思います。経験が無いのです」

「そうですか、今回高倉さんは良いことを教えてくれました、大変有難うございました。

これで、董事長も安心するでしょう。遅れていた政府への報告もできるし、お客様への対応もできるし、三星集団としても企業活動に自信が持てます」

周《チョウ》女史は大変喜んで、先ほどまでのしかめっ面から顔の筋肉もほころび珍しく満面の笑みを浮かべていた。

「三星集団の人達は皆若くてやる気は感じられますが、なにせ経験不足だと思います。机上の知識だけでなく、三現主義での経験がもっと必要ですね。いわゆる現場、現物、現実に基づく仕事のやり方をもっと進めるべきです」

「そうですか、我々も勉強になりました。本当に有難うございました」

周《チョウ》女史は何回も感謝の弁を語った。

高倉は、周《チョウ》女史の部屋から出ると、一つの大きな課題を乗り越え、会社から感謝されていることに満足していた。と同時にこの会社において当面必要なことは、品質システムの構築などの書類上や形式的な改革は否定しないが、高倉の信条である〝品質意識の向上〟の他に〝三現主義に基づく品質問題解決手法の取得〟だと感じていた。

また高倉は先般テレビで、三星集団本社前で抗議活動していた二十人くらいの人達の光景が目に浮かんだ。

〈あの人達とは今後どのような話になるのかな〉気にはなったが、自分の及ばない範囲だし自分は関与できないことに自分自身を納得させせようとしたが、高倉の正義感に国境は無かった。〈アクスルシャフト折損によって生じた被害ならちゃんと補償してあげなければいけないが……〉

「それにしても、孫《ソン》品管部長は何を考えているのか、よく分からないな」高倉はそう呟いたが、いつか女子のSQE（外注品質技術員）の劉艶《リュウイエン》、高倉と面談した翌日に研究院への転属が決まった、あの劉《リュウ》艶《イエン》が言っていたことを思い浮かべていた。

「孫《ソン》部長も的確に業務指示が出せず、市場クレームも全然対策できていません、だからこの九月から陳《チェン》役員が品質も見るようになったのです。董事長の娘の周《チョウ》さんも『自分ができなければ、日本人専門家でも雇って対処することを董事長に願い出ればいいのです』と言っています」

高倉は周《チョウ》女史と孫《ソン》品管部長との信頼関係に亀裂が生じていることも感じ取っていた。

＊上位管理者の意向

三星集団は十月一日から一週間国慶節の休暇に入る。

その前日、陳《チエン》役員から高倉に話し合いの申し出があった。

話し合いの場は、二階の陳《チエン》役員の部屋の前の会議室だった。

陳《チエン》役員は三星集団の副総経理で昨年取締役に昇格したばかりで元々は生産技術の方をみていたが、品質の方も今年九月から見ることになった、ということだった。五十～五十五歳くらいの年齢で、身長百六十五センチメートルくらいで男としては大きくない方だ。体型は少し太り気味でどっしりとしていた。

物腰は柔らかくて顔はいつも穏やかで優しくておとなしい感じがした。

始めの挨拶が終わると幾つかの質問があった。

そんなやり取りは、要するに陳《チエン》役員の勉強会みたいなもので、今すぐどうこうしようとするものではなさそうだった。

「高倉さんはこれからこの三星集団で何をやっていきますか」と陳《チエン》役員の質問が変わった。

「孫《ソン》品管部長から依頼されている、サプライヤー（外注メーカー）品質の改善、ＱＣサークル活動の指導、市場品質会議への参加と指導そしてそれらに関係する課員の指導です」と高倉は答えた。

「あっそう……」陳《チエン》役員は優しく頷いた。

「サプライヤー品質改善計画は品管部長や周《チョウ》女史には提出してあり、既に行動に移しています。今日までに四社訪問し指導しています、その動きと関連ありますが今回〝アクスルシャフトのクレーム問題〟について特別に対応しました」と高倉は自信をもって言った。

周《チョウ》女史の承認を受けて進めているという自負があった。

「アクスルシャフトの問題については素早い対応で解決してくれてありがとう、三星集団としても大変助かりました」

高倉は陳《チェン》役員には報告していないけれど、アクスルシャフトの問題対策の件は既に知っていた。

「実は、サプライヤー品質も重要ですが三星集団内部の品質ももっと向上させたいのです」と陳《チェン》役員は言った。高倉は一瞬「えっ、また違う要求?」と呟いた。「サプライヤー品質は短い期間ではクレームが何件減ったとかの成果が見えにくいですが、社内だったら比較的短い期間でも成果が上げられるというか、目で見えます。そうすれば高倉さんにとっても良い評価が得られるから」と陳《チェン》役員は続けた。

高倉はメモを取りながら聞いていた。

更に陳《チェン》役員は続けた。

「まず山東集団の製造現場を見てほしい、管理レベルが低いことが分かる。特に農業車事業部の工程管理状況を指導してほしい、尚且つ、三星集団全体の立場で見てほしいのです」と陳《チェン》役員は話した。

「しかし、既にサプライヤー品質向上計画に則り実行中です、周《チョウ》女史にも承認されていますから」と高倉は答えた。

「サプライヤー品質改善計画については、私から董事長に相談します。そして、アクスルシャフトの問題のように特別に推進する必要がある場合は特命事項として高倉さんにお願いしたいと思います」と陳《チェン》役員は言った。

「そうですか、しかし三星集団内部を見るということになると、既に汽車(四輪中型トラック)事業部に、大隅さんという日本人品質専門家がいますから、大隅さんとの役割分担をしないとまずいですよ」と高倉が言うと、「大隅さんは、今シックスシグマの講習会しかやっていないので問題ありません」と陳《チェン》役員は答えた。

「しかし、そうは言っても、同じ現場に対し品質を担当する二人の日本人がいろいろ指導することは良くないですよ」

「大隅さんはシックスシグマだけで現場改善の実績がない、だから高倉さんに実績を上げてほしいのです。しかも大隅さんは汽車事業部だけで他の事業部は見ていません。高倉さんは全社的立場で見てほしいのです」と陳《チェン》役員は懇願するように言った。

高倉は、日本人を上手く使おうとする腹の内が見え隠れする陳《チェン》役員の立場が何となく理解できたし、断る確固たる理由も無かった。

第一に上位管理者の意向に沿わないと評価もされないと考えた。

「分かりました、農業車事業部での品質管理改革から始め、最終的には三星集団全事業部の品質管理改革を目指します。目標をそこに置きます」

「あぁ良いですね、三星集団全体の品質管理改革を是非お願いします」陳《チェン》役員の声が弾んだ。

「国慶節の休暇明けに社内品質管理改革案を作ります」と高倉は言ったものの、〈本当にやるのかな?〉と一抹の不安がよぎった。

陳《チェン》役員は、笑顔で「ありがとう」と言って席を立った。

高倉は「あーあ、やれやれまた業務計画の変更か」と言いながら会議室を後にした。

「しかし、孫《ソン》品管部長や周《チョウ》女史には事前に話をしないとまずいね、厄介な会社だな」と高倉は通訳の謝《シェ》に言った。謝《シェ》は「そうですね」と言ったきり何も言わなかった。

上意下達の国だから、中国人の謝《シェ》は何も言えないことは高倉には分かり切っていた。

国慶節の休暇を利用して帰国した高倉は就業ビザの取得を行った。観光業者を通じて中国大使館に行って、ビザを取得するわけだが、事前に連絡してあった為、申請から三日で取得できた。これをもって、今度は中国に戻ってから居留許可の申請と取得となるわけだが、取得完了までの間、気をもむ状況があったが大きな問題もなく取得できた。

国慶節休暇明けのある日、孫《ソン》品管部長とミーティングを持った。

汽車（四輪中型トラック）事業部の総経理が汽車研究院に転属になって、燕《イエン》総経理に代わったなどの情報があった。

そういえば、先月ＱＣサークル活動の指導で汽車事業部に行った時、報告会の会議室に黙って数人が入り込んできて、会議室を取られた高倉にとって腹立たしい事件があった。あの時の汽車事業部の女性総経理が頭に浮かんだ。〈噂通り、冴えない女性総経理か……代わって当然だな〉と高倉は思っていた。

孫《ソン》品管部長は、今後の品管部の仕事のやり方などを高倉に話した。

「これからはサプライヤー品質向上も進めるが社内品質向上の為の仕事もやっていきたい。そして研究開発段階からも品管部の意見を言っていきたい」と語った。「各事業部に配置している監督課員やＳＱＥを使ってやってほしい、彼らの教育にもなるので……」と孫《ソン》品管部長は熱っぽく語った。

高倉は話を最後までメモを取りながら聞いていた。そして、高倉は口を開いた。

「質問があります、国慶節休暇前に陳《チェン》役員からあった話で、社内品質向上の件です。今の孫《ソン》部長の話と合致しているのは良いですが、陳《チェン》役員にお願いした、汽車事業部にいる日本人品質専門家の大隅さんとの役割分担の件と私にアシスタントを付ける件はどうでしょうか」と高倉は問いかけた。

孫《ソン》品管部長は落ち着いて答えた。「大隅さんは、具体的な改善をやる、高倉さんは全社的立場で監督し改善を進める、また、今品管部の役割を見直ししている。また高倉さんのアシスタントの件はＳＱＥ

を使っていい」と話し、更に「今後は研究開発にも入っていってチェック機能を果たすようにしたい、燕《イエン》総経理もそれを望んでいます」と語った。

高倉は、研究開発への介入の部分は、疑問に思った。何故ならこの会社は研究開発段階から品管部が一緒に仕事を進めるシステムが出来ていないからだ。高倉はこの三星集団に来て一番やりたいことは研究開発段階からの〝品質熟成システム〟を構築することだった。ある日突然思い付きですぐ出来ることではないということが充分に分かっていたからだ。

研究開発段階からの〝品質熟成〟というのは、いわゆる研究開発段階から設計品質（図面）の問題や、製造上の品質問題を洗い出し詳細に検討し、対策を量産までに完了させ、問題を市場に出さない為の活動の事だ。この活動はシステムとして社内に定着させる必要があり、そのシステム化の仕事に高倉は意欲を持っていた。しかし、今は時期尚早と考え来年の課題として考えていた。

「大隅さんとの仕事の役割分担については、分かりました。取り敢えず私の出来ることをやってみます。SQEを使う件も了解しました。研究開発段階から品管部が入っていく件については大変良いことです」と高倉は前向きな返事をしたが、具体的なことは話さなかった。「そして、SQEや通訳の謝《シェ》への業務指示は必ず私を通して下さい」と高倉は真剣な面持ちで念を押した。

「通訳の謝《シェ》は私の専属のはずです。SQEも以前から、一緒に仕事をしながら教育して下さいとも言われています。私はそのつもりで彼らの仕事の予定を見ながら、計画的に指示しています」と高倉は続けた。

「分かりました、後は李《リ》課長ともよく話しておいて下さい」と孫《ソン》部長は言った……が、高倉は内心〈本当に理解したのかな？〉と少し疑問だった。

このことを敢えて孫《ソン》部長に話したのは、今朝SQEの丁《ティン》が突然李《リ》品管課長から指示されて別な仕事を指示されたからだ。

こんな急にＳＱＥを使われたら高倉の業務計画に支障をきたし、結果高倉の業務評価にも影響が出てくるからだ。

通訳の謝《シェ》にしてもそうだ。たまに李《リ》品管課長が来て何やら話をして仕事を依頼したり、聞いたりしているからだ。専属の約束をしている高倉から見れば心穏やかではない。

高倉はＳＱＥと謝《シェ》の件については、翌々日の月曜日の李《リ》課長とのミーティングでもクギを刺した。

李《リ》課長は、「ＳＱＥの丁《ティン》の件は、当初予定していたメンバーが急に行けなくなった為、丁《ティン》に依頼した」と言った。

「仕事は計画的にやりましょう」と高倉は言った。李《リ》課長は「私達の計画はあるのですが会社の方の計画が変わってしまうのです」と弁解をした。

中国の会社はこの三星集団だけでなく殆どの会社で急な仕事、急な会議、急な行動が多いことは分かってはいたが、直接自分に影響が出てくるとなると無関心には出来なかった。

このころから、高倉は少しずつ気が付いてきたことがあった。

〈そうか、やっぱり、現在いるＳＱＥの三名と通訳謝《シェ》の業務上の心持ち、すなわち軸足は品管課長サイドにあるということだ。彼らは組織上品管課に属している為組織上の上司は品管課長であるという事実だ。だから彼らは課長の方向を見て行動することを当然と考えているのだ〉と高倉は察するとともに、どのようにしたら彼らを上手く使えるか悩んでいた。

〈特に通訳の謝《シェ》については、初対面の時は良い印象で気持ち良く一緒に仕事が出来そうだと期待したが、その後の行動を見ると気に障ることが多すぎる。何とかしないと楽しく仕事が出来ないし、自分の評価にも影響が出てくるな〉

高倉は、声に出さず、机に座って仕事をしている彼らを見廻した。

前回の中国企業太陽集団での通訳は何事にも常に日本人の立場に立って通訳してくれ、そして交渉事もしっかりやってくれた。更には私生活の支援や困った時の助けもよくやってくれた。そのような経験からして、今回の三星集団での通訳の在り方には大いに不満を抱いていた。

〈孫《ソン》品管部長も李《リ》品管課長も俺と話し合う時は俺が気持ちよく仕事が出来るように装うけど、内心何を考えているのか分からないな、自分の行く手に見えない影の力が立ちはだかっているようだ〉

高倉は彼らの本心を測りかねていた、と同時に誰かに心の内を訴えたかった。

＊電動車工場へ

ＳＱＥの楊《ヤン》が三星集団の系列会社である電動車工場へ工程検証に行くということで高倉に同行するように依頼があった。

「おはようございます、先日お伝えしていた通り、今日は電動車工場にフォローアップ検証に行きます。よろしくお願いします」と朝一番にＳＱＥの楊《ヤン》が言ってきた。彼は日本語が出来るから通訳はいらないので会話としては楽だ。

「あぁ、何時に行きますか」と高倉が答えると楊《ヤン》は「午後からです」と言った。「じゃ、二時に出発だね、了解」と高倉は軽く返事をした。そして更に「ところで、フォローアップ検証って、どういうことですか」と楊《ヤン》に尋ねた。

「前回一度検証を行っていて、その後の状況の確認です」と楊《ヤン》は答えた。

「あっそう、じゃ前回の資料を見せて下さい、そして説明して下さい」と高倉が言うと楊《ヤン》は前回の資料を見ながら内容の説明を高倉にした。そこには、たった三項目の内容しかなかった。

説明が終わると、楊《ヤン》は席に戻った。

「依霖《イーリン》は、通訳としては同行不要だが、現場を見て専門用語の勉強の為に我々と一緒に行きましょう」と高倉は謝《シェ》に指示した。

「分かりました」と謝《シェ》は振り返って答えるとまた前を向いてパソコンを操作した。

いつもの感じだ。

電動車工場は、三星集団本社から三星集団アパートの方向に在った。どちらかというとアパートに近い場所だった。

電動車工場の建屋は鉄筋コンクリート造り二階建てで比較的新しく綺麗だった。正門から入り左手が二階への階段で、右手方向に工場入り口のドアがあった。ドアが半分開いていて工場の中が見えたので、何気なく覗くとそこは二輪電動車の完成車組立ラインが見えた。しかしラインは止まっていて中は暗かった。

「生産していないのかな」と高倉は独り言を言いながら二階の事務所へと階段を上った。

二階の事務所は広々としていてガラス張りの事務室がいくつかあり綺麗だった。我々を見つけ、寄ってきた者と楊《ヤン》が話して、そして、楊《ヤン》はその者を紹介した。「技術担当の王《ワン》さんです」「高倉です、よろしく」と高倉が言い、「今日、総経理はいないのですか」と尋ねると王《ワン》は「今日、出張で居ません」と答えた。

広い会議室で少しの時間話し合ってすぐに現場に行った。今回見る現場は、隣接する別棟の二階にあってそこはワイヤーハーネス製造工場だった。

ワイヤーハーネスの支線の寸法の問題、端子のはずれや半田の問題など幾つかの問題の対策結果を確認してひと通り見て回った。

工場の生産が休止中ということで、現場と言ってもほとんど作業者はいなく閑散としていた。従って実際作るところは見ることが出来なくて現場検証と言っても不十分な確認で終わってしまった。〈これも中国か……〉と思いながら楊《ヤン》に話しかけた。

「前回指摘項目の対策状況で今日確認できなかったところは必ず次に機会をつくって見に来なさい」と高倉が言うと楊《ヤン》は「はい」と答えた。

「指摘項目以外のところも、例えばカシメ機などの加工条件の管理、ワイヤーハーネス組み立て時の管理ポイントなど、どのようにして守られているかなどもよく確認した方が良いですよ。特に作業標準書はね」と高倉が言うと、楊《ヤン》は「分かりました」と言ってメモを取った。

今日のこの電動車工場の検証は項目が限定された為、簡単で深みの無い検証結果となったが、楊《ヤン》のようなSQEはこのような経験を積み重ねる必要があると高倉は感じていた。

工場での検証を終わり再度会議室に戻って今後の進め方を話し合って終わりにした。時刻は夕方五時近くになっていた。

高倉は、この日の夕食を会社では取らずアパートへ直接帰った。

同乗していた車で楊《ヤン》も謝《シェ》もそれぞれ高倉のアパートを経由して直接帰宅した。

時として、このような場合、彼らと夕食を一緒に食べてから帰るということもありだが、この日高倉は敢えて彼らと夕食を一緒にすることの誘いをしなかった。通訳の謝《シェ》も楊《ヤン》も高倉と仕事以外に一緒にいる時間を避けたいと思っているのではないかと、想像していたからだ。

特に謝《シェ》について高倉はいたるところで感じていた。謝《シェ》のわがままな性格や動きに対して、高倉の正義感が強く仕事に対する生真面目さは格段の違いがあった。その高倉の積極的かつスピーディーな仕事の進め方、時間に厳しいことなどは謝《シェ》にとってはついていくのが大変だった。部課長や役員に対しても歯に衣着せぬ物言いは、軸足が品管課長にある謝《シェ》にとっては、苦しい通訳となった。しかも、仕事上ではあるが高倉が他のＳＱＥや課員に対する指示や接し方が厳しくて、また女のわがままな謝《シェ》に対しても優しくないからだった。

それらの事に関して、謝《シェ》もまた高倉に対して良い印象を抱いていなかった。

皆で飲食したり、会議の場などで高倉の横に座りたがらない、出張でホテルや会社の施設に泊まった時など必要な情報でもわざと教えなかったり、多人数で車などへ乗った時も高倉を無視し他の人と話し込んだりして、およそ専属通訳としての役割を放棄しているかのような態度が多くあった。そのような事から高倉も謝《シェ》がどう考えているのか大体は承知していた。

そしてこの日、高倉も何となく気持ちが晴れていなかった。仕事が終われば、早めのサヨナラが互いに平穏を保つ術だった。

＊女子の何《フー》と男子のテイのやる気

翌日、空はよく晴れていた、風もなく穏やかな日和だった。しかし相変わらず空の色は日本の秋晴れの青空とは異なっている。

朝のミーティングは十分程度で終わった。

この日までに、各個人ごとのヒヤリング（面談）は殆ど終わっていた。

「高倉さん、あのう、ＱＣサークルの報告会で指導を先月行いましたが、汽車（四輪中型トラック）事業部の何青《フーチン》というプレス課の女の子がもう一度報告内容を聞いてもらいたいと言ってきていますがどうしますか」と通訳の謝《シエ》が席を立ち言ってきた。「ああ、あの若い女子か、積極的ですね、前回の報告内容は全然ダメだったけど、どうなったかな」と高倉も関心は持っていたが少し驚きもしていた。「確か〝プレス部品の不良対策〟というテーマだったな」と高倉は言いながら「うん、いいよ、何時なら良いのかな」と高倉は謝《シエ》に聞いた。

「午後いちならいいと思います」と謝《シエ》は何やらメモを見て言った。「分かった……で、場所は？」と聞くと、「決まっていません」と謝《シエ》が答えたので、「じゃあ、こちらの会議室に来てもらいましょう」と高倉が言うと、謝《シエ》は「分かりました」と答え席に座りパソコンへ向かった。

「会議室の予約やOHPの準備もよろしく」と高倉が念を押すと「はい、分かりました」と謝《シエ》は答えたが……実は、この会社、会議室の予約制度は存在していなかった。早いもの勝ち、力のある者勝ちの世界だ。

そんな会話をして終わるや否やまた謝《シエ》が自分のパソコンを見て言った。「高倉さん、今度は農業車事業部のテイさんから依頼が入っています。農業車事業部のQCサークルを再度見てほしいそうです」

農業車事業部（三輪トラック等の特殊運搬車両）のテイは、QCサークル活動推進担当だ。先月農業車事業部へ行った時が初対面だったが、歳は三十五から四十歳ぐらい、物腰の柔らかい人という印象があった。

彼は農業車事業部、部品検査課の副課長という立場にあった。QCサークル活動や社内改善活動、事業部内テーマ展開などの特命テーマの推進役だった。自分の役割に忠実な人で真面目そうに見えた。再度QCサークル活動の指導を依頼してくるほどの積極的な人物だった。

「いいですよ、日時と場所を決めて下さい」

と、高倉は謝《シエ》に依頼した。

すると、謝《シェ》は直ぐにメールでテイとやり取りし、そして返事が来た。

「明日、農業車事業部の会議室でどうですかと言ってきましたが、どうしますか」と謝《シェ》は高倉に聞いた。

「あぁいいよ。行きましょう」と答えた高倉は内心少し嬉しかった。先ほどの汽車事業部の何《フー》という女子やこのテイという者が積極的に指導を乞うてくることは、ＱＣサークル活動発展の為にまた品質意識向上の為には大変良いことだったからだ。

午後二時少し過ぎ、汽車事業部の何《フー》が一人で来た。先月会った時より少し頬を赤らめていた、時刻に間に合うように慌てて飛んできた様子だった。

「すみません、少し遅れてしまって」と髪を少し乱した様子で言った。

そして会議室で報告会形式での指導を始めた。

何《フー》は前回よりは少し慣れた様子でＯＨＰに映し出されている資料を見ながらレーザーポインターを使って話し始めた。少し息が弾んでいるようだった。

まず報告をひと通り聞いた高倉は、前回聞いて指摘なり指導した個所はかなり改善、追加されていたが元々解析する為のデータや材料が乏しい為、内容的には薄い内容でしかないと思った。

「うーん」と高倉は考え込んでいた。

「なにか意見や指示があったら言って下さい、直しますから」と何《フー》は食い付いてくる。

高倉は彼女がもっと勉強したいという気持ちは理解できた。

「解析の為のデータはもっと多く取れますか」と高倉が聞くと、「はい、必要ならデータは取れるし、まだ事務所に戻ればデータはありますから整理できます。どんなものが必要か教えて下さい」と何《フー》は言った。

この女子は一人で頑張っているのか、他の男子どもはなにをやっているのか疑問に感じ、彼女に質問した。「他のメンバーと一緒に活動していますか」「はい、一緒に活動しています、それぞれ役割を分けています。今は皆仕事中ですから私が一人で来ました」と何《フー》は平然と答えた。

「サークルリーダーは別にいるのですね」と高倉が聞くと、「はい、呉《ウー》主任です」。

彼女は真っすぐに前を見て、高倉や謝《シエ》の顔を見ている。

「そうですか、貴方は頑張っていますが、他のメンバーも頑張らなくてはいけませんね」と高倉は言ったが、何《フー》はなにも言わず、頭を少し左に傾けた。

更に高倉は、その他幾つかの誉め言葉を彼女に発した。

「高倉さん、可愛い女の子に優しいですね」

と通訳の謝《シエ》が苦笑いして嫉妬気味に言った。

「はぁーそうか、この子があまり一生懸命やっているから応援したくなってね……」と高倉も苦笑いしたが、〈謝《シエ》も女だな〉と内心思っていた。

何《フー》は高倉と謝《シエ》が何を言っているのか分からないので不安そうな顔をして黙っている。

男子の多い職場で若い女子が一人入ってQCサークル活動をし、しかも積極的により良く仕上げようと努力している姿はほほえましかった。

高倉は、前回と同じく多くの改善点を指導した。当然前回よりは指摘するレベルは上がっていた。

高倉は資料を直したら、その改訂版を送ってもらい謝《シエ》に翻訳しておくように依頼した。

明日は、農業車事業部のQCサークル活動報告の再指導に行く予定になっていた。

農業車事業部のQCサークル推進担当はテイだ。彼も大変一生懸命進めていて、事業部内で予選会までやっている程、全事業部の中では一番力が入っていた。

この日は高倉と、通訳の謝《シェ》、品管部QCサークル活動推進担当の田《ティアン》と三人が出席した。

報告の場所は前回と同じ会議室、朝九時に到着した。

「おはようございます、前回指摘なりアドバイスを受けたところを直しましたので、もう一回聞いてもらい、指導をお願いします」とテイは一番で話しかけてきた。

「分かりました」と高倉は言い席に座った。

報告の準備はもう出来ていた。サークルメンバーも全員揃っていた。

「なかなか力が入っているな」と高倉は田《ティアン》に向かって言った。

「そうですね」と田《ティアン》は言いながら、「報告を始めるようにと」前に立っている報告者に勧めた。

午前三サークル、午後三サークル合わせて六サークルを聞いた、前回と同じ数とテーマだ。いわゆる、前回指導した内容に対する改訂版だった。

この六サークルは決してハイレベルではないが他の事業部のものより出来栄えは良かった。前回よりは良くはなっているが、更に高倉は多くの点を指摘し指導した。一サークルごとに細かく改善点を突いた。

六サークル目の報告と指導が終わるころにはもう四時半近くになっていた。

高倉は、謝《シェ》に「今日の報告の資料を後で送ってもらって下さい。そして、それを出来る限り翻訳しておいて下さい」と指示した。

「はい、分かりました」と謝《シェ》は言ってから、何やらテイに告げて会議室を出た。

田《ティアン》は「十一月中に三星集団全社大会への八サークルを選びます」と推進担当のテイに伝え、更に「十二月に全社大会の予定です」と言い添えた。

「分かりました、我々も八サークルに選ばれたいです」

テイは意欲的であり、希望を持っていた。

そして高倉、田《ティアン》、謝《シェ》は不愛想な運転手雷《レイ》の運転で急いで本社までの帰路に就いた。

「今までに聞いた他の事業部も含めた中で、もう一度聞く必要があるサークルを整理して、十一月中にもう一度報告を聞く機会をつくって下さい」と高倉は田《ティアン》に指示した。

「はい、そうですね、今まで聞いて全然出来ていないところもあり、またやる気のないところもありますから彼らの意思も確認する必要があります……分かりました」と田《ティアン》は答えた。

〈汽車事業部の何《フー》という女子や農業車事業部のテイのように、真剣に向き合って、更なるレベルアップを追求してくる姿を見ると、自分もうかうかしてられないな、持っている以上の知識や指導力を出さないと……〉

高倉は、頼られている満足感と自分自身も、もっと勉強しないと、という思いとが交錯していた。

＊陳《チエン》役員と周《チョウ》女史

十月の二十日頃に差し掛かったころに陳《チエン》役員から孫《ソン》品管部長同席のもと話し合いの要求があった。

陳《チエン》役員とは、国慶節休暇の前日に初めて話し合いをもった。サプライヤー品質や社内品質管理の向上を希望しているが、特に社内品質管理の向上を優先した考え方だった。現在高倉もその方向で検討中だった。

「なんだろうね」と言って謝《シェ》に聞いたが、謝《シェ》も「よく分かりません」と素っ気ない返事だ。

陳《チエン》役員は日本人の安本に言わせれば、「所詮董事長が決めなければ、何も決まらないよ」という存在だった。高倉には中国企業は初めてではないので、その安本の言葉は何となく理解できた。

午後二時、二階の会議室に行くと陳《チェン》役員と孫《ソン》品管部長は着席していた。別に時刻に遅れたわけではないが、少し恐縮して照れ笑いを浮かべ高倉は「こんにちは、お待たせしました」と言って、二人の顔を見た。

陳《チェン》役員は、にこにこしながら「こんにちは、どうぞお座り下さい、仕事の方はどうですか」と、早速優しい口調で話しかけてきた。

「はい、少しずつ安定してきました」と高倉は二人の前に着席しながら言うと、「それは良かったですね」と陳《チェン》役員は笑顔で言った。

孫《ソン》品管部長は何やら一言発したが、謝《シェ》は通訳しなかった。

「今日は高倉さんの仕事の内容について意思統一したいのです」と陳《チェン》役員は控えめな感じで言った。

〈そうか、それで孫《ソン》品管部長を同席させているのだな、当然と言えば当然だけど中国にしては賢明なやり方だな、国慶節前日に陳《チェン》役員から聞いていた内容のさらなる念押し確認かな〉と高倉は思いながら聞いていた。

「先日も言いましたが、高倉さんには三星集団内部の品質管理の改善をやってほしい、そしてその進め方を聞かせて下さい」との陳《チェン》役員の言葉だった。

高倉は、三星集団と言っても事業部、いわゆる工場がいくつかあるが、まず一番主力で場所的にも近い汽車事業部からだなと思っていた。

「汽車事業部は十一月、生産が少ないからこの期間を品質月間としたい、従って高倉さんがどのように進めるのかを聞きたいです」と陳《チェン》役員は聞いてきた。

高倉は工場品質を向上させる幾つかの案を話した。すると陳《チェン》役員は直ぐに高倉の案に賛成した。「その通りやって下さい」

高倉は一瞬「あれ？」と思いながら更にやる為の条件を話し合った。特に〝SQEを使う、その中で教育していく〟ということについて敢えて高倉は確認した。それは、SQEの扱いについて、先日も問題が出ているからだ。

高倉が知らないうちに進められる人事異動の問題、課長がSQEに高倉の知らないところで直接業務指示することなど高倉にとっては大きな問題だった。

『SQEを使う、そして教育していく』ということはよろしいですね」と高倉は陳《チェン》役員と孫《ソン》品管部長の二人の前で念を押した。

「はい、そのようにして下さい」と陳《チェン》役員は言った。それを聞いて孫《ソン》品管部長も「よろしいです」と言い陳《チェン》役員の顔を見、そして高倉の顔を見た。

SQEへの業務指示は高倉が優先するということについては孫《ソン》部長にも李《リ》品管課長にも伝えてあり了解を得ているということで、この場では話に出さなかった。それは孫《ソン》部長に対する高倉の配慮があったからだ。陳《チェン》役員の前で先日の問題、すなわち李《リ》品管課長が高倉の知らないところでSQEや通訳謝《シェ》に直接業務指示を出している問題を蒸し返したら孫《ソン》部長の立場がないという事になってしまうからだ。しかし、このような高倉の配慮が中国で理解されるのかされないのか、この後の展開で証明されることになる。

その他幾つかの仕事のやり方を話し合い、この日の話し合いは終わった。高倉としては有益に感じていた。

次の日曜日サプライヤー（外注メーカー）大会があるということで本社部門は定刻出社となった。午前中はTS１６９４９品質体系の講習会、サプライヤー大会は午後一時三十分からだった。

ＴＳの講習会は一般社員を対象にしたもので高倉は出席しなかった。午後のサプライヤー大会は高倉も三星集団へ来て初めてなので興味津々といったところだった。

日本人専門家の中では、高倉、安本、大隅の三名が出席していた。

会場は本社最上階、七階のイベント会場だった。ここは三百人ぐらい入れる大きな会場で、日本人の三名は前列から二番目の列に着席した。

最初に、品管部長そして購買部長、陳《チェン》役員などが挨拶した後、孫《ソン》品管部長が現在と今後の品管部のサプライヤー施策を発表し、その後でサプライヤー数社が品質改善事例を報告し、最後に表彰式といった内容で、このような事はとかく日本でも実施している会社は多い。しかし、問題はその中身だった。

「孫《ソン》品管部長の施策内容は、現在のサプライヤーの実力から見てかなりというか、はるかにかけ離れた理想論で、これでは誰も実施出来ないしついてくることが出来るサプライヤーはいないよ」

高倉は横に居た安本の耳元で囁いた。

「そうだな、このような場では、何か偉そうなことを言わないといけないからだね、中国特有の現象だね」

安本も前方を見たまま小さな声で言った。

それぞれ三人の日本人専属通訳は各々の日本人の横に座っていた。しかし、高倉の通訳謝《シェ》と大隅の通訳は発表内容や挨拶内容をほとんど通訳できなかった。内容が専門的でしかも話す速度についていけなかった。

安本の通訳劉《リュウ》は、内容をメモしまとめて小声で通訳した。高倉はその声に必死に耳を傾けた。

「学者のやることだな」と高倉は呟いた。

〈孫《ソン》品管部長は実務を知らないな、これでは社内及びサプライヤーの品質向上や指導はできないな〉と高倉は心の中で呟いた。

傍にいた日本人の安本も「そうだな、博士だからと言って現場指導は無理か……」と小声で皮肉交じりに言った。

発表や報告の内容は全て中国語だから正確に全て理解することは出来ない、しかし、日本人もそれなりのプロだ。大体何を言っているのかは資料やとぎれとぎれの日本語訳で分かった。


サプライヤー大会の会場の最前列中央席に周《チョウ》女史がいた。

高倉は最近の仕事の状況を報告する良い機会と考え、大会終了後話し合いを申し出た。

大会が終了し周《チョウ》女史が席を立った時を見計らい通訳の謝《シェ》と一緒に近づいた。

「こんにちは、これから少し話がしたいのですが、時間はありますか」と高倉は聞いた。

「えっ、今から？　……あぁいいですよ、じゃ三階の会議室へ行きます」と周《チョウ》女史は少し驚いた様子であったが快く応えた。

「分かりました、三階会議室で待っていますので、よろしくお願いします」と高倉は言って会場を後にした。

高倉と謝《シェ》は品管室のある三階の会議室で待っていると、周《チョウ》女史は直ぐに顔を見せた。

椅子に座るや否や高倉は話を始めた。

時計の針は午後四時十五分を示していた。終業定時は午後五時だからあまり時間は無かった。

「実は私の仕事ですが、サプライヤー品質向上を主に進めていましたが、昨日陳《チェン》役員と孫《ソン》品管部長との話し合いの中で、サプライヤー品質改善の方は優先度を落とし三星集団内部の品質管理の改善を要望されました。従って前回お話しした内容よりまた、主に進めるべき仕事が変わったのでその事を話しておきたかったのです」と高倉は昨日の話し合いの内容を説明した。

「あっそう、でどこから、どのようにしようとしていますか」

「工程内品質管理方法の改善を、まず汽車事業部から始めたいと思います」

周《チョウ》女史は高倉の話を聞いて、落ち着いた物言いで返した。

「私は今、農業車事業部の品質システムの改善や品質問題の対策改善、改革をやってほしいと思っています」と周《チョウ》女史は高倉の提案に対し、異なる意見を述べた。

「えっ！　農業車事業部ですか、何処に在るの？」と高倉は急の方向転換にびっくりして確認した。高倉は農業車事業部がどこにあるのか最初、分からなかった。実は農業車事業部へはQCサークル活動の指導で二回ばかり行ったことがあったのだが……。謝《シェ》は本社から約四、五十分はかかると言っていた。

「五連県です」と周《チョウ》女史は言ったが高倉はまだどこなのか気が付いていなかった。

一週間に三日ぐらい、農業車事業部とアパートとの直行直帰で良い、移動は社用車を使って良い、宿泊が必要なら会社の宿舎もあるのでそこを使っても良いなど、行く為の幾つかの条件を高倉の質問に対し周《チョウ》女史は話した。

「車は何時でも使って良いのですね」と高倉は移動手段である車の使用について念を押した。

なぜなら、社用車の使用について、高倉は若干不便を感じていたからだ。

この会社には社用車使用の場合一定のルールみたいなものがあって、社用車を使う人の所属課長の承認が必要で、その後社用車管理課長の承認が得られれば、車と運転手の調整をしてくれる。そのうえで車と運転手の都合がつけばOKということになるわけだ。

今まで、高倉は何回か不便な思いをしていた。

ある日サプライヤーにSQEが行くということで高倉も一緒に行くことにしていたが、他の同行メンバーがいて、一緒に車に乗れないのでもう一台必要ということだった。しかし、一課で一台と言われ、車を借りられなくてその時高倉はサプライヤーへの出張を取り止めざるを得なくなった。

また、ある時は、他事業部へ会議に行く時に約束の時刻に間に合うように車の手配をかけたつもりだったが、出発時刻に車が他の用事（だったかどうかは疑わしいが）で使用できず結局該当する車が戻るまで待たされ、遅れて出かけた為、会議にも何十分か遅れてしまい、会議メンバー数人を待たせるという迷惑をかけてしまった。

また、高倉が依頼した車に何の断りや説明も無く突然他の者が乗り込んできて高倉の目的地に着く前にその彼の目的地に立ち寄り用事を済ませている。これは高倉に対し大変失礼な話だ。

このような事が、この三星集団に来て何回となく発生していて高倉は車の使用や運転手に対しかなりストレスを感じていた。

従って、高倉が農業車事業部へ行くのに車が必要といった場合、このような不都合が必ず生ずると思っていたからだ。

「車の使用で何か問題があったら私に言って下さい」と周《チョウ》女史は言ってくれた。

「ところで、農業車事業部って、何を生産しているのだったかな」と高倉は謝《シェ》に聞いた。

「三輪トラック等の特殊運搬車両です」

「あっそう、今どき三輪車か、そういえば前回行った時工場内で何やら音の大きな三輪車を見かけたことがあったな」と高倉は呟いた。

高倉は農業車事業部に前回行った時の記憶を呼び戻しながら、農業車事業部の場所、五連県という町の街並み、工場の正門や中の状況などを少しずつ思い出していった。

「分かりました、孫《ソン》品管部長とも相談し、具体的に進めます」と高倉は答えた。

「農業車事業部の件については逐次報告します」と高倉は言って周《チョウ》女史との話し合いを終わった。時刻は五時ぎりぎりだった。

＊農業車事業部へ

翌日、早々に孫《ソン》部長に昨日、周《チョウ》女史から農業車事業部に行く件を依頼されたことを話し、今後高倉の仕事の重点をどこに置いたら良いか相談した。

高倉は孫《ソン》品管部長の部屋のドアをノックしそのままドアを開けた。

「おはようございます」と高倉は言いながら部屋の中に入った。通訳の謝《シエ》は、高倉の後から入室した。いつも通り、コの字型に置いてあるソファーの縦長の位置に高倉は座った。孫《ソン》部長は横の短いソファーに座り、謝《シエ》は高倉の後ろに座って、身を乗り出していた。

「実は、昨日周《チョウ》さんから、五連県の農業車事業部へ行って改善業務をやってほしいとの話がありました。従って、今やろうとしている業務を調整しなければなりませんが、孫《ソン》部長の考えを聞かせて下さい」と高倉は言った。

孫《ソン》部長は、暫し困ったような顔をし、少し考えてから話し始めた。

「高倉さんの仕事は、今三つの方向性がある。サプライヤー品質向上及びSQEのリーダーとしての業務、先日の陳《チエン》役員からの件、そして周《チョウ》さんからの件だ。現在TSの講習を行っていてその講師も言っているが、三星集団のリーダー達は、あっちこっち手を出す、管理方法が良くないと……」

「そうですね〜」と高倉は言うしかなかった。高倉は出来ることは何でもやろうとしていたが、直接の上司は孫《ソン》品管部長であり、その上司は陳《チエン》役員でありまたその上司は周《チョウ》女史になるわけだ。正確には周《チョウ》女史は上司ではないが、董事長の娘ということで権限を持っているということは先述の通りだ。従って、その三者が納得してもらうことが高倉にとって大事だった。

幾つかの項目について話し合った後で、

「今日の午後、周《チョウ》さんと話してみます」

孫《ソン》品管部長は思い切ったように言った。

「農業車事業部へ行くようになったら、SQEはどうしますか」と高倉は孫《ソン》部長に尋ねた。「高倉さんが何処へ行こうが、SQEの勉強はさせたいので、一緒にやって下さい」と孫《ソン》部長は従来通りの考えを答えた。

「分かりました、では午後の話の結果をまた聞かせて下さい」と高倉は言って席を立った。

高倉は〈この先どうなるのかな、早くはっきりしてほしいな〉と思っていた。

「三星集団に来て、かれこれ二カ月近くになるがいつまでも落ち着かないね」と高倉は孫《ソン》部長の部屋を出ると謝《シェ》に言った。謝《シェ》は相変わらず言葉少なく「そうですね」と言うだけだった。

翌日になって、

「高倉さん、孫《ソン》部長が呼んでいます、今大丈夫ですか」謝《シェ》が席を立つなり振り返った。時刻は午前十一時を回っている。「昨日の件かな」と高倉は言いながら席を立って歩き出した。

高倉はいつもの通り孫《ソン》部長の部屋に入った。

「こんにちは」と高倉が言って、ソファーに座るや否や孫《ソン》部長は昨日の件を話し始めた。

「昨日の午後、周《チョウ》さんと陳《チェン》役員と私とで話し合いました」

「周《チョウ》さんは週に三日農業車事業部へ行ってほしいと言っています。農業車事業部の張《チャン》総経理は週に一日か二日で良いと言っています。従って、週に何日にするかは、高倉さんの計画通りで良いです。SQEについては一緒に連れて行って下さい。社内品質向上でやろうとしていた〝作業標準書改善プロジェクト計画〞は白紙に戻してもらって良いです、費用が発生したら請求してもらって良いです、その場合領収書を忘れないで……」など幾つかの項目を孫《ソン》部長は話した。高倉は孫《ソン》部長の話に聞き入っていたが、その中で気が付くことを質問し、確認しながら聞いていた。

その他農業車事業部からの要望項目、二項目を孫《ソン》部長は話したが、高倉は「参考にします」と答えた。それはあまりにも一般的な内容であったからだ。

「では、明後日早速農業車事業部の張《チャン》総経理に挨拶に行きます、と同時に業務計画を作ります」と高倉は言って、席を立った。

孫《ソン》部長は笑顔で高倉に握手を求めてきた。高倉は右手を差し出し、少し強く握った。元々高倉の手は男にしては小さいほうなので握手は好まなかったが、アメリカ生活の長い孫《ソン》部長が握手を求める事は不自然では無かった。

高倉は孫《ソン》部長との話が終わり、部屋を出たところで、通訳の謝《シェ》に指示した。

「農業車事業部の張《チャン》総経理と連絡をつけて、都合を聞いてください」

「はい、やってみます」と謝《シェ》は答え、直ぐにパソコンを操作していた。しかし、なかなか返事が来なかった。

夕方になって高倉は再度確認した。

「依霖《イーリン》、農業車事業部の張《チャン》総経理とは連絡付きましたか」

「あっ、はい、先ほど連絡が来まして、明後日は都合が悪いので来週月曜日と言ってきました、どうし

任感とやる気を起こさせた。

そして、丁《ティン》、黄《ファン》、楊《ヤン》のSQEメンバーにも彼らの仕事を説明した。彼らにもそれぞれ役割を持たせ責任感とやる気を起こさせた。

農業車事業部の張《チャン》総経理へ送った。

二日後、高倉は早速農業車事業部、品質管理業務計画を作り、翻訳後周《チョウ》女史、陳《チェン》役員、孫《ソン》品管部長、

「あぁいいよ、行きましょう」と高倉は言いながら「最初から受け身かよ……」と独り言を呟いた。

ますか」と謝《シェ》は言った。

農業車事業部での業務についていろいろ調整をしながらも、今週末、十月度市場品質会議があった。高倉は初めて出席した。

クレーム率をここでは故障率と言った。故障率の算出方法は極めて不合理というか不適当だった。またクレーム品の解析部門が不明確、クレームデータの収集、分析や対応部門の無責任体制など多くの問題があることが分かった。市場品質問題はまず三星集団内部体制を変えないとだめだと高倉は感じた。しかし今は、まず農業車事業部へ行くことが先決だった。

市場品質体制については、後日、書面で改革案を提出しようと考えた。

月曜日、先週約束していた農業車事業部へ行く初日だ。朝、張《チャン》総経理に確認を取った。

「今日何時に行ったら良いのか、張《チャン》総経理に確認して下さい」と高倉は謝《シェ》に依頼した。

謝《シェ》は、直ぐにパソコンでメールを発信した。

高倉は「メールでなくて電話すればいいのに……」と思ったが黙っていた。

しばらくして、相手から返事が来たようだ。

「先ほどは三時と言ってきましたが午後二時半からと訂正してきました」と謝《シェ》は高倉の方を振り向いた。謝《シェ》の長い髪が横に大きく揺れた。

「あそう、分かりました。車の手配を忘れないでね」と高倉が言うと「はい」と謝《シェ》は返事をし、また自分のパソコンに向かった。

「あっそれからSQEの三名も同行ですから言っておいて下さい」

「はい、分かりました」謝《シェ》は、高倉に背を向けたまま返事をした。

〈三時だ、二時半だ、とか俺と会うことに対して張《チャン》総経理は受け身で、農業車事業部へ行くことを要望しているのは自分ではないのに……俺は招かざる客か〉と思っていたが、これも中国かと変に納得した。

昼食後午後の始業時刻より少し早めに農業車事業部へ向けて出発した。

高倉、SQEの楊《ヤン》、丁《ティン》、黄《ファン》の三人と通訳謝《シェ》だ、運転手を入れて六人だ。運転手はいつもの不愛想、不作法の坊主頭の雷《レイ》だ。河川沿いの直線道路を走り、五連山の峠越えの道路だ。高倉は前回来たことを思い出していた。

午後二時三十分ほぼ正確に到着し、五人は事務所三階の会議室へ足早に駆け上がった。

会議室に入るとそこには三十人くらいの人が集まっていた。

高倉は恐縮した様子で「こんにちは」と言いながら中に入った。他のメンバーも同様に挨拶をしながら高倉に続いた。

三十人くらいのメンバーは皆緊張した面持ちで静かに待っていた。一番前に張《チャン》総経理が座っていた。高倉はもう一度張《チャン》総経理に向かって挨拶をした。「どうぞ、お座り下さい」と張《チャン》総経理は言って、傍の椅子を勧めた。高倉は「有難うございます」と言って座ると同時に高倉は通訳の謝《シェ》に自分の横に座ることを勧め、そしてSQEの三人にも椅子に座るように勧めた。

高倉以下四名の者が着席したところで、張《チャン》総経理が口を開いた。それは高倉が事前にお願いしてあった農業車事業部の概要説明から始まった。ＯＨＰとか、何かの資料らしき物は無く、ただ話だけの説明だった。

三星集団の農業車事業部は農業用特殊運搬車両製造だが、十数年前からの三輪トラックの製造販売では中国業界トップ、毎月一万台から多い月で二万台生産している。また、部品加工品は三つの事業部にも提供している事、従業員は五千六百人、生産場所は四カ所（総合組み立て区、プレス区、加工南区、加工北区）十六の現場がある事、そして、それぞれの現場の説明、製造現場以外の生産部や管理部、部品検査課、完成車検査課、技術課などのスタッフ部門の説明とそれぞれの部長、課長、主任などの紹介など三十分以上続けて説明した。但し経理上の話は無かった。

その後、高倉のここでの勤務日や時間、宿泊について、品質教育、仕事の進め方などについて質疑応答を行った。質疑が煮詰まり終わりに近くなったところで高倉は言った。

「大体状況は分かりました、いずれにしてもまずそれぞれの現場を見て回ります。そしてここにいる三名も一緒に仕事をやっていきますのでよろしく」

「そうですね、その上で高倉さん自身が自分で計画を立て、高倉さんが出来ることを発揮して下さい」

張《チャン》総経理は高倉の顔を見て、そして自分の手元のメモを見ると周りを見廻した。

こんな高倉と張《チャン》総経理とのやり取りを、約三十名の出席者は緊張した面持ちで聞いていて誰一人席を立つ者はいなかった。

「分かりました、ところでＱＣサークル活動ですがどうしましょうか」と高倉は今日の主な課題から外れＱＣサークル活動について聞いた。「農業車事業部として本大会へ多くのサークルを参加させたいので指導してほしい」と張《チャン》総経理は言った。

「十一月初めに本大会参加チームを決めます。その後更に指導を加え、八チームに絞り十二月に本大会の予定です」と高倉は答えた。

「今後高倉さんのここでの仕事の窓口はテイですから、今後テイに話してください」と張《チャン》総経理は言ったが、高倉は既にテイは知っていたので、問題は感じなかった。

「分かりました、では、来週月曜日から来ます、まず全工場を見ます。今日はこの辺で終わりにしたいと思います」と高倉が言うと、「そうしましょう、終わりにします」と言って張《チャン》総経理は席を立った。同時に高倉も席を立つと他のメンバーも一斉に席を立った。張《チャン》総経理は先に会議室を出て行き、その後で高倉や他の四名も会議室を出て階段を下り一階の玄関で帰りの車を待った。

階段を下りながら謝《シェ》は運転手に電話を掛けた。

「さあぁ、やるぞ！　今日は挨拶だけだけど、次からは、現場へ入るぞ！」

高倉は両手の肘を曲げ腰のあたりで両こぶしを握った。

謝《シェ》は通訳しないので、高倉が何を言っているのか分からない丁《ティン》、黄《ファン》、楊《ヤン》の三人は不思議そうな顔で立っていた。

車は五分ほど待って来た、そして、来た時の道路を戻った。

＊ストレス発散

翌日、高倉は農業車事業部での仕事の計画や市場品質情報課の情報処理業務の提案書など幾つかの報告資料などをまとめた。

昼食時、日本人の安本、澤田と食事が一緒だった。いつも一緒だが、ここ三日ばかり一緒にしてなかったのでこの日、情報交換が出来た。

ここの昼食はおかず三品ないし四品とご飯を自分で取って食べるバイキング形式だ。スープは取ってくれる二十歳代の若い女子がついていた。いつもニコニコしていて愛想が良い女性だった。

高倉はいつもスープを見てから食べる食べないを決めた。要するに彼女に取ってもらうかどうかを決めた。

この日もスープを見て「うぅーん、パス」と高倉が言うと、その女性はニコニコ笑って「ＯＫ」と、パスしても問題無いですよと言っているように小さな声で答えた。

会話は出来ないが心が和むひと時だった。

澤田もいつも笑いながら彼女に話しかけていたが、中国語は勿論のこと英語も通じないので、会話が成立せず肩すかしにあっていた。

笑える空間が漂っていた。

おかずも、スープも高倉の口に合わない物がしばしば用意されていたが、なるべく多く食べるように努力した。

高倉は、日本からふりかけを用意して、毎回ご飯にかけて食べた。そうしないとおかずだけではご飯が喉を通らないからだ。

食事を食べながら高倉は来週から農業車事業部へ行く事を安本、澤田に話した。

「それは大変だ、農業車事業部ってどこにあるの、ここからどれくらいあるの」澤田は箸を止め高倉の顔を見た。

「以前、通訳の謝《シェ》は車で四、五十分と言っていたが、実際は、かなりのスピード、八十キロぐらいで行くので三、四十分ですね。北の方で田舎町ですよ」

　今度は「何しに行くの」と安本が聞いた。

「現場の品質管理の改善ですね」と高倉はご飯を食べながら言うと、「毎日行くの」と更に安本が聞いた。高倉は「毎日ではなく一週間に二、三日ですね、周《チョウ》さんの希望もあってね、ＳＱＥの三人も教育の為に一緒に連れて行ってくれと孫《ソン》品管部長からも言われているので、彼らにも役割を与えているのですよ」と高倉は言った。

「田舎町というけど、カラオケはあるのかな～」と澤田は遊びの方の心配をしている。

「どうだかね、あったとしても期待できないでしょ、何せ日照市より田舎というからね」

　高倉は、興味はあり期待しつつも、半ば諦め顔で言った。

　三人は会話をしながらも食事は進んだ。

　高倉はいつもの通り、味の良し悪しは別に、腹を満足させることに気を置いたので盛った食事は全て食べきることを心掛けた。

「じゃ、高倉さんの激励会をやらなくちゃ」澤田の顔が笑った。「そうそう、盛大にやりましょう」と安本が輪をかけて言うと「今週末の土曜日、夕飯は日本食の錦華レストランに行こうか」と澤田が提案した。「いいね～」と安本が弾んだ声で同調した。

「私の激励会はどっちでもいいですが、たまには皆で外食に行くのも良いですね」

「大隅さんとか、佐竹さん、坂井さんにも声を掛けましょうか」と高倉が言うと、「坂井さんは誘っても無駄ですよ、いまだかつて来たことが無いのだから。佐竹さんは今出張中らしいよ」と澤田が冷めた表情で言った。

「そうですか……あっ、大隅さんは、私から声をかけてみます」と高倉が言うと、「そうだね、すると四人だけだな」と安本は言い、更に「じゃ土曜日の夕食会は決まりだな」と付け加えた。

高倉は「楽しみですね」と言い澤田は「ＯＫ」と言い笑みを浮かべ満足げにうなずいた。

「会社の夕食は断っておきますから」と安本は楽しげに言いながら、満足そうに爪楊枝をくわえた。

この三人、遊びの話になるとまとまるのが早かった。


この会社、三星集団は土曜日が出勤日だった。その半日は研修の時間だそうだ。だから社内の雰囲気は何となくやる気なしムードが漂っていた。

仕事を定時で終わると、高倉、安本、澤田、大隅の四人はいつもの雷《レイ》運転手による通勤車でそのまま日照市内の錦華レストランへ向かった。

いつも朝昼晩の三食を会社の食堂で食べているので、錦華レストランでの日本食の味は日本にいて食べるものと比較にはならないが、高倉にとってはまずまずと感じていた。

会社で食べる中華料理だって、高倉は美味しいとは思ったことは無かったのだから……。

元々会社の中華料理なんて素材からして廉価なものばかりだからだ。

錦華レストランは日照市中心から北東方向の少し外れた場所に在った。

「こんばんは」と言って四人がドアを開けると、「いらっしゃいませ」と日本語が飛び込んでくる。この錦華には、日本語が話せる三十代後半ぐらいの女性が一人いる。中国人の女性にしては愛想が良い方だ。しかし余分なことは話さない。日本人からの注文もアルバイトの若い女子が取りにきて、注文に困ったときはその日本語を話す女性が助けるというやり方を取っている。会話が出来ない女子とのやり取りも、また楽しんでいる四人だ。

「さて、何にしましょう」と安本は言いながらメニューを広げた。

「まずビールね」と安本が言っても通じない。

「チンタオビール」と日本語の出来る女性を呼んで言うと「はい、分かりました」と言い、若い女子に何か指示した。若い女子は直ぐにビールを持ってきた。日本人的な愛想もおもてなしの心もない。ごく普通のやり取りだ。

ビールで乾杯の後、いろいろな食べ物を注文した。

メニューを見ながら、それぞれの品を指さして「これとこれ」と言いながら安本が四人を代表して注文した。

刺身の盛り合わせ、茶碗蒸し、レタスのような野菜サラダ、肉じゃが、焼き魚のホッケ、枝豆、その他煮物や焼き物などを注文した。

最後はうどん、そば、お茶づけなどと決めている。

高倉はアルコールが体質的にダメなので、食べる方に主体を置いた。従って高倉は自分の食べたいものを注文した。

四人はそれぞれ食べて飲んでいたがそのうち「やっぱり少しやるかな」と安本は言いながら中国の白《パイ》酒《チュウ》を注文した。このお酒は結構アルコール度は高い為、アルコールの強い人でないと、多くは飲めない。

少しアルコールが入ると四人の口は軽くなっていった。会社や仕事の事、世の中の事、他の日本人の事などいろいろな会話が出てきた。高倉は安本も澤田も大隅も今の会社に対しては強い批判は避けているのがなんとなく分かった。

安本は、日本人の中でリーダー的な存在だからだ。澤田は会社を批判したり反発したりして、契約を途中で切られるのを恐れていたからだ。大隅は腹に不満を持っていてもなんとかしようという気概は無かった。しかし高倉はそのような四人の中で中立的な立場だった。会社や、中国人の良くないところは批判もし、意見も言った。高倉は元々正義感が強く、仕事に対しては生真面目だったからだ。

今、自分が勤務している三星集団に少しでも貢献しようとする正直な気持ちを持っていた。一年後、二年後、三星集団の品質が良くなったと自慢したかった。

だから、自分の首がどうなるのかなんてことはあまり考えたことは無かったからだ。

しかし、遊びの話になると変わった。殆ど同調し付き合いは良かった。

そんな、いろいろな話をしながら飲み食いしている間に時間も過ぎ、酒も食事も満足する段階に至ったころ、「そろそろですね」と澤田が言った。「そうだね、ひとまず一次会は終わりとしますか」と安本が言うと「えっ、あっそう、二次会ですね」と予想外といった感じで高倉が言った。安本はアルコールが入ると陽気になり、歌を歌いたくなるらしい。澤田もカラオケは嫌いではない、むしろ好きな部類に入る。大隅はどちらでも良いといった感じだが嫌いではないらしい。高倉もカラオケは好きだ。しかし昭和三十年代から四十年代の古い歌しか歌えない。

「そろそろ行くか」と安本が席を立った。

高倉は「どっこいしょ」と言いながら立ち上がった。澤田、大隅も同時に立ち上がって、四人は靴を履くと勘定を支払った。

日本語の話せる女性は笑顔で「さよならね」と言った。安本は「じゃあ、またね」と言い、他の三人もそれぞれに「じゃあね」「バイバイ」と言って四人は外へ出た。

高倉は満腹感で充実していた。

店の外は少し肌寒かった。

「カラオケですね、何処か日本語カラオケありますかね」と高倉が言うと、「いつか行った桜蘭でいいかな」と澤田が言った。

「うん、そうしよう」と安本は言いながら道路の方を見て、タクシーを探した。

錦華レストランの前の道路は夜八時頃になると人通りは殆どなく、車も少なく、ましてやタクシーは殆ど来ない。四人は十分以上道路上でタクシーが来るのを待った。ようやく捕まえてタクシーに乗り込んで、「やれやれ、捕まってよかった～」澤田はほっとしている。「桜蘭まで」と前席に乗り込んだ安本が伝えると、タクシーは車の少ない夜の広い道路を南に走った。

中国でカラオケというと、もう一つKTVという呼び名のものがある。カラオケとKTVとどう違うのか、高倉は前回中国に来て湖南省の会社で働いていた時に通訳や運転手に聞いた事があったが、彼らもよく説明できなかった。中国人でも違いが説明できないのかと思いつつ数年経っていた。

そのカラオケやKTVも二種類あって、一つはいわゆる日本で言うカラオケで男女の仲間や家族で行くカラオケ（ルーム又はBOX）と言われるものだ。もう一つは、中国特有でどちらかと言えばクラブの様態だ。これは、料金が比較的安いところと高級クラブのような高い料金を取るところがある。

高倉や安本、澤田、大隅がこれから行こうとしているのは、安いクラブ様態のカラオケ店だった。この桜蘭という所は高倉でも歌える古い歌があった。その後聞いたところでは、この日照市に、日本語の歌が歌えるところは殆どなく、この桜蘭とあと一カ所あるかないかという状況だった。

むろん、日本語が通じる店は一軒もないということだ。やはり青島《チンダオ》、上海や広州などの大都市とは違って、このような娯楽の場所も乏しかった。

高倉は古い演歌しか歌えないが、真っ先にマイクを握ると時間が来るまで絶え間なく歌い、数は充分に歌った。安本は何食わぬ顔で中国語の歌を得意げに二曲歌った。勿論日本の歌も歌った。かなり陶酔した領域に入っていてノリノリだ。澤田も古い演歌調だ。上手ではないが気分が乗っている。大隅も高倉世代より少し若い年代の歌をいくつか歌った。四人はそれぞれに楽しんで二時間はあっという間に過ぎてしまった。

「中国のこんな田舎町にきて、これだけ楽しめれば、良しとしないとね」と澤田が言うと、「そうですね、まぁたまにはストレス発散ですね」と高倉は言いながら背筋を伸ばし両腕を頭の上まで伸ばした。安本も料金を支払いながら「あぁ、いいねえ〜また来ましょう」と言い、顔はほころんでいた。

受付にいた、中年の女性は営業的笑顔を浮かべて何やら中国語で話しかけながら、お釣りを安本に渡した。

四人は楽しくて良い気分だった、満足顔だった。安本も澤田も大隅も店の外に出てあたりを見廻し、タクシーを探した。タクシーは直ぐに目の前に止まった。

ホテルの名前を告げるとタクシーの運転手は直ぐに分かった。そして次に行く高倉達のアパートの在る道路名を安本が中国語で言った。「高新路《ガオシンルー》」

タクシーの運転手は困った顔をしている。こちらの言っていることが通じてないのだ。安本の発音が通じていないのは皆分かっていた。

「高新路《ガオシンルー》」安本は何回も繰り返した。

そのうち大隅も一緒になって真剣な顔で言い始めた。

「高新路《ゴーシンルー》、高新路《ゴーシンルー》」

何回も言い直してしてやっと通じたようだ、運転手が首を二、三回縦に振って、前を見て車を動かし始めた。

「やれやれだね、この運転手大丈夫かな〜」と高倉が言うと「まいったまいった」と言いながら大隅が頭を掻いた。そして四人の笑いがタクシーの車内に充満した。タクシーは人や車の殆ど通らない深夜の街を走っている。

「発音は難しいね、やっと通じたよ」と安本はあきらめ顔で言った。

澤田はホテル組なので、最初に澤田をホテルで降ろしてから、高倉、安本、大隅たちを乗せたままタクシーは会社アパートへ向かった。

約十五分くらいだ。深夜の大通りは車も少なくスムーズに走り抜けた。

歌を歌いストレスを発散し、良い気分でアパートの門前でタクシーを降り、空を見るとそこには丸い月がぼんやり輝いていた。高倉と安本、大隅は月明かりを頼りに暗い道を手前から三棟目の自分たちの棟の居宅まで鼻歌交じりで歩いた。高倉は暫し幸せな気分になった。

＊ハウスキーパー（シャオジヤ）への感情

翌日、日曜日の午前、ハウスキーパーの羅佳平《ロォジャピン》通称シャオジャが来た。

毎週日曜日に来るが、先週はサプライヤー大会で出社した為、休んでもらったので二週間ぶりということだ。

この日シャオジャは、初めて薄く口紅を塗っていた。

「あれ？　シャオジャ今日は少し綺麗になったかな？」

「ええ分かる？　私だって大人の女ですよ」と言って照れ笑いを浮かべた。

〈何か心境の変化でもあったかな〉と高倉は思ったが、それ以上の詮索は避けた。

二人は、お互いに大人の男と女を意識し始めていた。

既に数回来ているが、いつも通り掃除と洗濯をし、更に一時間くらい日本語会話をして過ごした。

この日の昼食は、日本食の錦華レストランへ行った。高倉は昨日行ったばかりであったが別に問題はなかった。

シャオジャは、日本食を好んで食べた、というより高倉の食べるものに喜んで付き合ったという方が正解かもしれない。

彼女の他人を思いやる良い性格がこんなところにも出ていた。

そして、食事が終わるとタクシーを拾って、彼女の宿舎まで送り、高倉はスーパーマーケットへ買い物に寄りそしてアパートに戻った。

シャオジャは買い物に一緒に行ってもいいと言ったが、高倉はそれを断り独りで行った。

高倉は本音とは異なった態度を取ってしまった。別に断る理由も無かったが、何となく気分がそうさせただけだった。

〈もう、何回となく来てもらったが、シャオジャはいつも明るく振る舞っている。今日も買い物に一緒に行ってもいいと言っていた、この状況をどのように考えているだろうか〉

高倉は、シャオジャと会っている時、シャオジャの明るい性格や若々しい動作に魅力を感じ会社でのいら立ちを癒やしていた。

更に高倉は男としての欲求が芽生えてきているのを否定できなかった。

＊丁《ティン》と楊《ヤン》の転属騒動

十一月に入った最初の月曜日から農業車事業部での現場検証の実務を開始した。

この日、ＳＱＥ（外注品質技術員）は、黄《ファン》と丁《ティン》が高倉と一緒に行った。楊《ヤン》は別の仕事で本社に残ったが、三人ともそれなりの役割を高倉は持たせていた。

しかし、この日は生産課長と技術課長などからの質問が多く、それに答えるだけで一日が終わってしまい、現場までは出向けなかった。黄《ファン》と丁《ティン》はその間、黙って高倉達の会話を聞いているだけだ、しかし聞いているだけでも充分に勉強になっているはずだった。

次の訪問日からは、いよいよ現場回りが始まり、高倉は多くの改善点を指摘、指導していった。


そんなある日、高倉はSQEの丁《ティン》と楊《ヤン》が、教育センターへの転属を進めているという情報を耳にした。中国企業では自分の意思で転属又は転勤先を決め、希望する先の職場の長と面接をして相手先の了解が得られれば、いつでも転属や転勤が出来るという仕組みがあるらしいが、実際どうなっているかは定かではない。現在所属している職場の長は本人から転属や転勤希望が出されるとほぼそのままOKとなるのが通例だとも聞いた事があった。

「高倉さん、ちょっと良いですか」と通訳の謝《シェ》が言ってきた。珍しく彼女からの問いかけで高倉は一瞬何だろうかと思った。

「あぁいいですよ、何でしょうか」

「ええ実は、楊《ヤン》さんと丁《ティン》さんが転属を決めたみたいですよ」

謝《シェ》は心配顔をして高倉の顔を見据えた。

「ええ～～！　本当！　うそっ！」

思わず大声を発した高倉は鳩に豆鉄砲状態だった。

その時、SQEの席には黄《ファン》が一人で仕事をしていた。黄《ファン》はいつも言われたことを進めていた。可もなく不可もなくという感じで、少しバイタリティーに欠けていたが、根は真面目だった。

楊《ヤン》と丁《ティン》は外出中だった。

「彼らはどこへ希望しているのかな？」と高倉は、少し気を取り直し謝《シェ》に尋ねた。

「教育センターの講師を募集していて、どうもそこらしいです」

「李《リ》課長や、孫《ソン》品管部長は知っているのかな？」と高倉は疑問を感じながら更に謝《シェ》に聞いた。

「相手先との面接が終わり、既にＯＫが出ているみたいです、後は最終決済者の周《チョウ》さんのサイン待ちと聞いています」と謝《シェ》は言いながら横を見て黄《ファン》の方を見た。黄《ファン》は日本語が理解できないので黙々とパソコンの画面に向かっていた。周《チョウ》女史は人事関連事案の最終決済者にもなっていた。

高倉はまたまた驚いた。「えぇー、もうそこまで話が進んでいるの、何という事だ！　どうして、この俺が何も知らないんだ、孫《ソン》品管部長からも『サプライヤー品質改善しながらＳＱＥメンバーの教育もしてくれ』と依頼されているのではないか。また今始まったばかりの農業車事業部の仕事も役割を与えているのではないか。だから、そのつもりで計画を立て、実務を一緒にやったりしていて、これから本格的に進めようとしていたのに、どうなっているんだ」高倉は少し感情をむき出して言った。

「……」謝《シェ》は黙ったままだ。

「孫《ソン》部長も、李《リ》課長も二人の動きを知らないのか？」と高倉は謝《シェ》に尋ねた。高倉の顔色を窺いながら、謝《シェ》は一歩引いた感じで両手を前で結んだり離したりして落ち着かない様子で立っていた。

「孫《ソン》部長も李《リ》課長も恐らく知っていると思います」と言いつつ謝《シェ》は困惑した顔をしていた。

こうなると高倉は驚きを通り過ぎて怒りさえ湧いてくるのだった。

「じゃ、知らないのは俺だけかよ」と高倉は悔しさをにじませながら言った。

丁《ティン》と楊《ヤン》の二人はいずれも今後の高倉にとって強いアシスタントになると思っていたし、そうしようと考えていた。

高倉は組織の長でないから、人事まで口を出すつもりは無い。しかし、自分の仕事に直接影響を与えるこのような人事異動が自分の知らないところで動いているということは承知出来なかった。

「孫《ソン》品管部長は今、いるかな？　孫《ソン》部長の所へ行って、どうなっているのか聞きに行きましょう」と高倉は言って、謝《シェ》を促した。「えっ、今直ぐですか」と謝《シェ》は少したじろいだ。「そうだよ、こういうことは早い方がいいんだ」と高倉は言いながら孫《ソン》品管部長の部屋の方向を見て、歩き出した。

謝《シェ》はあわてて高倉の後を追った。

この建屋の廊下側はドアも壁もガラス張りの為、特にブラインドカーテンなどで隠してない限りは部屋の中が丸見え状態だった。孫《ソン》品管部長室も同様に中がよく見えた。

孫《ソン》部長はいつも部屋の奥側の机に座りパソコンに向かって仕事をしている。

高倉はドアをノックしながらドアを開けた。

「こんにちは」と高倉が言うと、いつもの通り、孫《ソン》部長は直ぐに立ち上がって、にこにこしながら「こんにちは、どうぞ中へ」と言い、更に「どうぞ座って下さい」とソファーへ座ることを勧めた。しかし、高倉はソファーに座る前に話を切り出した。

謝《シェ》は高倉の後ろに立ち頭を前に傾けていた。

「あのう、ちょっとお聞きしたいのですが」と生真面目な顔をして言うと、「なんでしょうか」と孫《ソン》品管部長は、何かあったのかなというふうな顔をした。

「実は、ＳＱＥの丁《ティン》と楊《ヤン》が教育センターに転属を進めていると聞きましたが、孫《ソン》部長はご存知ですか」

孫《ソン》部長は「えっ」という感じで一瞬、間をおいた。それまでの笑顔は消えていた。

「知っています。本人達の希望です。でもまだ決めたわけではありません」と孫《ソン》部長は高倉の顔色がいつもと違うのを見て少し弁解じみた言い方をした。

「本人が希望すれば、こちらの業務に支障があってもそのまま黙って認めるのですか」高倉は管理者としての意思はないのか、マネジメント能力はあるのか、を問いただしたかったのだ。

「既に、最終決済、周《チョウ》さんのサイン待ちと聞きましたが……」と高倉はたたみ掛けて聞いた。「私はまだサインをしていませんからまだ止めることは出来ます」

孫《ソン》部長は高倉の様相がかなり怒っていると感じていた。

「私は人事管理まで口を出すつもりはありません、しかし私と一緒に仕事をしているメンバーであり、指導を依頼されているメンバーです。そのような者の人事異動の情報ぐらいは事前に教えてもらっても良いのではないか」

と高倉は真剣な面持ちで抗議した。

「う〜ん」

孫《ソン》部長のそれに対する答えは無かった。

「楊《ヤン》は日本語が出来るので大変助かっています、今私からは離せない存在です、丁《ティン》も同じです。彼らにはちゃんとした役割を与え、仕事をしてもらうように進めている最中です。もし、もう最終決済待ちということであれば私から周《チョウ》さんにこの人事異動を止めてもらうように話します」と高倉は更に強く言った。

日本の会社でもそうだけど中国では特に直属の上司を飛び越えて言われることを極端に嫌う人種の為、高倉が直訴もいとわないという強い意志を示したのに対し、孫《ソン》部長も高倉の話を無視できなかった。

「分かりました。私がサインしなければまだ止めることは出来ますから、今回の二人の人事異動はサインをしません」と孫《ソン》部長は言った。

「そうですね、是非そうして下さい」と言って高倉は頭の血が引いていくのを感じ、話を収めた。しかし高倉の心は穏やかではなかった。

品管部長室を出ると高倉は「こういうのは、ルール以前の問題なんだ、お互いの信義の問題なんだ、仁義にも劣る」と謝《シェ》に吐き捨てるように言った。謝《シェ》は相変わらず黙って答えなかった。

それから二日ほどして丁《ティン》が高倉の所へやってきた。謝《シェ》も一緒だった。

「高倉さん、丁《ティン》が謝りたいと言っています」と謝《シェ》は言った。

丁《ティン》は神妙な面持ちで傍に立っていた。

「えっ、なんですか」と高倉が言うと丁《ティン》は小さな声で言い始めた。「高倉さん、先日はどうも済みませんでした」と言って両手を前に頭を少し下げた。

「転属は止めることになりましたから、よろしくお願いします」丁《ティン》はしっかりと詫びていた。

「ああ、もういいよ、またこれから一生懸命やってよ」と言って高倉は丁《ティン》の肩を軽く触れて励ました。

中国人から正面切って詫びられた経験は記憶に無かった高倉は、丁《ティン》の人の良さと真面目さを知った思いだった。

その後、楊《ヤン》も来たが丁《ティン》とは感じが大きく違っていた。楊《ヤン》はただ、転属が駄目になったことを高倉に告げた。そして、「高倉さんが周《チョウ》さんに言って私の転属を止めさせたのではないですか」と憶測して言った。

「私は周《チョウ》さんには言っていません」

高倉はそれ以上のことは言わなかった。

楊《ヤン》からは反省の弁も詫びも聞けなかったので高倉は楊《ヤン》に対し少し失望していた。

高倉は正直言って、彼らに怒るつもりはない、それは、このようなやり方は中国では普通だと思っているからだ。一番腹が立ったのは、このように高倉に直接関係ある人事情報がなぜ高倉に全く知らされないのか、という点だった。

〈孫《ソン》品管部長や李《リ》品管課長は何を考えているのか、口ではいろいろ良い事を言いながら俺を組織の一員と考えていないのか、中国人だから日本人とは考え方、やり方が違うのか……〉高倉の頭は熱くなっていたが、中国だからと考えると少し冷静になってきた。

このような彼らのやり方に対し大いなる不信を抱いた高倉にとっての大事件だった。

四、ＱＣサークルの選抜と理解不足

十一月に何回か農業車事業部へ行って、主なる工場や多くの現場を見て回った。

十一月中に延べ七日間現場を見て回り、十二月に入って二日間、トータル九日間現場検証を行う予定だ。

また、高倉は十一月中にＱＣサークル活動発表会の八サークルを選抜しなければならなかった。十月までの前回は、各事業部を一回りして報告を聞きアドバイスは行ったが、まだ内容的に不十分なサークル、全然報告出来るレベルでないサークル、逆に農業車事業部のように積極的なサークル、そして汽車事業部のプレス品質改善テーマで報告している例の若い女子、何《フー》のサークルなどいろいろあったが、最終的に十三サークルが最終エントリーのグループに残った。

高倉は品管部のＱＣサークル推進担当の田《ティアン》に十三サークルの報告会の日程を計画するように指示してあった。そしてその報告会は十一月十五日から二十五日に実施した。

十三サークル全て前回聞いた時より良くなっていた。特に力を入れて事業部全体で推進してきた農業車事業部の三サークルは十三サークルの中では上位に感じた。

汽車事業部のプレス品質改善テーマで報告している若い女子、何《フー》は、前回の高倉のアドバイスを他サークルのどこよりも忠実に取り入れ、より一生懸命報告していた。

このサークルは是非董事長や会社の上層部に〈若い女子でもこんなに一生懸命やっているということを聞かせたい〉と考えていた。

「よく頑張りました」と高倉は労いの言葉を何《フー》にかけると、「有難うございます」と何《フー》は答えた、しかし顔は緊張して真面目顔だった。

「このサークルのリーダーは、確か呉《ウー》主任だったね」

「はいそうです、今日も仕事があってこの場には来られませんでした」と何《フー》は弁解した。

「本大会での報告者は誰がやりますか」と高倉は何《フー》に聞いた。

「分かりません、多分リーダーかも……」

と何《フー》は困惑した顔をした。

「呉《ウー》主任の連絡先は分かりますか」高倉が聞くと、「はい、分かります」と言いつつも、なぜそんなことを聞くのだろうか、という顔をした。

通訳の謝《シェ》は電話番号を聞いてメモした。

「実はね、このサークルの報告は何《フー》にやってもらいたいのです。会社の董事長はじめ上層部に、女子でもやっているということを知ってもらいたいのです」と高倉は説明した。

何《フー》は、納得したような顔をしたが、しかし、まだなにか心配している様子だった。

「リーダーの呉《ウー》主任に、私から言いましょうか」と高倉が言うと、何《フー》は小さな声で「はい」と言ったが、彼女は、呉《ウー》主任に気を遣っている様子だった。上意のままに動く中国社会で下位の者が勝手に決めてしまうことは出来なかった。後で呉《ウー》主任になにを言われ、なにをされるのか、多分恐れているのだということも理解できた。

「大丈夫ですよ、私からの要望ということで話しますから」と言って高倉は笑顔で言った。

そして、その場ですぐ呉《ウー》主任に連絡するように謝《シェ》に指示した。

「本大会での報告は何《フー》にやってもらいたいと考えていますが、なにか問題ありますか」と高倉が言うと、謝《シェ》は電話で、高倉の言った通り呉《ウー》主任に伝えた。

「問題ありません、大丈夫ですと呉《ウー》さんは言っています」と謝《シェ》は言って高倉と何《フー》を見た。

「じゃあ、そうして下さい」と高倉は何《フー》に言ったが、何か不思議な顔をしている何《フー》に向かって続けて言った。

「大丈夫です、このサークルは最後の八サークルに選びますから、本大会では頑張って下さい」と高倉は彼女を激励した。

「有難うございました」と何《フー》は言って退席した。

高倉は十三サークルの中から最終的に八サークルを選んでＱＣサークル推進担当の田《ティアン》より通知した。すると、その日のうちに、八サークルの中で三サークルを選ばれた農業車事業部の窓口テイから連絡があった。

「高倉さん、テイさんから連絡があって、お礼を言っていました」と通訳の謝《シェ》が言ってきた。「あっそう、別にお礼を言われなくてもいいよ、今回他のサークルより良かったのは事実だから」と高倉は言ったが、内心嬉しかった。

高倉はＱＣサークル推進担当の田《ティアン》を呼んで、

「本大会の日程を早く決めて下さい」と田《ティアン》に伝えた。「はい、分かりました」と言って、田《ティアン》は自分の席に戻って行った。

しかし、結局当初予定の十二月開催は出来なくて次の年一月にずれ込んでしまった。しかもその開催は自主研発表会と同時開催ということになって大きな課題を残した。自主研というのは、日本人の安本が指導している、日本の自動車会社が取り入れている自主改善研究会の事で最上位者からトップダウンで社内の改善テーマを与えられ、部課長クラスが主体で組織を挙げて取り組むという大きな仕事だった。QCサークル活動はテーマも進め方など基本的に自主研とは異なっており比較評価することには無理があった。同時に開催することに高倉は反対だったが、陳《チェン》役員や孫《ソン》品管部長の判断で決まったようだった。

董事長もQCサークル活動への理解がまだ足りないようだった。高倉は三星集団の上位管理者はQCサークル活動の目的や意義を完全には分かっていないと思った。

自主研と合同でやるということになって、QCサークルの報告を更に四サークルに絞れという連絡があって、孫《ソン》品管部長を評価者に含め、更なる選抜報告会を開催し、四サークルに絞り込んだ。

残念ながらこの四サークルの中には、あの汽車事業部のプレス品質改善テーマで報告している若い女子、何《フー》のサークルは選抜されなかった。如何にしても実力不足、内容不足は否めなかった。

QCサークル発表会を自主研発表会と合同でやるということ、サークル活動の運営、選抜方法など今回の活動結果の反省から出てきた課題について高倉は時を改めて意見を整理し、改善を提案することとした。QCサークル発表会をもっと権威の高いものにしなければならないと感じていたからだ。

五、驚愕の現場実態

ＱＣサークル活動の指導をやりながらも農業車事業部の現場検証は断続的に続いていた。

十二月に入って二日間、トータル九日間現場検証を行う予定だったがそれも無事終了してその都度現場での指摘項目を整理して陳《チエン》役員や孫《ソン》品管部長には報告していた。

高倉は殆どの現場を回り、改善事項やその他気が付いたことなどを五十項目打ち上げ、そのうち今直ぐに技術的に改善不可能な項目、費用対効果を見て対策を保留にする項目などを除き三十項目の改善なり対策を進めることとなった。そしてそれらに対する改善策、対策などを現場責任において提示させ自ら推進させた。

十二月に、三星集団の生産会議があった。この会議は全部門の部長課長以上の管理職が出席することになっている。

しかし高倉やその他の日本人は出席したことは無かった。お呼びがかからなかったからだ。しかし生産会議の前日になって、急に話が舞い込んできた。

「高倉さん、李《リ》品管課長からですが、『明日の生産会議で農業車事業部での現場検証の結果を報告して下さい』と言っています」と謝《シエ》が慌てた様子で言ってきた。

「えっ、明日？　いやに急だね」と高倉は言いつつ〈中国らしいね〉とも思った。

「今、出来ている資料で良ければ出来るけど本当にいいのかな～」と高倉は疑問に思ったが、謝《シェ》は「いいんじゃない」と他人事だ。立ったまま右手の指先でボールペンを動かしている。

「李《リ》課長からの話だが、元は孫《ソン》品管部長の要望だからね、やってみるか」と高倉は独り言のように言い、孫《ソン》品管部長が品管部の存在を誇示したいのだと想像した。

「やります、で時間はどれくらいもらえるのか、聞いておいて下さい」と高倉は謝《シェ》に言うと、「分かりました」と謝《シェ》は言って、「資料を下さい、翻訳します」と付け加えた。

農業車事業部の現場検証での指摘項目はそんなに大きな項目は無いが、中に驚くべき、日本の会社では考えられないような重大な項目があった。それはあるプレス工場でのことだった。

手のひらに載る程の部品をプレス成型していた現場で作業をじっと見ていた高倉は何かを感じた。長い経験からの直感ともいおうか。

同行していた技術責任者に聞いた。

「その部品の図面を見せて下さい」と言うと現場責任者が傍にあった汚れた机から図面を出した。同時に検査表も見えた。図面を見た高倉は「そこの部品を測ってみて下さい、あっノギスでいいですよ」と現場責任者に依頼した。

すると、「検査員を直ぐ呼んできます」と言って誰かが工場の端まで走り、直ぐに検査員を連れて戻ってきた。そして検査員がその部品の縦、横、高さなどノギスで測れるところを測った。

「どうですか、合格ですか、不合格ですか」と高倉が検査員に質問すると、「うぅ……」と言ったまま検査員は黙ってしまった。周りで見ていた現場責任者、技術責任者、いつも同行してくるテイ、監督課の曾《ズン》みんな黙りこんでしまった。それもそのはず図面値に対する現物の高さ、寸法20・0㎜が5㎜も6㎜も大きかったからだ。合否判断の公差はプラスマイナス0・5㎜だ。誰が見てもどう判断しても完全に不合格である。

それも一カ所だけではなく、二カ所も三カ所もあった。

このような物を検査員ですら承知して流している、造り続けている、これが実態だった。高倉はまさかとは思っていたが、現実に直面すると、ただただ驚きしかなかった。

更に驚くことは、この後、このプレス工場で扱っている約八百点の部品を総検査したら約二百点に何かしらの図面と現物との相違が見つかったのだった。高倉はもはや言葉にならなかった。この件はこの工場の課題としてテーマアップし半年以上かけて改善を進めた。

また、ある機械加工工程のことだった。

長さ20㎝ぐらいの、スプライン加工のシャフトだった。スプラインというのは一種の歯車と考えていい。その加工品を見たらスプラインの谷にあたる部分がギザギザで凸凹になっていた。

「これは無いでしょう、図面はこんな仕上げ面を指示していません、これでは不良品ですね」と高倉は一つ物を取り上げて言った。すると誰かが「でも機能や作動などには問題ありません」と言い訳をした。

高倉は「ならば図面を現物に合わせ変えればいいじゃないか、なぜ変えないのですか」と問いただした。

「研究院の設計担当がいうことを聞かないのです」と技術責任者は控えめの声で言った。

しかしそれ以上の会話は無かった。そこに居た全員が黙ってしまった。

これも、前の例と同じで、図面と異なっていてもそれを正す為のアクションが起きてこない雰囲気なり習慣に染まりきってしまっていることが大問題なのだ。

もう一つ例を見てみよう。

焼き入れ工程で、冷却水の温度を管理していますという現場だった。高倉がそこへ行って水温を確認しようとしたら、水温計のガラスが汚れていて、針がどこを指しているか、何度なのか、一見して見えなかった。

「水温の管理はしていますか」との問いにそこに居た現場責任者らしき人が「やっています、水温計があります」と答えた。

「こんなに見にくくて本当に管理できますか」と水温計を見せて更に問い詰めると、現場責任者は水温計を見て「実は今電気的に計測するように準備中です」と答えを変えた。「あっそうですか、今のこんな水温計で管理していますとは、言えないので、早く新しい方案を進めて下さい」と高倉は要求した。

「分かりました」と現場責任者は良い返事だった。

本当の問題はその後だった。

それから二週間して高倉は再度その現場に行った。要は、対策すると言った言葉の確認に行ったわけだ。

「前回来た時に水温確認の為の新設備を造ると言っていましたがどうですか」と高倉が尋ねると「ここです」と言って自信をもって現場責任者は配電盤のようなものを示した。

「へー、これですか、でもこれ、回線がつながっていないよ、どうなっているの、なにも動いていないですね」と高倉はその配電盤のような扉を開け、中を見て言った。

現場責任者は「そっ、そうですね……」と言ったきり黙ってしまった。

あれから二週間たつのに水温管理不備という重要な問題が解決していないのだ。

口ではやります、やっています、と言うけれどもどこまで信用できるのか分からない、これが現場の実態だったのだ。

このような品質管理の原点ともいえることが出来ないのに、管理システムがどうだとか、管理レベルの向上とか、もっともらしいことを言う前にやることがあるということに気付いてほしかった、と高倉は思っていた。

　不良品を作っていてもそれが普通になっている。管理項目が管理されていなくても物を造り続けている。直そうという気運すら出てこない。検査に頼った品質管理ならまだましで、検査員すら不合格の声を上げられない、こんな体質が問題だということを高倉は声を大にして言いたかった。

　生産会議で農業車事業部での現場検証の結果を報告して下さいとの孫《ソン》品管部長の要望に応え、高倉は中国語に翻訳した資料をＯＨＰで映しながら、自分は日本語版を見ながら今まで指摘した五十項目を全て示し、その内の三十の改善項目を説明した。生産会議という場で、全ての部課長以上約五十人くらいが集まっている会議だ。

　報告が終わり、司会者が質問意見を促しても一瞬誰も声を上げなかった。すると高倉の前の列に座っていた誰かが、何かを言った。

「『専門家には、こんな小さなことでなくてもっと大きなこと、管理システム改善のようなことをやってほしい』と言っています」と通訳の謝《シェ》が言った。しかしそれは高倉に直接向かって言ったのではなくて、何となく呟いた感じに高倉は受け止めた。〈図面通り造ってないこと、図面を無視した体質、管理すべき重要項目を管理していないことなどが改善できなくて何がシステムだ、不完全な検査万能システムこそ改革が必要だ〉と高倉は内心反発したが、敢えて言わなかった。

「あっそう、ところであの人は誰ですか」

「財務部長か、副総経理かも」と謝《シェ》が答えた。

　その時、孫《ソン》品管部長が口を開いた。

「高倉さんは、その小さなことの裏に潜んでいる大事なことを言いたいのです。だから、そこを皆さんには考えて頂きたい」と孫《ソン》部長はフォローして言った。

この一言以外、その他の人は誰も質問や意見は無く、静まり返っていた。

その二日後、高倉は農業車事業部へ予定通り行った。

高倉とＳＱＥの丁《ティン》、黄《ファン》そして通訳の謝《シェ》の四人の乗った車が事務棟前に着くと、いつも通りテイが玄関で待っていた。

「おはようございます、今日、張《チャン》総経理はいますか」と高倉が車から降りて直ぐに尋ねると「おはようございます、はい、居ると思います」とテイは答えた。「挨拶をしたいのですが、大丈夫ですか」と高倉が聞くと「あっちょっと待って下さい、今聞いてきます」とテイは言って、二階の張《チャン》総経理室に向かって階段を上って行った。

そしてテイは直ぐに戻って来て、「今いますので、良いそうです」と階段の踊り場で待っていた高倉に告げた。「じゃ、行こう」と高倉は言って、他のメンバーに促した。

高倉は、今までの現場検証結果は全て整理して、陳《チェン》役員、孫《ソン》品管部長、そして張《チャン》総経理に報告していたので、そのことに対し何か意見又は何を考えているのかなどを聞こうとしていた。特に、改善や対策について部下に対し積極的に指示を出してもらう狙いもあった。

張《チャン》総経理室のドアをテイが開けて高倉の入室を案内した。謝《シェ》や丁《ティン》、黄《ファン》は高倉の後に続いた。

「おはようございます」と高倉が言いながら張《チャン》総経理に近づいた。机に座っていた張《チャン》は席を立って「おはようございます」と言ってソファーに座ることを勧めた。

張《チャン》総経理及び高倉達がソファーに座ると高倉は、「今までの現場検証の結果について、いかがですか、対策はそれぞれの担当区で進めていますが……」と話を切り出した。

「そうですね、それぞれの担当区で進めてもらっています、改善計画も出ていると思いますが」と張《チャン》総経理は言った。

「はい、私のところにも改善計画は出ています、計画通り進むことを期待しています」と高倉が言うと、

「ここにいるテイがまとめと推進役ですから、何かあったらテイに言って下さい」と張《チャン》総経理は言った。そして直ぐに話を昨日の生産会議での高倉の報告について言及した。

「昨日の生産会議での報告内容ですが、項目の中には、農業車事業部として問題として捉えてないものもあります、また現場の事情から分かっていて流しているものもあります。実際に製品として問題として上がってきていないものもあります、従ってあのような全社会議での報告は、もう少し考慮する必要があります。高倉さんには、工場全体にかかわる改善、改革などもっと大きなことをやってほしいのです」と張《チャン》総経理は話した。

「そうですか、今回の報告は生産会議の前日に言われたので、その時ある資料のまま報告してしまいました。そういう意味では、もう少し整理したり、事前に張《チャン》総経理と相談したりすることが必要だったかも知れません。

しかし、図面と明らかに違うものを造り続け、検査員もそのまま合格にしています。管理すべきところを管理せずに言葉では、『管理しています』とか、データを取ってなくても、『取っています』とか、また検査員が加工品の傷を修正しています、そんな体質では品質管理なんてできませんよ」と高倉は反論した。「そういう意識や体質が大問題なのです」とも言った。しかしそれ以上高倉は口をつぐんだ。この場で議論することは望まなかったからだ。

高倉の反論に対し、張《チャン》総経理もまた何も言わなかった。

高倉は今回の件についてはいずれ文書で周《チョウ》女史をはじめ陳《チエン》役員、孫《ソン》部長などに正式に報告をしようと思っていた。

そして、今後の農業車事業部での仕事について話し合った。

高倉は、現場検証結果の内容を説明し、提案した。「今までの現場検証結果から農業車事業部で更に突っ込んで進めるテーマを九項目選定しました、そして取り敢えずモデル職場を設定し進めていきます。モデル職場で上手くいったら他の職場にも展開します」

「分かりました、高倉さんの考え通り進めて下さい」張《チャン》総経理はそのまま了解した。

当然ながら、現場検証の改善対策は最後まで推進と確認を行うことも話した。

それらのことについて、張《チャン》総経理からは特に意見は無く、了解された。

総経理室を出てから、高倉は高倉に常に同行しているテイに言った。

「これが私の言う現場の品質管理改革でありそのスタートだよ」

「そうですか、高倉さんだからできるのですね」テイは笑みを浮かべて言った。

「外部圧力がないとなかなかやる気を起こさないからね、しかもしつこく根気強く進めないと最後まで行き着かないから」

農業車事業部としてこの九テーマの推進は大改革ともいえるものだった。

高倉達は総経理室を出て場所を会議室に変えた。

今日の予定を話し合っていると、一人の男性が入って来た。そして深刻な顔をして通訳の謝《シェ》に話している。謝《シェ》は直ぐには通訳しなかった。そしてひと通り聞いた後で言った。

「昨日の生産会議での報告の件です」

「何言っているの」と高倉が聞くと、謝《シェ》はそのまま通訳することを少しためらっていた。

「どんなことを言ったの？」

高倉はもう一度、謝《シェ》に聞いた。

「あのう……、なんか、工場での事情も知らないであのような報告をしない方がよい」と言っています。

「あっそう、誰だ、この人は」と高倉が聞くと、「管理部長だと思います」と謝《シェ》は答えた。その管理部長とかいう人物は雰囲気からしてかなり怒っている様子が窺えた。

高倉が反論しようとしたら、その管理部長は自分の言いたいことだけ言ったら、会議室を出て行ってしまった。

「なんだ、彼は失礼な奴だ、言いたいことがあるならちゃんと俺と議論すればいいじゃあないか」と高倉は言ったが謝《シェ》はうつむいていて何も言葉を発しなかった。

先ほどの張《チャン》総経理があえて昨日の生産会議での報告について意見を言ったり、品質管理に直接関係ない管理部長が怒って言ってくるということは、高倉の生産会議での報告が農業車事業部内で予期しない大事件になっているのが感じられた。

しかし、テイをはじめ、高倉が問題指摘した現場責任者や品質、技術関係者からの苦情は無かったというより、出て来なかった。彼らは問題の指摘に理解を示し、改善なり対策の計画も作っていたからだ。外の世界を知らないでただ自分達の立場だけを守ろうとする管理者が居る中で、このような者達が居ることが高倉は救いに感じた。

その数日後、三星集団の陳《チェン》役員からも張《チャン》総経理と同じような話があった。陳《チェン》役員は多分農業車事業部のトップである張《チャン》総経理から何か訴えを受けただろうと想像した。

高倉は今回の出張報告の中で、農業車事業部の実態とそれに対する見解をまとめ文書にした。そして、周《チョウ》女史、陳《チェン》役員、孫《ソン》品管部長、張《チャン》総経理に送った。

図面通り造ってない、検査員も『しょうがない』体質、ルールを守らない、虚偽の管理など、品質管理の基本中の基本にかかわる問題だ。品質管理以前の問題だ。だから駄目なものは駄目。誰に何と言われようとも、高倉は自分の考えを変えようとは思わなかった。

更にそのような現場の問題を隠蔽する体質こそ大問題だった。

現在三星集団はＩＳＯ（国際標準規格）をベースにして自動車業界特有規格としてのＴＳ１６９４９品質マネジメント規格の認定取得を目指し専門員を外部から招き教育やシステムづくりをしている。

従って、品質マネジメントシステムはこのＴＳ１６９４９を整備出来れば、充分だと高倉は考えていた、しかし、それ以上に大事なことは、また現在の三星集団に必要なのは、高倉が指摘したことや、考えていることがより大事であるということを三星集団の上位管理者に理解させたかった。

この件で、三星集団の上位管理者に対し、また自分たちの都合の悪いことをひたすら隠し自分の立場を守ろうとするただただ保身に走っている管理者たちに高倉は敢然と立ち向かった。

高倉の正義感と生真面目さが背中を押した。

周《チョウ》女史へは、口頭でも報告した。

周《チョウ》女史は高倉の報告を聞いてかなり驚いていた。

「えっ、そんな事やっているの、図面通り造っていない？　信じられない！」

周《チョウ》女史は眉をひそめ、顔を硬直させた。

「これが現場の実態ですから」

「そうですか、これからも高倉さんの思う通り品質改革を実行して下さい。そして高倉さんの言う事を聞かない者がいたら私に言って下さい」

「分かりました」高倉は短く返事をするとその場を立ち去った。

今回の農業車事業部での一件で周《チョウ》女史以外の上位管理者は高倉に対し、少なからず良くない印象を持ったことに違いは無かった。

中国人の上位管理者から見ると厄介者に映る高倉はこの調子だと、一年でお払い箱かなと思った。

しかし、高倉は仕事については計画通り進めていった。

六、突然の解雇

その後数回、農業車事業部での改善状況の確認とその他の現場検証に出かけた。しかし、生産会議での報告の件は一度も話題に出なかったというより、通訳の謝《シェ》からは何も聞こえてこなかった。

十二月の第一週の金曜日、農業車事業部での仕事を終わりいつもの通り運転手雷《レイ》の車で帰路に就いた。高倉達が車に乗ったのは夕方四時半を回っていた。

車が走り出すと、「あぁ、高倉さん、途中のシャシ工場で日本人の坂井さんを乗せていきますから」と通訳の謝《シェ》が言った。「あっそう、でその工場はどこに在るのですか」と高倉が聞いた。「本社に帰る途中です。いつも通る道から脇に入りすぐのところですから遠くはないです」と謝《シェ》は言った。「あっそう」と高倉は言いながら、〈途中寄るならもっと早く言えよ〉と内心思った。というのは、途中寄る時間を見計らって、農業車事業部での仕事を切り上げる必要があるからだった。

この車は通勤用車だから、定時までに本社に帰らないと他の日本人を待たせることになり、途中寄り道していて帰社時刻に遅れることは出来ない。遅れたら高倉が悪いということになってしまうからだ。

そんな計算も配慮も運転手の雷《レイ》には出来なかった。

シャシ工場の場所は、本社と農業車事業部の中間くらいで本社に向かって左手斜めに道を入って何軒かの人家が並んでいる凸凹舗装路を五百メートルくらい行くと周りは畑に囲まれたさびしい場所に在った。

工場の正門を入って直ぐの所で車を止めた。

運転手が降りて、何か言いに事務所の方に歩いていき、そして直ぐに戻ってきて、車の外でタバコを吸い始めた。

「依霖《イーリン》、坂井さんは、直ぐに来そうですか」と謝《シェ》に聞くと、「来ると思います」と謝《シェ》は車の中、前席で座ったまま言った。

五、六分くらい待つと、坂井とその通訳、坂井と同行していた課員二名、計四名が足早に事務所から出てきた。そして、車に乗り込んだ。

「あぁ、こんにちは、ご苦労さんです」と高倉は坂井に声をかけた。「こんにちは、お待たせしました」と坂井は答えたが、それ以上の会話は高倉とは無かった。

坂井は一番後部座席に課員二名と乗り込んだ。二列目には、高倉と坂井の女性通訳毛《マオ》、前席には運転手と謝《シェ》が乗っていた。この車は七人乗りなので満席となった。

車が走り出すと、坂井はいやにご機嫌で、坂井の通訳の毛《マオ》に話しかけていた、というより課員二名に対しても会話をしている様子だった。その会話の中で、高倉は黙っていたが一部聞きとった内容は年末年始に日本への一時帰国の件だった。

「今度の帰国はクリスマスの二十五日から来年三日まで帰るんだ」と坂井は嬉しそうに言った。「そんなに早く行くの、当然会社の休暇はそんなに無いですよね」と毛《マオ》が言うと、

「いや~まだ休暇の届けは出していないが、航空券はもう取ったから、行くよね~、多分問題ないよ……まぁ日本へ帰ってからもいろいろやりたいことがあるからね~」

坂井のこんなにはしゃいでいる姿を高倉は見たこと聞いたことが無かった。坂井の会話が弾んでいる

中で高倉は静かに目をつむって坂井の会話を聞き流しシートに座っていた。

そして車は本社到着予定が定時を十分くらいオーバーするのではないかと予測した。

高倉は、安本、澤田、大隅に連絡し、車の到着が約十分遅れることを伝え了解を得た。

車は本社に到着すると、中国人のメンバーを降ろし、直ぐに、他の日本人を乗せ夕食を食べにトランスミッション工場へ向かった。


それから数日後、朝通勤車に坂井の姿が見えなかった。

「あれ、坂井さん、どうしたかな」と高倉は車に乗り込みながら言った。

「坂井さんは、今年いっぱいで終わりらしいよ」と澤田が言った。「ええ〜、ほんとう！」高倉は驚愕した。「だって、先日シャシ工場から一緒に帰ってきた時は、クリスマスから一時帰国するんだって、楽しそうに話していたよ」と高倉は驚きながら興奮して言った。

「一時休暇の届を汽車事業部の総経理に持っていったら、『もう戻ってこなくて良い』と言われたらしいよ」と安本が坂井の退社について知っていたかのように言った。

「そっ、そんな！……」と高倉は何が何だか分からなかった。

「今月いっぱいで退社、それまではもう出社しなくて良いと言われたらしいよ」と安本は続けた。「そうか、そうだったのか、それにしても急にそう言われても……」と高倉は何となくむなしく感じた。

「坂井さんは、いろいろ改善を提案しているようだが、なにせ足が思うようにならず行動力が低下しているし、机に座ったままで、三星集団の実力や実態を無視した提案で更に改善効果予測も示すことが出来ないということになると、会社も直ぐには実行に移せないしね」と安本は言った。

「口を開けば会社や周《チョウ》さんの悪口ばかりで、聞いていても面白くないし、日本人同士の付き合いも悪いし、日本人の間でも良く思われていないからね……」と澤田はしょうがないという感じで言い放った。

「俺に対しても一度も挨拶をしたことが無いんだよ、毎回こちらからしても……、そんな人柄だからね」

安本も坂井を嫌っていた。

「急に辞めて後に残った人の仕事は大丈夫なのかね」と大隅が言うと「誰かに引き継ぐなんて仕事はやっていないのではないか」と澤田が言った。

「なんか、寂しいね」と高倉は言ったまま、それ以上何もいわずに安本、澤田、大隅の話を聞いていた。

そう言えば、坂井の扱いについて坂井の業務実績が見えないということで、今年の八月頃から会社としては辞めさせる方向で動いていたが、周《チョウ》女史がもう少し様子を見ようということで半年間結論を伸ばしているということを聞いた事があった。

高倉がこの話を聞いたのは、高倉がこの三星集団に着任したばかりの頃で、あまり気にも留めてなかった。従って今回の坂井に対する突然の解雇宣告は他の日本人は予期していたことだったが、高倉や坂井本人にとってはあまりにも突然でただただびっくりしていた。

契約書には、一応三年となっている。そして契約を続けるか止めるかは一カ月以上前に申し出る、という表現になっているはずだった。しかし、実際会社は一年以上経つと何かあるごとに契約続行可否を検討しているということだった。だから契約書が三年契約となっていても中国では、全然関係ないということだ。高倉は前回の中国企業でそのようなやり方は何となく理解はしていたが、それにしても急で、契約を誠実に履行してないな、と思った。

坂井の退職が話題に上って以来、高倉やその他の日本人は、坂井の顔を一度も見ることは無かった。

高倉が坂井と会ったのは、先日のシャシ工場から同乗して本社に帰ってきた日が最後となった。

坂井からは一言の挨拶も伝言も無く、従って送別会という話もどこからも無く、出社しなくて良いと言われた期間も何をしていたのか、いつ日本に帰ったのか、全く関係なく皆が知らないまま、坂井は消えていった。

他の日本人からは嫌われていたが、このように会社から契約終了を言い渡され、いわゆるクビということになると高倉自身の心も穏やかではなかった。

「坂井さん、どんな気持ちだったのだろうか、悔しさはあったのだろうか」

「どうだろうね……」安本はそれ以上言わなかった。

坂井の件について日本人の間での会話は極端に少なかった。

高倉は前回の中国企業でも同僚が会社から契約期間途中で終了を告げられ、本人の意志に反し会社を去っていくということを知ってはいたが、再度このような状況に直面すると、他人事ながら何か空しさ、哀しさを感じざるを得なかった。中国の良くないことに直面しまた一つ世の中が大きく見えるようになった気がしていた。

七、休暇の前に……。

＊SQE体制の提案

いよいよ十二月も押し迫って、日本人達も正月を日本で迎える為、一時帰国を楽しみにしていた。

高倉は一時帰国について、孫《ソン》品管部長に話しておく必要を感じていたのでいつもの通り孫《ソン》品管部長の部屋に行った。

高倉はソファーに座るやいなや口を開いた。

「以前に了解を得ていますが、十二月三十一日から一月八日まで一時帰国します。八日までの理由は、健康診断の予定が入っている為です」と高倉は孫《ソン》品管部長に言った。

「周《チョウ》さんには、話してありますか」孫《ソン》部長は、落ち着いた表情をして高倉の顔を見た。「はい、勿論了解は取っています」

と高倉が答えると、「青島《チンダオ》までの車はどうなっていますか」との孫《ソン》部長の問いに一瞬「えっ」と思いながら、

「いつもの車を手配しようとしています」と高倉が答えると、「そうですか、もし車で困ったら、私に言って下さい、なんとかしますから」と孫《ソン》部長はこの日、いやに親切な言葉だった。

「有難うございます。もし何かあったらよろしくお願いします」と高倉は笑顔で答えた。

「一時帰国については了解しました。ところで、来年からサプライヤー品質改善のため、SQE（サプライヤークォリティーエンジニア）（外注品質技術員）を強化したいと思っていますが、どのような組織体制が良いのか検討して案を出してもらえませんか」と孫《ソン》品管部長は全然違う話に入った。

「分かりました、直ぐに検討して提案します」と高倉は急な話ではあったが、自信を持って言った。

「最終的に二十名くらいの人数にする予定で、董事長にも承認をもらっています。このメンバーをどのように使うか、どのような仕事をさせるかなど高倉さんに任せますから、彼らの教育も含め、高倉さんの能力を発揮してもらいたいです」孫《ソン》部長は更に続けた。

「周《チョウ》さんも高倉さんの、以前のアクスルシャフトのクレーム対策で実績を評価していますので、今回サプライヤー品質強化を高倉さんにお願いしたいということです」

〈言い方は良いが、要するに俺に丸投げか〉と高倉は思ったが、そこは顔に出さずに、「分かりました、日本の品質管理の組織を参考にして、三星集団にとって最適と思われる案を考えてみます」高倉は、仕事に自信を持っていた。

高倉は席に戻り、一時帰国までにやることを整理した。

まず農業車事業部での改善対策の確認と九テーマの推進やQCサークルの最終選抜四サークルへの絞り込み結果のフォロー及びサプライヤー品質検証など大きくとらえ三大業務があったが、加えてSQE組織の検討が入ったことになった。

一時帰国迄あと二週間を切っていたので、忙しくなったが高倉はこれらの課題をなんとか整理し、すっきりしたかたちで休暇に入りたかった。

SQE組織の検討については、直ぐに取りかかった。SQEを購買部に置くのか、品管部に置くのか、又は各事業部に置くのかが、検討の焦点であった。

高倉は今の三星集団の品質は品質管理部が主体性をもって、責任もって進めるという状況を考慮しなければならないと思い、再度品質管理部内の関係課長からヒヤリングを行うことにした。日本の自動車会社などの例も参考にしながら、いろいろなことについて質問したりして聞き取り調査を行った。SQE組織を品管部に置く案（A案）とやはり品質は三現主義で進めるという考えの下各事業部に置く案（B案）の二案を提案することにした。

しかし、案の作成まで意外と時間がかかり、今年中完成の目論見は外れ、越年することになってしまった。

七、休暇の前に……。

一月に入って、正月一時帰国の休暇が明け出社すると日本人専門家実績報告会を二十一日に行うという連絡が来た。そしてまた、昨年から延び延びになっていたQCサークル全社大会を自主研発表会と二十二日に一緒にやるという連絡も入った。

休暇明けの二日目、孫《ソン》品管部長とのミーティングがあり、品管部の仕事について、いろいろなことを話した後で、再度SQE（サプライヤークォリティーエンジニア）、（外注品質技術員）組織体制について提案の要請があった。

「昨年、お話ししたSQE組織体制について、検討は進んでいますか」と孫《ソン》部長は高倉に尋ねた。

「はい、今進めていますので、数日中には提示出来ます」

「陳《チエン》役員も案が決まったら、董事長に話すと言っていますので……」と孫《ソン》部長はせかすように言った。

「分かりました、なるべく早く提示します」と言って高倉は席を立ち部長室を出た。

「新年早々、プレッシャーをかけてくるね」と高倉は、通訳の謝《シェ》に言いながら、自分の席に戻った。

「そうですね」と謝《シェ》は一言言ってゆっくりと席に座った。

それから案完成までに実働三日を要した。

「SQE組織体制と役割の案が出来たので、翻訳して、陳《チエン》役員と孫《ソン》品管部長に送って下さい」と高倉は謝《シエ》に依頼した。

「はい、日本語版を送って下さい」と謝《シエ》は答えた。

「なるべく早く陳《チエン》さんと孫《ソン》さんに送りたいのですが、出来ますか」

高倉は一月中、春節休暇の前には終わり、すっきりして春節休暇に入りたかった。

「ちょっと、日本語版を見てみないと……」と謝《シエ》が少し不安げに答えたので、高倉はパソコン画面から顔を上げて「あっ、今送ったよ」と言った。これらのやり取りは中国版のQQシステムを使ったメールでやり取りしている。

三星集団は全ての人達の連携はこのQQシステムを採用していた。

「あっ、今、入りました、そうですね、一日か二日で出来そうです」と謝《シエ》はパソコンの画面を見ながら言った。

「A案とB案がありますから、じゃ、よろしくね」と言って高倉は安心した気持ちになった。

そして二日後、翻訳版を陳《チエン》役員と孫《ソン》品管部長に送ったが、それに対する反応は何もなかった。

何とも言えない空しさを感じるのみだった。

しかしこの後、高倉の知らないところでSQE組織体制化が実施段階に進んでいった。

＊春節休暇前のどたばた

今年の春節休暇は公式には一月二十五日から二月四日までだ。中国では春節は日本の正月と同様、一大イベントだ。この時期になると皆、心浮き浮き、仕事もままならない様子だ。

このような状況の中、日本人専門家実績報告会が行われた。

昨年から周《チョウ》女史は言っていたが、ようやく今年になって開催した。現在この三星集団で勤務している五人の日本人専門家がどのような成果を上げているかを評価する場だった。しかし報告はそれぞれの中国人パートナーから報告しなさいということであった為、準備が充分出来ていない人もいた。

高倉は、農業車事業部での仕事に主体を置いて報告した。従って農業車事業部のテイを報告者に選び、その資料も事前に確認していた。

また、一緒に仕事を進めているＳＱＥのそれぞれの報告資料も高倉が意思を入れて作成し報告させた。高倉はこのような報告資料の作成も報告も人材育成の一環だと考えていた。

彼らの報告結果は他の日本人のものに比べ高倉自身は良かったと感じていた。

その結果の評価がどうなったかは、日本人には知らされていなかった。日本人はかなり気にはしていたが、それぞれやっていることには誇りを持っていた。

夕食で日本人が一緒になった時も、この報告会のことはあまり話題にならなかった。皆意識的に避けているようにも見えたが、澤田だけは、小さな声で高倉に言った。

「俺は今までやってきたことに絶対自信がある、中国人の為になっていると確信している、他の人には負けていないつもりだ」

「そうですか、やはり報告の仕方もありますね、自分達でやる方がいいですよね」と高倉は言った。やっている内容も大事だが、このような場合、報告の仕方も大事だと言いたかったのだ。しかし、それ以上の会話は無かった。

昨年からやるやる言っていて、ようやく一回目が終わったが、三カ月毎にやるぞという周《チョウ》女史の言葉にも日本人達は冷静に装っていた。

後日、孫《ソン》品管部長とミーティングがあった折、孫《ソン》部長は「高倉さんのところの報告が一番良かった」と笑顔で言った。

「そうですか、それは嬉しい評価ですね」

お世辞には聞こえなかったが、高倉は手放しで喜べる事でもなかった。

〈博士号まで持っている学者肌の人に報告を褒められたら嬉しいですね〉

高倉は皮肉交じりの冗談が喉まで出かかったが、ぐっと呑み込んだ。

〈報告の仕方、テクニックだよ、他の日本人は上手でないよ〉高倉は内心そう思っていた。

〈しかし、中国人の育成指導という点では自信があるよ〉

高倉は胸を張った。通訳の謝《シェ》にも、孫《ソン》部長にも他の日本人にも言うべきことではなかったので、声には出さなかった。


翌日、昨年十二月から延期されていたＱＣサークル全社大会を安本が指導している自主研発表会と同日に一緒に実施した。

董事長の都合で日にちを延期してきたのに、結局董事長は出席できず仕舞いで終わった。

これでは、やっている方もやる気が失せてしまうと思った。

「こんなやり方ではね〜」と高倉は愚痴をこぼした。「どうしようもないね」と安本も諦め顔で言った。

ＱＣサークル四サークルが報告したが、一等二等を農業車事業部が取った。三等は汽車事業部だった。

農業車事業部は全事業部の中でも一番力を入れていて、推進役のテイも一生懸命進めていたし各サークルに対しても指導をよくしていた。高倉も三回ぐらい繰り返し指導を依頼されてきた。そのような行動が功を奏したといっても良かった。

「高倉さん、ご指導有難うございました、一等二等を取れて嬉しいです」と農業車事業部のテイが、大会終了後高倉の元へ笑顔で言ってきた。

「どういたしまして、皆さんの努力の結果ですよ、良かったですね」

「何か、感想か意見はありませんか」と高倉は続けて言った。

するとテイは、苦笑いしながら、遠慮気味に答えた。

「QCサークル活動で、一等とかの賞をもらっても、賞金が少ないので、メンバーのやる気が出ないのです、もう少し賞金を多くもらえると良いですが……」

「一等でも二千元で、四等以下八等まではノートブックだからね、中国人って、お金に対し、物凄く執着があるからね」と高倉が言うと、「そうです、やはりお金なのです」とテイは苦笑した。

二千元と言えば現在一元十五円のレートで約三万円だ。二等、三等は当然これより少なくサークルメンバー皆で恩恵を被るには少なかった。ましてやノートブックだけでは、嬉しくないということだ。

「QCサークル活動についても孫《ソン》品管部長より、より良いやり方を提案することを依頼されているので、その時に賞金についても検討するように提案します」と高倉が言うと、「お願いします」とテイは言いつつ、軽く会釈をした。

「次が直ぐに始まりますから、また頑張って下さい」と高倉は励ましの言葉をかけた。「そうですね、またご指導をお願いします」とテイは答え「じゃ、帰ります」と言いながら、笑顔で足取り軽く帰って行った。

翌日、SQEの日本語を話す楊文明《ヤンウェンミン》が、高倉の下に来た。と言っても数メートル離れた自分の席から高倉の席の脇に立った、ということだが、何やら真面目な顔で話し始めた。「高倉さん実は、私は三星集団を退社し、春節休暇明けより別の会社に行きます」

「えっ、あっそう、どこの会社ですか」と高倉は少し驚いたが冷静を保った様子で聞いた。

高倉は昨年、楊《ヤン》と丁《ティン》の転属騒動があった時は、すごく驚き怒ったけれど、今回はそれほど驚きも怒りも無かったが、やはり事前に知らされないことには、かなり失望していた。

「青島《チンダオ》市よりもっと東に在る、ドイツ系のサスペンションの会社です」と楊《ヤン》は答えた。

「あっそう」

「課長は、完成車メーカーこれは三星集団のことですが、ここから部品メーカーへ行くのはどうなのか、と意見を言っています」

「部品メーカーでも、品質管理はここより良いと思うよ、行けば分かると思うけど……」と高倉は楊《ヤン》をかばうように言った。事前の相談も無く去っていく者をかばう必要は無かったが、なぜか高倉の口からはそのような言葉が出ていた。

楊《ヤン》は納得したようにうなずいた。「その他の管理状態もここよりずっといいと思うよ」と高倉は少し笑いながら言うと、楊《ヤン》も傍で聞いていた通訳の謝《シェ》も互いの顔を見ながら苦笑いをした。

「休暇に入ってしまうので、その前に言おうと思い、今日言いました」と楊《ヤン》は事前に言いましたと言いたげだった。

「楊《ヤン》が今までやってきた仕事、特に農業車事業部関係の仕事は、丁《ティン》に引き継いでいって下さい」

「はい、資料は全て丁《ティン》さんに渡してあります」「あっそう、まあ、精々頑張って下さい、向こうに行っても何か聞きたいことなどあったら連絡下さい」と高倉は親切に言ってあげた。

「有難うございます」と言って楊《ヤン》は頭を下げた。そして、自分自身納得したように席へ戻った。

〈それにしても、直前まで知らされないなんて、なんかやるせなさ、空しさを感じるな〉楊《ヤン》がなぜ転職したのか、その理由は敢えて聞かなかったが、気にはなっていた。

高倉は窓越しに外を見ていた。

隣の敷地で何か大きな建物の工事が進んでいた。その高いクレーンが鉄材をつかみ横に動いていた。

「いよいよ、春節休暇か、あの作業者も郷里に帰るか……」独り呟いた。

高倉は日本に一時帰国できる喜びはあったが、日本の正月に一時帰国したばかりで、一カ月足らずでまた一時帰国ということもあり浮き浮き感は無かった。

〈今夜、スカイプで妻の和恵と話してみるか、先日連絡した通り、いつもの航空便で帰ることを……〉

明日（春節休暇前日）は、年末表彰大会があるということで、もはや仕事にはならなかった。

中国人達も休暇のことで浮き足立っているのが感じられた。

＊シャオジャの涙

翌日の夜になってハウスキーパーの通称シャオジャの羅佳平《ロオジャピン》が午後七時頃やって来た。いつもは日曜日の昼間だけど春節休暇に入ってしまうのでその前にということにした。

胸に花柄の入った白色のTシャツにダウンジャケットを着て、ジーンズのスラックスに運動靴で相変わらず地味な格好だ。

「外は寒いけど、この部屋は暖かいですね」

とシャオジャは言いながら、ダウンジャケットを脱いだ。薄いTシャツ一枚になり、胸から腰にかけて体の線がくっきりと浮かんだ。

「今日は、暖房がきいているからね」

〈真冬なのに、ジャケットの下は薄着だな〉と高倉は若い女の体を想像したが、急いでそのような卑猥な気持ちを打ち消そうとしていた。

「高倉さんも明日は日本ですね、嬉しいでしょ」と言いながらシャオジャはダウンジャケットをソファーに置き、髪の毛を後ろで縛った。

「そうだね、シャオジャは？」

「私も実家に帰ります、お父さん今病気なんです、肺癌で……」

「えっ、肺癌？　それは大変だね」

〈多分もう長くないな〉高倉はそう思った。

「お医者さんも、難しいと言っているし、何とかならないかと思ってはいるんですが……」

シャオジャのいつもの明るい顔は無かった。

「実家に帰って、今度戻ってくるのは何時ですか」

「そうですね、二月十五日ごろです」

「そう、じゃあ戻ったらまた連絡して下さい」

「はい、分かりました」

そう言うと、シャオジャは、何時もの通りの掃除と、ベッドのシーツを交換し洗濯を始めた。高倉はその間、パソコンでネット情報を見ている。

仕事が終わるのを見計らって、高倉はシャオジャをソファーに座らせた。

「シャオジャ、ちょっとここへ座って、はい、今日の分、そしてこれは、お父さんへのお見舞い金です」

高倉はお見舞金として二千元をチリ紙に包んで渡した。二千元と言えば現在の為替レートで計算すると日本円で約三万円だ。

いつも、掃除、洗濯をして、昼食、場合によっては夕食まで付き合って、交通費込みで二百元（約三千円）の報酬だから、二千元は彼女にとって大金だった。

「えっ、こんなに、私貰えません、仕事以上のお金は……」

シャオジャは真顔になって、お金を戻そうとした。

「大丈夫だよ、そんなに多くないよ、取っておいてよ」

高倉の今の収入からしたら、大した金額でないことは確かだ。

「でも、そんなわけにはいきません、私仕事以外何もしていないのに……」

そんな押し問答を数回繰り返していたが、シャオジャはなおも返そうとしてテーブルの上にお金を置こうとした。

高倉はその手にそっと触れて静止した。

「お父さんの病気でお金かかるし、良い治療が出来るといいね。いいから取っておいて、今までずっとお掃除に来てもらって私も助かっていたし、まぁそうね、ボーナスですよ、ボーナスっ！」

「でも……こんなに……」

シャオジャは目に涙をいっぱい浮かべて声を詰まらせた。そして、大粒の涙が頬を伝わった。

「お父さん……」

シャオジャは父の事が頭によみがえっていた。

「そんなに感激されるほどの金額ではないし、そこまで喜ばれたら俺も嬉しいね、まぁいいからいいから」と言って高倉は、ティッシュペーパーを取ってシャオジャに渡した。

「すみません、有難うございます、いただきます、嬉しい……」

シャオジャにとって、少し感情が収まる時間が必要だった。

テレビのスイッチを入れるとニュース番組が流れている。シャオジャは暫く下を向いたままであったが時々顔を上げて何となくテレビを見ている感じだ。顔は何かを考えているふうにも見えた。そして少し気持ちも落ち着いてきたようなので高倉は言った。

「じゃあ、遅くなるから今日は日本語学習なしだよ、洗濯物を干すのは自分でやるから、シャオジャはもう帰りましょう」

高倉はシャオジャの帰りが夜遅くなることを心配していた。

「高倉さん……私……今夜ここに泊まって良いですか」シャオジャは下を見て押し殺したような小さな声で言った。

高倉は一瞬驚いたが、敢然と断る勇気も無く心が動揺した。歳をとっていても男は男だ。

「えっ！　でも……、ベッドは一つだよ」

「うん……」シャオジャは顔を上げずにうなずいた。

高倉はシャオジャをいじらしく、愛おしく思っていた。今すぐにでも抱きしめたい衝動に駆られた。そしてそっと片手をシャオジャの肩に添えようとしたが、一瞬その手が止まりそしてゆっくりと引いた。

今日は良くないと自分に言い聞かせた。

「でも……今日は帰ろう、そして春節休暇明けにまた元気に会いましょう」

シャオジャは高倉に背を押され部屋のドアまでゆっくりと歩いた。

「高倉さん、本当に有難うございました、また来ます、ではお休みなさい」

そう言ったシャオジャの顔は明るいいつものシャオジャに戻りつつあった。

八、懐疑心と安定化

＊春節明けのスタート

高倉が前回、日本の正月に一時帰国した折も今回春節休暇で一時帰国した時にも、妻和恵の様子について、独り住まいという寂しさは感じられたが特に変わったこともなく心身とも健全だと、受け止めていた。しかし心配は残しつつ中国に戻っていた。

スカイプを使ったテレビ会話も時々続いていて様子を確認した。

兄夫婦に介護されている九十二歳になる母の様子は重篤な状態ではないものの気掛かりではあったが、口には出さなかった。

高倉がこの三星集団に昨年の九月に着任してから早六カ月が過ぎようとしていた。

高倉は中国企業で働くのは初めてではないので、ある程度、中国企業又は中国人の考え方、やり方の違いは理解していたつもりだった。しかしここの三星集団に来れば来たで、この六カ月間、いろいろな事に対し驚きや更には怒りや、あきらめ感を抱いたことは何回もあった。

しかし、基本的には中国の人達や管理者達と仲良く楽しくやっていくことを本心としていた。

この間、周《チョウ》女史とのミーティングも何回か行ったなかで、周《チョウ》女史は数回高倉及び通訳の謝《シェ》に聞いたことがあった。

「高倉さんと孫《ソン》品管部長は上手くいっていますか？」ということだった。高倉はその都度「今のところ問題ないです」と答えていた。

通訳の謝《シェ》もミーティングが終わって会議室を出る時に、高倉に分からないように周《チョウ》女史から「『高倉さんと孫《ソン》品管部長は上手くいっていますか？』ということを聞かれた」と言った。

「『はい、上手くいっていると思います。しかし時々、互いに意見を言い合っています』と答えた」と言っていた。

そのほか二言三言話していたがその会話は高倉には聞こえないし、また聞こえたとしても中国語だから理解できない。そんな会話の後、自分達の席に戻ってから謝《シェ》は高倉に会話の内容を伝えた。

「あっそう、でも、周《チョウ》さんは私と孫《ソン》品管部長との関係をかなり気にしていますね」と高倉は孫《ソン》部長のまだ理解し難い部分があることを感じていた。

「そうですね……」と謝《シェ》は言って、それ以上は語らなかった。

〈周《チョウ》女史から見て孫《ソン》品管部長は何かあるのかな？　又は俺の前に品管部に居た前任者との間で人間関係などの問題があったのかな？〉と高倉は疑問に思っていた。

半年経って高倉はかなり三星集団の内部状況を把握してきていた。そして今後進めていく仕事を整理し積極的に行動していった。

農業車事業部での指摘項目中の三十項目の対策計画の推進含め九項目のテーマの推進、これだけでも当面半年ぐらいの仕事量はあった。更に、この九項目のテーマの中から六テーマを他の事業部への展開を計画していた。

この六テーマは全て現場の品質管理という点でやるべきことと高倉は考えていたし、今の三星集団で未成熟な点であった。

①改善活動の見える化、②組み立て区での締め付けトルク管理の数値化、③工程での変化点管理、④図面と物の不一致改善、⑤工程内自主検査の実施とデータ化、⑥作業標準書の整備、以上の六テーマだった。重要部品のロット管理の改善もテーマにしたかったが次の機会にした。

これらはなんら難しいことではなかった。日本の会社では普通にやっていることだった。中国企業の経営者は日本人専門家に高度の管理やシステム構築を要望することが多い。しかしここで言う六テーマのようなことが出来なければ、現場の品質は絶対に良くはならないということを高倉は三星集団の董事長や上位管理者に理解させたかった。そしてこれらをやり遂げるには、常に高倉が言っている〝品質を最優先に考える意識〟が大事であり、品質意識を強化するための手段でもあった。

農業車事業部での九項目（テーマ）の課題の推進については、農業車事業部窓口担当であるテイの積極的な行動及び高倉のアシスタントでもあるＳＱＥの丁《ティン》や黄《ファン》を上手く使って、ほぼ順調に進んでいた。計画に対し、また約束事に対し、執拗に何回も現場で確認するという高倉のやり方は中国人には予想外だったようだ。初めの一回、二回目は口だけ書類だけで収めようとしていたが、その内そのようなやり方は通用しないことが分かって、行動も伴ってきて対策内容が見えるようになってきた。これは大きな成果だった。

他の事業部への展開については六テーマを三星集団全事業部の部課長など上位管理者が集まる生産会議で計画を示し、協力を要請し実行に移した。最初は懐疑的な各事業部の窓口担当も高倉の強力なアプローチに渋々付いてきたという感じだった。

何回か指導とチェックを重ね、三カ月して、やっと軌道に乗ってきていた。

ＱＣサークル活動は、今年度の活動開始に先立ち、孫《ソン》品管部長からの依頼事項でもある活動の改善提案について高倉は検討していた。

高倉は昨年度指導した結果や、感じたこと、反省点などを整理し、そして、以前に働いていた湖南省の太陽集団の例を考えながら更に強力に進める為に、活動メンバーがもっとやる気を出す為に、各事業部の上位管理者が認識を深める為に、そして、活動の効果、成果をもっと多く出す為に、いくつかの改善提案を孫《ソン》品管部長、陳《チエン》役員に提示した。

しかし、直ぐには反応が無かった。何時もの通りだ。そのうちに、従来通りのやり方で今年度の活動が開始された。

今年になって、ＷＸプロジェクトという、新規四輪自動車開発プロジェクトに品質管理部として参画することになった。従って品管部としての意見を言って下さいとの依頼が孫《ソン》品管部長からあった。

それではということで高倉はプロジェクトリーダーとの話し合いを要望しコンタクトを取ったが、研究院のプロジェクトリーダーは高倉との話し合いを体良く拒否していた。

何回かコンタクトを取ったが返事はなく結局、この話も断ち切れになってしまった。

新車開発の中で品質熟成業務を行う為のシステム造りは今年の高倉の業務計画に入れていたのだが、今は時期尚早と考えた。

〈技術指導や意見は受けたいが情報は出さないという中国式（？）のやり方か……〉

高倉は変に納得していた。そして、これ以上このプロジェクトに関与することを避けた。

＊シャオジャ戻らず

ハウスキーパーのシャオジャは春節休暇明け十五日ごろ日照市に戻ると言っていたが十五日になっても何の連絡も無かった。

高倉は、仕事の方も何かと考えることが多かったが、シャオジャのことも気になり始めていた。

二十日過ぎのある夜、待っていたシャオジャから電話が入った。

「もしもし、シャオジャ！　どうしていたの？　今どこにいるの？」

「もしもし、シャオジャです、今実家です。お父さんの容態がすごく悪く、私日照へ戻れなくなっています、ごめんなさい」

今までのシャオジャの明るい感じはなく、沈んで寂しい声で、弱々しかった。

「えっ、そんなに悪いの？」

「はい、お医者さんは、もう半年は持たないだろうって……うぅー」

電話の向こうからは、シャオジャの嗚咽する声が漏れてきた。

「そうだったのか、肺癌だったよね、肺癌って、難しい病気だね。でもシャオジャも元気だして、お父さんがいる間はしっかり親孝行してあげないとね」

「うん……」

「シャオジャ、元気出して、お父さんの為に頑張って下さい」

高倉は、言う言葉が多く見つからなかった。

「だから、私日照へいつ戻れるか、もしかしたらもうずっと戻らないかも……、高倉さんに悪くて……、ごめんなさい」

「あぁ、いいよいいよ、まずはお父さんのそばにいてあげて下さい、こちらは気にしなくていいよ」

「すみません、高倉さん」

シャオジャは、ごめんなさいとすみませんを何回も言った。そして電話を切った。

高倉は、シャオジャが戻ってくることを期待して待っていたが、がっかりして電話器を置いた。

〈癌か……、俺の知り合いにも癌で亡くなった人がいるが、特に肺癌は見つかったときには殆ど手遅れの場合が多いらしい、何ともつらい話だな〉高倉は、病気に対するやるせない思いとシャオジャとの再会が出来ないことを思うと寂しかった。

シャオジャを高倉に紹介したのは人事部日本人担当の許《シュイ》部長だった。

その許《シュイ》部長に今回のシャオジャの話をすると、シャオジャの代わりを探しましょうか、と言ってくれた、しかし、高倉はあまり気のない返事をしていた。

今直ぐに代わりをということは考えていなかったし、その気になれなかった。

＊サプライヤー品質課長の着任

ＳＱＥ体制の強化は少しずつ進んでいた。

四月から本格的に正式にサプライヤー品質課が発足することになったらしい。なったらしいというのは、高倉にはそのような情報は全く入ってこないからだ。

しかし驚くことに今年初め、高倉が組織について提案したＡ案に近かった。サプライヤー品質課を本社品質管理部に置くＡ案か各事業部の中に置くＢ案か、二通りの案を提案したが、今回、本社品質管理部に置くＡ案になっていた。

そのことは、サプライヤー品質課長が着任してきて判明したのだった。

「なんだよ、俺が提案したように進んでいるのではないか、だったら一言ぐらい『高倉さんの提案を採用しました』と話があってもいいじゃないか」

怒りを抑えて言っているつもりだが気の短い高倉の顔はまさしく怒っていた。

通訳の謝《シェ》は黙っていたが私も知らない、という表情をしていた。

そして、課長は農業車事業部で監督課長をやっていた金威《ヂンウェイ》課長が転属してきた。

時期は三月に入っていた。

早速、高倉の下に挨拶と意見を聞きに来た。

金《ヂン》課長の体格は小柄ながら、聡明な顔つきで落ち着いた感じだった。

「こんにちは、金威《ヂンウェイ》です、今度こちらに来ます、よろしくお願いします。高倉さんの意見を聞きたいです」

謝《シェ》は金《ヂン》課長が部屋に入って来たのを見ると急いで席を立って、金《ヂン》課長の言葉を通訳した。

「こんにちは、以前農業車事業部で会っていろいろ話したことがありましたね。今回ここで一緒に仕事をしますが、よろしく」と高倉は言って、高倉は金《ヂン》課長に椅子に座ることを勧めた。

実はこの時、高倉は金《ヂン》課長がサプライヤー品質課長になったということを初めて知った。

高倉は事前の知らせが無いことに不満は抱いたが、金《ヂン》課長には親切に接した。そして今後お互いに連携しながらやっていく必要性を感じていた。

金《ヂン》課長は、彼の考えていることをいろいろと話した。今後人数を増やすＳＱＥの仕事のこと、品管課との役割分担、サプライヤー（外注メーカー）との接し方、どんな問題から進めるのか、などなど多くの懸案事項を話した。

「そうですね、今後お互いに情報連絡を密にして相談しながらやっていきましょう」と高倉は答えた。

「ところで、高倉さんの机、席ですが、この部屋は今後ＳＱＥが増えますからいっぱいになってしまいます。従って孫《ソン》部長の部屋の隣が空いていますからそちらに移動してもらえませんか」

と金《ヂン》課長は高倉の席移動を願い出た。

「席を移動するのは誰と誰ですか」と高倉が聞くと「高倉さん、通訳の謝《シェ》、黄《ファン》です」と金《ヂン》は答えた。

「分かりました、いつ移動すればいいですか」と高倉は謝《シェ》に聞くと、謝《シェ》は何やら金《ヂン》課長と話して、「今週中にと言っています」と答えた。

「そう、じゃ、明日午前中に終わらせましょう」と高倉が言うと、金《ヂン》課長も満足そうに笑顔を浮かべて
「有難うございます」と言って、席を立った。

「金《ヂン》課長はすごいですよ、山東大学本科でしかも大学院で専門は機械だそうです」と通訳の謝《シェ》は驚きと尊敬の念を込めて言った。

「そう、本科ですか、入社はいつですか」

「二〇〇〇年で、入社十四年ぐらいですね。今まで、溶接、検査、生産、事業所品管課、監督課などの課長を歴任しています」と謝《シェ》は先程聞きとった経歴を述べた。

「そうですか、優秀ですね」と高倉は言った。〈しかし工程品質改善や品質不具合の解析や対策の経験は殆どなかったので、ここは俺の指導が必要だな〉と高倉は感じていた。

金《ヂン》課長が来てから、新たなＳＱＥ採用の為の面接が逐次開催された。内部からの転属希望者や外部からの希望者など数十人がいたが最終的に十人に絞られた。

高倉はサプライヤー品質課の設立から既に実務が進む中で、それらに関わる情報が一切入ってこない事にいら立ちを感じながらも「高倉さんにお任せします」という言葉を支えにサプライヤー品質課設立

の成功を目指し積極的に行動し、かつ頑張ろうとしていた。

＊怒り心頭に発する

金《ヂン》サプライヤー品質課長が本社に着任した日、ＳＱＥの丁亮《ティンリヤン》が高倉の下に来た。

「あのう、私は明日から品質管理課に行くことになりました」

「えぇ〜、なにまた急に、本当！」と言って高倉はしばし絶句した。驚きを通り越して頭に血が上っていくのを感じた。

「春節休暇前に楊《ヤン》が退職し、また事前相談なしかよ」と高倉は絶句の後で、つい大声になっていた。

「品管課で別の仕事をやるようになりました」

と丁《ティン》は控えめに小さめの声で言った。

「しかし、明日からは無いでしょう。それに丁《ティン》は今、農業車事業部のテーマ展開を推進、という役割を持っているのではないか」と高倉が正すと丁《ティン》は「え〜う〜」と言ったきり言葉が出なくなって頭を少し垂れ、上目遣いで高倉の顔を見ている。

「昨年楊《ヤン》や丁《ティン》が転属騒ぎを起こした時に、孫《ソン》部長にも抗議したことがあったが、またかよ！　すると品管課長も孫《ソン》部長も丁《ティン》の転属は知っているし了解しているということだろ」と高倉は言いながら、自分だけ丁《ティン》の移動の話を知らなかった事に怒りを抑えられず、思わず手で机をたたいた。

「どういう事なのか、孫《ソン》部長に聞きに行くぞ」

と言って、丁《ティン》と謝《シェ》を促した。高倉のはらわたは煮えくり返っていた。

謝《シェ》はたじろぐ様子だったが、高倉が先に歩き出したので直ぐに高倉の後から丁《ティン》と共に小走りについて行った。

いつも通り、孫《ソン》部長の部屋のドアをノックするや否や、中に入って「こんにちは」と気のない挨拶をすると中に居た孫《ソン》部長は直ぐに椅子から立って「こんにちは」と返してきた。そして高倉はソファーに座る前に話を切り出した。

「今回の丁《ティン》の転属の件です、明日から品管課ということですが、どうなっているのですか」

高倉の顔色は怒りに染まっていた。

「昨年も転属騒動があり、一月には楊《ヤン》の退社がありましたが、今度は丁《ティン》ですか、丁《ティン》は現在役割を持っています。なのになぜ私が知らないところで話が決まってしまうのですか」と高倉は問い詰めた、というより理由を聞きたかった。

孫《ソン》部長は高倉の顔色が普段と違うのに気が付いた。「あのう、その、う〜ん」と言うだけで、困ったような顔をし、明快な答えが出来ない。

高倉は更に言った。「彼らの人事異動をいつも私は直前まで知らされていません。前日ですよ、私は人事に口を出すつもりはないけれども、少なくとも自分と一緒に仕事をやっている者の転属や退職は事前に知らなければなりません。私の計画している業務に重大な支障をきたします。だから私は言いたいのです、なぜ事前に彼の人事異動について教えてくれないのですか、相談や調整をしないのですか」と高倉が言った後、数秒間、沈黙の時が流れた。

「分かりました。それでは丁《ティン》については、品管課に所属が変わっても、高倉さんの仕事を優先することにします」と孫《ソン》部長は苦し紛れとも感じられることを言った。

「丁《ティン》は自分の希望ですか」高倉は丁《ティン》に向かって聞いた。「李《リ》課長から、品管課での仕事の内容を聞いて、自分でもやってみたいと思って決めました」と丁《ティン》もまた苦し紛れの回答をした。

「それは、李《リ》課長から口説かれたということじゃないか」高倉の怒りは頂点に達していた。

「信義にも仁義にも劣る行為じゃないか、ルール以前の問題だよ」と高倉は言ったが、謝《シェ》がちゃんと通訳してくれているか少し心配になった。

「私の仕事を優先するということだが、丁《ティン》はそれでいいですね」と高倉は丁《ティン》に念を押した。

「はい、いいです」と丁《ティン》は前に腕を組んで直立不動のまま小声で答えた。

「では李《リ》課長をここへ呼んで下さい」と高倉が言うと、丁《ティン》が直ぐに行こうとして肩を回した。すると
「あっ、私が呼んできます」と謝《シェ》が言いながら急いで部長室を出て行った。

通訳が居なくなり孫《ソン》品管部長、いつの間にか同席していた金《ジン》サプライヤー品質課長、丁《ティン》本人、高倉の四人は数秒間沈黙の時空に入った。高倉のいら立ちに拍車をかけていた。

直ぐに謝《シェ》が李《リ》課長を伴って部長室に戻って来た。

「丁《ティン》が品管課に転属しても、私の仕事を優先させるということで、良いですか」と高倉は皆の前で言った。「李《リ》課長もいいですか」と更に念を押して言った。

「はい、良いです」と李《リ》課長は答えたが、今回の件は、自分は悪くないという顔だった。

サプライヤー品質課員、所謂ＳＱＥの資格は入社歴五年以上の経験のあるものが条件になっていたのだ。従って丁《ティン》はその条件に当てはまらない為、品管課の経験ある者でサプライヤー品質課へ希望している者との交換人事だったのだ。

高倉がそのことを聞いたのは、後になってからだった。

「黄《ファン》については、高倉さんに付けますから、彼の席は高倉さんと同じ部屋にします」と孫《ソン》部長は言った。

「はい、分かりました、そのようにして下さい」と高倉は言いながらも少し頭の血が引いていくのが分かった。

このような事も、彼ら中国人、孫《ソン》部長、李《リ》品管課長、そしてサプライヤー品質課の金《ヂン》課長は、知っているのことだったのだ。知らないのは高倉だけだったのだ。

孫《ソン》部長は言った、「日本人専門家からいろいろな知識や技術を得ても情報は出さない、というように思われているかも知れませんがそのようなことはないですから……」。

〈何を言う！　そのようなことが今起きているのではないか！〉と高倉は怒り心頭に発していたが、声には出さずそれ以上の摩擦は避けた。

品管課の経験がある者でサプライヤー品質課へ希望している者との交換人事ということを事前説明してくれたら、余分なトラブルも避けられるのにと高倉は思っていた。

周《チョウ》女史が孫《ソン》部長と高倉との関係を気にして何回か聞いてきたが、このようなことかと高倉は思った。と同時に今後も言うべきことは言っていくという考えは変わらなかった。

高倉は今回も本来の正義感と仕事への生真面目さで目に見えない厚い壁を突き破った。しかし、それは高倉自身大きなリスクを背負っていくことになった。

＊サプライヤー品質課の本格始動

三月から四月にかけてサプライヤー（外注メーカー）品質課は場所も要員も一ステップとして一応体制は整った。

サプライヤー品質課の部屋のスペースは現在、余裕があるにしてもいずれ満杯になる予定だった。

従って、高倉、通訳の謝《シェ》、サポートメンバーの黄《ファン》の三人が孫《ソン》品管部長の隣の部屋に既に移っていた。

孫《ソン》部長の部屋と同じ広さと造りであり、テーブルやソファーを置くスペースは無かったが、高倉は書類棚と予備椅子を一つそして畳一畳ぐらいの大きさのホワイトボードを用意してもらった。

通路面はガラス張りなので、通路から中はよく見え、廊下を行く人も中を興味ありげに見て通った。

ある日、「こんにちは」と言って、金《ギン》課長が入って来た。

高倉は金《ギン》課長に椅子に座ることを勧めながら、「こんにちは、やっぱり、皆さんと同じ部屋の方がいいですね、お互いの顔が見えることが大事ですね」と高倉が言うと、「そうですね」と金《ギン》課長は苦笑いを浮かべた。

「ところで高倉さんが、昨年アクスルシャフトの折損という重大クレームを短期間で解決したという実績を聞いています。今後我々は多くのクレーム問題をどのように進めていったらいいでしょうか」と金《ギン》課長が高倉に尋ねた。

「そうですね、まずクレーム数とクレーム金額を考慮しそれらの多いサプライヤーから攻めたらどうでしょうか。SQEについては、その専門性や経歴を見ながら、大体の担当部品というか、機械加工、板金、樹脂、電気などの領域別に担当者の役割を分けて、持たせたらどうでしょうか」と高倉は進言した。

「具体的には、どのようにして」

金《ギン》課長は真っすぐと高倉の顔を見た。

「三星集団には、自ら不具合を解析する専門性も場所、道具、設備などの環境も整っていないから、まずはサプライヤーに不具合の解析や対策をやってもらうようにするしかないですね」と高倉は言った。

「そうですね、解析する場所なども今後確保していく予定ですが、すぐには……」と金《ギン》課長は言いつつ悩んでいる様子だ。

金《ギン》課長はその他いくつかの懸案事項を高倉に話した。

その話がひと区切り済んだところで高倉は言った。

「取り敢えず、該当するサプライヤーを呼んで、クレーム状況やこちらの考えを説明して対策を進めることを協力依頼したらどうですか」高倉はサプライヤーを上手く使っていくしかないと考えていた。

「それからサプライヤーの対策内容を聞いて納得いったら、その次に現場、現物で確認します、現場現物で問題があったら指導します、そして再度現場現物で確認します。完全に納得できるまで攻め続けることが大事です」と高倉はやる以上は徹底的にやることの必要性を説いた。

「分かりました、まず、クレーム数と金額の多いサプライヤーを整理します」と言って金《チン》課長はゆっくりと席を立ち、静かに部屋を出た。

その後、一、二週間したらＳＱＥ（外注品質技術員）の彼らから連日のように入れ替わり立ち替わり高倉の下に相談に来るようになった。

早速、部品毎（サプライヤー毎）の推進計画を持ってきて、アドバイスを乞うた。またサプライヤーを呼んで会議を行うので、一緒に出席してほしいという要請も入ってきた。

実務が先行する中で該当するサプライヤーを集めて、サプライヤー品質課として業務開始のキックオフを正式に大々的に催した。

サプライヤー品質課の業務もなんとか船出したという感だった。

＊青島《チンダオ》ツアー

「えっ、すごいね、また一層忙しくなるね」澤田は驚いて顔を上げた。

「そうなんだよ、農業車事業部での改善活動はますます深くなっていくし、他の事業部への六テーマ展開の推進も本格化しなければならないし、ＱＣサークル活動の指導も、今はまだですが数カ月後には、前回よりも多くのサークルが出てきそうだし、その上今回のサプライヤー品質課の指導、更にそのサプライヤーに対してもでしょ、忙しいですね」と高倉は忙しい中にも満足そうな顔をしていた。

「それだけ当てにされているということですよ」と安本は諭すような言い方だ。

昼の食事をしながら、いつもの三人が会話していた。

「それは大変ですね、じゃ頑張ろう会をやらなくちゃ」と澤田が笑いながら言うと「そうだね、明日から会社は三連休になるし、パァーっとやりますか」と安本が言って、三人が笑った。「じゃ、今回は青《チン》島《ダオ》へでも繰り出しますか」と澤田が言うと安本、高倉は「いいね、いいね、行きましょう」と言って笑って賛同した。

「大隅さんはどうかな？　一応聞いた方が良いね、私が確認して後で二人に連絡します」と高倉は今ここに居ない大隅の意思を確認することを二人に告げると、「あっ、でも今大隅さんは奥さんが来ているから駄目だね」と安本が言うと、高倉も澤田も「あっ、そうか、そうだね」ということになった。

「佐竹さんは、駄目だよね、行くわけないよね」と高倉は佐竹の事も心配した。「絶対に行かないから誘うだけ無駄だね」と澤田はあきらめ顔で言い放った。

「そうか、しかたがないね」

高倉は、少し残念な気持ちになった。

遊びの話は、いつも通り直ぐに決まった。

高倉も、仕事には生真面目で厳しいが、こと遊びなどの仕事以外の事になると一瞬にして緩くなるのだった。

高倉のこんな一面を中国人の皆、取り分けて通訳の謝《シェ》が理解してくれたらもっと明るく仕事も出来るはずだった。

ここ日照市から青島市《チンダオ》まではバスで約二時間、要領さえ分かれば言葉が通じなくても日帰りでも行けないことはない距離だ。

そんな会話をしながらも食事は進んだ。

三人は、明日の集合場所と時刻を決め、午後はそれぞれの職場に戻った。

高倉は翌朝七時ごろ、下階の安本に声をかけ一緒にアパートを出た。最寄りのバス停から市内循環バスに乗り、長距離バスターミナルまで行くと、人で混んでいるターミナルのチケット売り場の前に澤田はもう着いて高倉と安本を待っていた。

「おはよう、早いですね」と高倉が片手を上げて言うと、「そりゃそうだよ、遊びだからね」と澤田は笑って言った。安本の顔も一緒に微笑んだ。

チケットを買って、バスに乗り込んだ三人はあまり会話せずに、静かに発車を待っていると、発車時刻が近づくに従ってほぼ満員になった。そして、バスはおもむろに発車した。

「よしよし、やっと動き出したか、バスは間違いないな」高倉は乗り間違いを心配していたが、後の二人は平気な顔をして外を見ている。

日本人のオジサン三人の珍道中が始まった。

バスターミナルからごみごみした街並みを五分ぐらい走ると人も車も少ない道路になった。更に十五分ぐらい走ると高速道路に入った。この高速道路は何回も通ったことがあって見慣れた風景だった。会話の少ない三人のオジサンは黙って車の外を見ている。

青島《チンダオ》の長距離バスの発着所へ着くと高倉、安本、澤田の三人はタクシーを待った。

すると四十代くらいの男が近づいて来て、タクシーだと言った。「このホテルまでいくらだ」とホテルの名前のメモを見せながら高倉が掛け合った。発音が正確でなく通じたかどうか分からないが、相手は高倉の言葉が理解できたようだ。男は「百元」と言って人差し指一本に片方の手の親指と人差し指で丸を二つ示した。

「おいおい、それは高すぎだよ、ここからホテルまで通常は二十五元で行くよ」と澤田が抗議するかのように言う。「やめよう、道路の向こう側で拾おう」と安本は高倉、澤田の二人にやめるように仕向けバッグを引いて歩きだした。高倉はその男に「ノウノウ」と言って顔を仰ぐように右手を振って男を拒絶し、他の二人も「そうそう、そうしよう」と言って三人は歩道橋を上がった。

幸いタクシーは直ぐに捕まった。やれやれと言いながら三人はタクシーに乗り込むと安心した様子でほっとしていた。「変なタクシーに捕まらなくて良かったね」と安本が言うと「そうだね、地理やいろんな状況を知らないと思って吹っかけてきて、とんでもない奴だ」と高倉は言いながら車の外を見ていた。小さな商店が並ぶ街並みから直ぐに外れて右手に高層マンションが立ち並ぶ風景が見えた。澤田は前席に座り、前を見ながら、「要注意ですね」と言った。タクシーの運転手は三人の会話が理解できないので、口が暇そうで何か言いたげだったが、黙ってハンドルを握っている。

二十分ぐらいで香港中路に入った。この香港中路は大通りで車も人も多くかなり混雑した道路だ。今、ちょうど工事中の個所があって尚更渋滞を引き起こしていた。大きなホテルも多い。この道路の南側は海になっており海辺の綺麗な風景も見られる。香港中路沿いにある山東青島《チンダオ》ホテルに着いた。

タクシー代はほぼ予定通り二十六元だった。

三人は、してやったり、という顔でタクシーを降りるとチェックインカウンターに向かった。

山東青島《チンダオ》ホテルは日本人がよく泊まるらしく日本語を少し話す女性が受付にいた。澤田は日本語で楽しそうに話しかけた。

「こんにちは」と澤田が言うと、「こんにちは、名前はなんですか」と日本語で彼女は聞いてきた。

「おっいけるね！」と安本が少し驚いた様子で言った。高倉の顔も和んだ。

「安本です、昨日予約していますが」とメモを見ながら言った。「安本さんですね……」と彼女は言って、パソコンを操作した。澤田はその間彼女に話しかけていた。「このホテルは日本人が多いですか」彼女は黙ってパソコンを見ていた。「このあたりで日本食を食べられる所を知りませんか」と澤田は更に聞いた。

彼女は、澤田の問いかけが分かっているのか分からないのか、反応しなかった。

「三名、予約済みですね」と彼女は言いながら隣の中国人の女性に一言話すと、受付カウンターの裏側に消えてしまった。

「なんだよ、無愛想な女だな」と澤田は期待外れのショックを隠せなかった。「急にトイレに行きたくなっちゃったんだよ、中国だね」と高倉が笑って冗談を言うと安本も「そんなもんだね」と言って笑って、もう一人残った女性を見た。

日本語を少し話す女性から引き継いだもう一人の女性はすごく愛想が良く、にこにこしながら何やら中国語で話しかけ、ルームキーを三名分カウンターに出した。

そして覚えたばかりと思われる日本語で「ごゆっくりどうぞ」と言って笑っていた。

澤田は急に顔がほころんで「サンキュウ（有難う）」と今度は英語で言うと、その女性も英語で「ユアウエルカム（どういたしまして）」と答えた。「最初から英語でやれば良かったよ、この子のほうが可愛いね」澤田はご機嫌よろしく、笑みを満面に浮かべている。

安本は三つのルームキーを取り、高倉と澤田にそれぞれルームキーを渡すと彼女に「バイバイ」と言って三人はエレベーターに向かった。澤田も振り返りながら「バイバイ、またね」と笑って手を振っていると、彼女も笑顔で応えていた。

「いやらしいオジサンかな？」高倉も冗談を言いながら歩き、絨毯の感触を靴の裏に感じていた。

三人ともおかしいやら楽しいやらで笑ってエレベーターの前に立った。

三人はいったん部屋に入り荷物を置くと、安本、澤田は高倉の部屋に来て三人で今後の行動を話し合った。

天主教堂、桟橋、海が望める高台の公園、最後は北京オリンピックでヨットハーバーとなった青島《チンダオ》港周辺などへ行こうということになった。

「その前に、昼食をどこかで食べようか」と高倉が言った。

「どこにしましょうか」と澤田が言うと、「ラーメンか、ハンバーグでいいな」と高倉が言った。「俺は何でもいいよ」と安本は言った。「じゃ、イオンへ行くか」と澤田が言いながら小さな地図を広げた。

「あぁ、ここから東へ歩いて一から一・五キロだよ」と澤田は地図で場所を示した。

「よし、行こう」と高倉が言うと三人は、青島《チンダオ》イオンへ歩いて向かった。ここは日本のスーパーマーケットのイオングループが出店していて日本人にはなじみ深いのではないかと思った。中国人に言わせれば「ジャスコ」と言う人もいるらしい、元々ジャスコだったらしいのだ。まぁそんなことは三人にとってはどうでも良かった。

歩き始めると安本が一番早かった。高倉と澤田はあとから付いて行くという感じだ。

イオンの二階へ上がるといろいろなレストランが並んでいた。勿論中華料理店もある。

「やっぱりラーメンでいいよ」と高倉が言うと、後の二人も同調し全員ラーメンになった。

高倉にとって本当は醤油ラーメンが良かったが、醤油ラーメンが無い為豚骨ラーメンを注文した。結局三人とも豚骨ラーメンとなった。

中国に何カ月もいて、中国の食事ばかりだと日本味のラーメンが美味しく感じた。

腹ごしらえしたところで、いよいよツアーの始まりとなった。

「さぁて、天主教堂まではタクシーで行こうか」高倉がイオンから大通りに向かって真っ先に歩き出す。

大通り即ち香港中路に出ると、直ぐにタクシーが来た。この青島《チンダオ》でタクシーはなかなか捕まらないが、今回は運良くすぐに捕まえられた。

高倉が「天主教堂まで」と言ってパンフレットを見せると運転手は直ぐ分かって車を発進させた。

天主教堂へ着くと、天主教堂の前広場では結婚するカップルの記念写真撮りが何組も行われていた。大勢の人の前で少し恥ずかしそうに、しかし自慢したげに、それらしきポーズをとっているのを見たら滑稽にも感じられた。

高倉は「裾の汚れたドレスに、汚れた運動靴でハイポーズとは中国らしいね。でも完成した写真はもっともらしくいかにも美しくできるんだから凄いね」と言いながら笑って歩いていた。

天主教堂の中は所謂大きな古い教会で厳かな雰囲気が漂っている。天主教堂を出て先ほどの撮影状況を横目で見て、石畳みの道路の商店街を桟橋までは歩いて二、三十分かかった。海までたどり着くと桟橋が見えた。人が大勢行きかっていた。周辺を歩きながら海の傍まで行って海を見たり、行きかう人を見たりして少し休んだ。

ここまで、三人は殆ど会話らしい会話もなく口数少なく歩き通した。それから海が望める高台の公園下まではタクシーを使い、小高い公園を歩いて上り周辺を散策した。

「ここからの海や市街地方向を含む全方向の景色は良いね」と澤田は右腕を横に上げ、顔と体を三六〇度回した。

「そうですね、すがすがしい気分ですね」と高倉は遠くの海を見た。

安本は「そうだね」と言うだけで写真を撮っている。

そして青島《チンダオ》港周辺まで、またタクシーで戻り港周辺を半周するかたちで散策した。数多くのヨットが停留しているヨットハーバー、沿岸警備艇などが停泊している岸壁、沖合にまで突き出した埠頭の先端の灯台など海も綺麗で、すがすがしい風景だ。この周辺も多くの人が散策していた。

三人は、ここまで来るとかなりの距離と時間を歩いた。三人の口数もめっきり減っていた。

もともと健脚の安本の足は軽いが、高倉と澤田の足はかなり限界に近くなっていた。

太陽は西に傾いていた。三月末日、この日の天候は比較的穏やかで、気温も暖かく感じた。海からの風は心地よかった。しかし、疲れが出てきた高倉は、「もうそろそろ戻りましょうか」と安本と澤田に向かって言うと、安本は「そうだね、まだ夜もあるしね」と言った。すると澤田は「えっ、安本さん、やる気充分だね」と笑って言うと、「まだまだ……」と安本は言いながら拳を振り上げ笑った。

三人は夕食の心配をしていた。「取り敢えず、ホテルへ一旦戻って、休みながら作戦を考えましょう」と高倉が言うと安本も澤田も「そうしよう」ということで、高倉は重い足を引きずりながら、やっとのことでホテルに戻った。

ここ青島《チンダオ》には大都市だけあって日本食のレストランや居酒屋、バー、日本語が通じるカラオケといってもクラブ様態であるが、日本人が楽しめるところが多くあった。

高倉、安本、澤田の三人の夕食は、このホテルから歩いて二十分ぐらいの日本食居酒屋に行くことになった。

夕方六時ごろになって、三人は揃ってホテルのロビーにエレベーターで降りた。

ホテルのロビーはそんなに広くはないが、ドアボーイや旅行者らしき人達が何人か行きかっている。コーヒーショップもあった。

ホテルのロビーの横に土産物店があったので三人は、どんなものがあるのか覗いてみた。

置き物、アクセサリー、洋服など着るもの、飲み物、ガム、少しの日本の薬などが置いてあったがイマイチ欲しいものは無かった。すると五十歳ぐらいの女性の店員が三人にあまり上手でない日本語で話しかけてきた。

「どうですか、何か欲しいものはありますか」

「う〜ん、みんな高いね」と高倉が言うと、

「欲しいものは、無いね」と澤田が言った。

安本は黙って、ショウウインドウを見ている。

三人が買う気が無いことが分かるとおばさんの店員はショウウインドウの下の引き出しを引いて三人に中を見せた。

中を見た高倉は「えっ、これって、男性精力剤だよ」と言うと、安本、澤田も一斉に引き出しの中を覗き込んだ。

「おいおい、何だよ、これっ」と安本が言うと、澤田も「はぁはぁ〜、これで力を出せってことか」と笑って言った。

「今でも元気なのに、これ以上力がついたら、どうするんだよ」と高倉が笑って言うと、あとの二人も一緒に大笑いした。

「三十錠入っている、これドイツ製、八百元、こっち韓国製、五百元、安いよ」と言ってそのおばさんは、周りを気にしながら声を抑えて三人に勧めた。

「それにしても、三十錠は多いよ、そんなに必要ないよ」と、澤田が言うと、「それなら半分でいいよ、容器分けるよ」とおばさんは真顔で言い、何とかして売りつけようとしている。

ドイツ製と、韓国製とどっちが良いとか、アメリカ製は無いのかとか、もっと安くならないのかとか、

あまり買う気もないのに、三人は、会話を楽しんでいた。

結局、「またにしよう」ということで三人は何も買わずに店を出た。

いまにも買いそうな会話をしていた男たちに対し期待を持ったおばさんの残念そうな顔を高倉は想像していた。

〈初めから買う気が無かったら、早々に引き揚げるべきだったかな〉と少し悪い気がしていたが、驚いてもいた。

「へー、このホテルは日本人が多く泊まるホテルだが、日本人目当てに商売をしているんだね」と高倉は、社会の実態を見た思いだった。

「中国だね、いかがわしい商売も現実に存在しているね」と安本は言って平然としていた。

「中国も法律はそれなりにあると思うけど実際は、一般庶民は法律を守らないで商売している人は意外と多いのだね」と澤田は知ったように言った。

「さて、じゃ行きましょうか」と高倉は気分を変えて歩きながら言った。

ホテルを出て大通りの香港中路を十五分程東に歩いたところの路地を北側に二、三分入ったところに日本食居酒屋はあった。

三人は店の奥まったテーブル席に案内され座ったが、少し狭く感じた。

「やっと落ち着いたね」と澤田が言った。

「さぁ何がいいかな」と安本は言いながらメニューを見た。

三人はそれぞれ適当に食べたいものを注文したが、その前にビールで乾杯をした。

たまに食べる、焼き魚や刺身などの魚介類は美味しく感じた。お寿司もあった。高倉はアルコールが全然だめなので、最初の乾杯のビール一杯は何とか飲むが、後はもっぱら食べる方に集中した。安本は元々酒が好きなので、日本酒を飲んだ。澤田もそんなに多くは飲めないらしいが、安本に付き合っていた。

今日はよく歩いたこと、明日はビール工場に行くこと、青島《チンダオ》は意外と大きな都市であり人と車の多いこと、四つ星ホテルでの怪しい商売の話などを酒のつまみにして三人は楽しいひと時を過ごした。

安本はアルコールが入ると、カラオケへ行って、歌いたくなる変な習性があった。

今回も例外なくそんな気分になってきたらしく、飲み終わりに近くなったころ、「どこかカラオケ出来るところはないかな」と澤田に尋ねた。

「そう来ると思って、探しておきましたよ」と澤田は準備万端といった感じだ。

「……で、何処ですか、何というお店ですか」

高倉はどんなところか期待した。

「あっ、大丈夫、大体場所は分かっているから、ママさんも知っているから、もちろん日本語が通じるよ」と澤田は自信ありげに言ったが、高倉は期待もしたが内心少し心配していた。

「じゃ、そろそろ行ってみますか」と安本は言うと、「勘定をお願いします」と女性店員に伝え席を立った。

料金を三人で割り勘にして払うと、三人は夜の街を歩き始めた。

澤田は何年か前に行ったことがあるらしく、率先して歩き出した。

「確かこっちだったな」と言いながら北の方を示しながら東の方に向かって行った。

北方向へ行く道が無かったから、まず東側から少し迂回するつもりだったらしい。

しばらく歩いたが、一向に澤田の記憶の道にたどり着かない。

「確かこの道で良かったはずだ」と言いながらしばらくあっちこっち歩いた末に、「おっそうそう、この道路だ、あ〜このあたりだよ」とやっと店の近くまで到達したが、お店の看板が見つからない。

しばらく、その周辺を捜したので、高倉はかなり疲れてきた。

〈初めから、タクシーで行けばよかったかな〉と思い始めていた。

「ママに電話してみるわ」と澤田は言ってケータイで電話をどこかに掛けている。そして、今自分のいる場所を説明していた。

「我々の場所を相手は分かったので、そのままそこで待っていてくれ、迎えに行くと言っているよ」と澤田は電話を切って安心した顔になった。
二、三分経ったころ、三人が立っているビルの横から一人の若い男が出てきた。
「あっ、来た来た」と言って澤田はその男に近づくと、直ぐに高倉、安本に手招きした。

「なーんだ、ここだったのか、目の前にいたんだ」と高倉はビルの横の通路を歩きながら言った。「オジサンの記憶もあまり当てにならないかな」と言い高倉は笑いながら澤田、安本の後に続いた。

そのビルの横奥にカラオケクラブの入り口はあった。キラキラ光って明るい広い階段を上がり二階に行って、ドアを開け中に入った。

「いらっしゃいませ」という声が響き渡った。

客は他に居たかどうかは、分からなかった。三人はきらびやかな適当な広さの部屋に通され、お酒の種類や料金、カラオケ代、サービス料などの説明が一応あった。

一応というのは、〈どうせ他に比べてそんなに安いわけない〉と半信半疑で思っていたからだった。

しかし女性の日本語での説明は多少安心出来た。

日照市で行くカラオケクラブとは違って日本語で話が出来るし高級感のあるところだ、〈やっぱり大都市青島《チンダオ》か〉と高倉は思った。

二時間余りを飲みながら、歌って騒いで楽しんだ後、三人は料金を払って店を出た。夜も大分遅くなっていたが、何とかタクシーを捕まえてホテルに戻った。

翌日、ホテルをチェックアウトして、タクシーで青島《チンダオ》ビール工場の見学に行き安本と澤田は試飲で喉を潤し、そしてまたタクシーでバスターミナルに行き、大型高速バスで日照市に戻った。

明日も休日だったが、三人はかなり疲れていたので、今日は寄り道をせずに帰ることにした。

高倉、安本は同じ方向のバス、澤田はホテル方向へのバスにそれぞれ乗った。

高倉は、夕飯を日本から持ち込んだインスタント食品ですませた。

〈日頃の仕事のもやもやを、しばし忘れることにより、次の仕事への活力が生まれるってこういうことだな〉高倉はカップラーメンを独りすすりながら、自己満足に浸っていた。

＊成果の兆候

農業車事業部（三輪トラック等の特殊運搬車両）で改善活動を実行し、農業装備事業部（稲刈り機等の特殊機械）や汽車事業部（四輪中型トラック）などの他事業部への六テーマ推進は順調とまではいかなかったが、何とか軌道に乗せることが出来つつあった。

当初は関心が無く、やる気も感じられなかった。しかし生産会議という公の場での提案そして高倉の仕事に対する生真面目さや、しつこさに中国人も初めは渋々といった感じだったが二、三カ月経ったら、何処に行っても素直に実行しようとする姿勢が見えてきた。

農業車事業部での九テーマ展開も中国人自ら進めるという気運が出てきていた。

農業車事業部は高倉の仕事に対して窓口を置いていた。テイだった。

テイは、高倉の行く現場には必ず同行していた。また、打ち合わせの場にも必ず同席していて、高倉の仕事をサポートしていた。

テイは農業車事業部内の九テーマ推進を積極的に進めていた。そして農業車事業部内に事業部品管課が設置されたのを機に、品管課長に昇進した。

高倉は以前、農業車事業部の張《チャン》総経理に言ったことがあった。

「テイさんは、品質管理の知識も十分あります。仕事に対する積極性もあって、私がいなくても充分改善業務は進められます」

「いや〜、そんなことは……」とテイは謙遜していた。

張《チャン》総経理は、「うん……」と、うなずいていた。高倉はテイの人柄も買っていた。

高倉の現場確認にいつも同行していたもう一人の男性がいた。農業車事業部内監督課の曾《ズン》だった。曾《ズン》は高倉と一緒に仕事をしてかなり成長したということで、サプライヤー品質課が本社品質管理部に新設されたのをきっかけにそれまでの監督課の金《ヂン》課長が転属し、その後任に曾《ズン》が監督課の課長に昇進した。

そして、九テーマ展開の推進を高倉に代わって自分の仕事として進めることを明言していた。

しかし一方、曾《ズン》は孫《ソン》品管部長の指示で高倉の農業車事業部での言動を逐一孫《ソン》品管部長に報告していたということに後で気が付いた。何とも中国らしいやり方と高倉は思った。

高倉は農業車事業部での自分の役割はほぼ終わり、中国人に移行すべき時期に来たと判断し張《チャン》総経理に申し出た。

「こんにちは、今日は、張《チャン》総経理にお話があります」と言って高倉は口を開いた。

「私はこの農業車事業部に昨年十一月に現場確認に来てから六十以上の問題点の指摘をしました。そのうち改善をする項目は殆ど完成しています。また品質問題の多いサプライヤーも少しずつですが改善、向上しています。
しかし、まだ引き続き推進しなければならない項目も残っていますが、ここにいるテイさんや曾《ズン》さんが引き続き推進していってくれます。従って私は今回で農業車事業部での仕事を終わりにしたいと思います」と高倉は説明した。出来ると思います。

「そうですか、ご苦労様でした。高倉さんには多くのことを学びました。まず仕事に対して真面目ということです。指摘項目は改善し、他の現場への展開もします。我々は組織も変え、品管課もでき品質に力を入れていきます」と張《チャン》総経理はお礼の言葉とこれからの意気込みを語った。

「そうですね、そのように受け止めていただくと私としても嬉しいですね」

「高倉さんは、品質に対する考え方や理念を教えてくれました」と高倉の評価を口にした。

「これからも、積極的に改善を推し進めます、改善は長期的な仕事です、テイも頑張ります」と、張《チャン》総経理はテイの顔を見て言った。

「はい、頑張っていきます」とテイは真剣な顔をして答えた。

「高倉さんには、感謝感謝です、今回で終わりということですが、また相談したいことがあったらお願いします」と張《チャン》総経理は感謝の弁を語った。

「そうですね、何かあったらいつでも声をかけて下さい」と言った高倉は嬉しかった。

「また、時間があったら、農業車事業部に来て下さい」と張《チャン》総経理は言いながら、右手を差し出した。

「はい、お世話になりました。また機会があったら来ますので、その時はよろしくお願いします」と高倉も右手を差し出し張《チャン》総経理と笑顔で握手した。

総経理室を出ると「またQCサークル活動で会いましょう」と高倉は言って、テイに挨拶をした。

「こちらこそよろしくお願いします」とテイは笑顔で丁寧に挨拶を返した。

高倉は帰りの車の中で一つ峠を越えた安堵感と、肩の荷が下りたような達成感を感じていた。以前、農用車事業部の改善状況を生産会議で報告した時、保身勢力や抵抗勢力が声を上げ、一時はどうなるか心配したが、今となって張《チャン》総経理から「感謝感謝」と言われるとは思いもよらなかった。

これぞ、高倉が目指した品質意識を重要視する仕事のやり方を認めたことであり、高倉自身の目標である満足感の達成だった。

次週になって、高倉は周《チョウ》女史と話し合いを持った。

報告資料をプロジェクターで示しながら農業車事業部での仕事の結果と継続項目や今後の展開などを説明した。

「昨年、周《チョウ》さんからの指示で農業車事業部へ行って改善などの仕事をやってきましたが、これが、今までやってきたことと、今後継続していく項目です」と高倉は少し細かく説明した。

「継続項目については、農業車事業部の中でテイさんを中心にして進めていくことになりました」と、項目とその進め方を話した。

ひと通り説明が終わると、周《チョウ》女史から意見が出された。

「いろいろやられてきて成果も出ているが、変化点管理はモデル職場だけでなく全職場に広げ、それを高倉さんがチェックしていってほしい。また設備検証も今日は提案だけなので、高倉さんが満足するまでやり切ってほしい。次の農業装備事業部は急がないので、引き続き農業車事業部で徹底してやってほしい」と周《チョウ》女史は高倉が農業車事業部から手を引くことを良しとしなかった。

高倉は、そう言われると断ることが出来なかった。

「分かりました、それなら再度農業車事業部の張《チャン》総経理と相談します」と高倉は言ったものの、終わりの挨拶もしてきてしまったし、今更従来通りというわけにもいかなかった。高倉は高倉なりのやり方、更には中国人への教育上の観点から、それなりの考え方も持っていた。

「最後は中国人の意識の変化、市場クレームの低減が最終目標です。その為のテーマ展開は重要です、だからこれをもっと深く、広く進めてほしいと思っています」と周《チョウ》女史は熱く語った。

「はい、今回の報告の中で継続すべきところ、そして他の部門に展開を広げる項目など、引き続き進めるように、張《チャン》総経理に話します」と高倉は言ったものの、内心〈困ったな〉と思っていた。

「よろしくお願いします」と周《チョウ》女史は言って席を立った。

周《チョウ》女史は少し微笑んだが相変わらずクールな感じがした。

高倉も同時に席を立って、「では、この辺で、また報告します」と言って二人揃って会議室を後にした。

通訳の謝《シェ》も二人の後から続いてゆっくりと会議室を出た。


その数日後、高倉は農業車事業部へ行って周《チョウ》女史からの依頼内容を説明したが、今後の進め方については、飽くまでも主体はテイや曾《ズン》を中心とした中国人メンバーとし、高倉は一、二週間に一回、農業車事業部へ行って進捗状況チェックと指導を行うということにした。

農業車事業部へ行きながらも他事業部いわゆる農業装備事業部や汽車事業部への六テーマ展開も計画通り推し進めていた。

三星集団内部の改善の推進をしながら、高倉の業務主体は、軌道に乗りつつあるサプライヤー（外注メーカー）品質改善活動へも力点を置いていた。

液圧分配器、タイヤ、ステレオラジオ、など六部品のサプライヤーを重点的に進めていた。

初めにそれぞれの担当者、ＳＱＥ（外注品質技術員）を集め高倉は指示した。

「不具合の解析に当たって、ＱＣ手法に則って進める事を基本とします」

「現状把握は出来るだけ多くのデータ、資料を取って下さい」

不具合解析の経験が乏しい彼らには、まず基本から始めることだった。

そして、その後、彼らは個別に相談に来るようになって、不具合対策もかなり進んだ。

書類だけでなく、現場で改善も見られるようになってきた。

そして、第二ステップ十七部品のサプライヤーに活動が広がった。

ＳＱＥ達は、連日高倉のもとに相談に来た。高倉はサプライヤーとの会議や現場検証にも積極的に行って、改善指導を行った。

その結果サプライヤーの現場管理レベルや品質はわずかながらではあるが着実に良くなっていくのが感じられた。

市場クレーム発生率はまだ半年から一年経たないと成果は表れないが、傷、汚れ、変形、錆などの外観検査を主体とした納入品質の合格率が三〇％以上も向上した部品も出てきた。

これは、三星集団にとってかつてない現象だった。

＊陰謀？（謎の女）

そんなある日のことだった。

高倉がサプライヤー品質課の部屋から出ると、廊下に居た通訳の謝《シェ》と顔が合った。

「高倉さん、孫《ソン》品管部長の所に、日本語が話せる女の子が来ていますよ」と謝《シェ》が立ち止まって言った。

「えっ、あっそう。何しに来たの？」と高倉は謝《シェ》に聞いた。

「何しに来たか、よく分かりません」と謝《シェ》は言いながら部長室にいる女子を見た。

「へぇ、なんだろうね」と不思議そうに高倉が言うと、謝《シェ》は「高倉さん、あの子と話をしますか」と高倉に聞いた。

「別に話すことはないけど、孫《ソン》部長は何を考えて、連れてきたのかなぁ～」高倉は不思議に感じていた。

高倉の部屋と孫《ソン》部長の部屋は隣同士だから、部屋の外に立てばその女性はよく見えた。

比較的体格は良い感じで、少し太めで背丈も平均より少し高めに見えた。丸顔で黒い髪を肩まで垂らしていた。顔に化粧っ気は無くいわゆる黄色系だ。着ているものも地味な普段着という感じで素朴な印象を受けた。

彼女を見て高倉は、二月以来いつ日照市に戻ってくるか分からないハウスキーパーのシャオジャ（羅《ロォ》佳平《ジャピン》）を思い出していた。

この間、二、三回電話で話したが、シャオジャや父親の状況が変わったということは無かった。

〈シャオジャどうしているかな？　お父さんはどんな状態かな？　また電話でもしてみようかな〉そう思いながらも高倉は、シャオジャが日照市に戻ってくることについて半ば諦めていた。

「孫《ソン》部長が連れてきたということは、どこかの大学の学生かな」と高倉は聞いたが、謝《シェ》は「分かりません」と言うだけだった。

そんな会話をしながら高倉と謝《シェ》は自分達の部屋に戻った。そして高倉は机に向かって近々あるという、周《チョウ》女史への日本人報告会の資料をどのように作るか考えていた。

一時間ぐらい経ったころ、急に謝《シェ》が席を立った。すると、先ほど話していた学生らしき女子が部屋に入って来た。そして、謝《シェ》と何やら話した後で、「高倉さん、この女の子が話をしたいそうです」と言って高倉に紹介した。

「そうですか、いいですよ。なんかよく分かりませんが、日本語の勉強でもしたいのかな」と高倉は言いながら、自己紹介した。

「高倉です、日本から来て、今この三星集団で仕事をしています、よろしくね」

高倉は日本語が話せる人と会話する時はいつも、丁寧にゆっくりと正確に話すように心掛けていた。

「馬天驕《マーティエンジャオ》です」と彼女は名前だけを言った。

「じゃあ、天天《テンテン》で良いかな」

「はい、天天《テンテン》で良いです、友達もそう呼んでいます」天天《テンテン》は一瞬笑顔になった。

「今日は、何しにここへ来ましたか」

「孫《ソン》部長が会社を見せてくれるということだったので来ました」

「あっそう」と高倉は言いながらも、疑問を持っていたが、〈もしかしたら……〉という卑しい期待は湧いてこなかった。

「貴方のお父さん、お母さんは元気ですか、何処に住んでいますか」と高倉は聞いた。

「濰坊《ウェイファン》に居ます。二人とも元気です」と彼女は控えめに小さな声で言った。

濰坊《ウェイファン》は日照市から北方向に直線距離で約百五十キロメートル離れている都市で高倉も一度行ったことがある、日照市より少し大きな町という印象を持っていた。

「日本には行ったことがありますか」と高倉は質問した。高倉は〈こちらから質問して話すことを引き出してあげた方が良いかな〉と思っていた。

「日本には行ったことはないです。行きたいとは思っています」

「なぜ、日本語を勉強していますか」

「漫画やアニメが好きで、それで日本語を勉強しようと思いました」

「そうですか、日本は好きですか」と高倉は聞いた。

「高倉さん、早いです、もう少しゆっくり話さないと彼女は聞き取れないです」とそれまで黙ってパソコンに向かっていた謝《シェ》が急に顔を上げ振り返って言った。

「あっそう、分かった」と言ったものの、高倉自身が少し緊張していたかもしれなかった。

「私は、日本の織田信長が好きです」と彼女は高倉の質問の意味を勘違いしたらしく、戦国武将の好きな人物を答えた。

「おう、織田信長ね、よく知っているね、勉強しているね」と感心しながら高倉が言うと、彼女はすこし照れながら織田信長の好きなところを話し始めた。

彼女達は日本語の勉強の過程で、日本の戦国時代の織田信長、豊臣秀吉、徳川家康を比較対象として勉強するらしい。

「若いうちは、織田信長のように物凄い活力で現状打破し大きな目標に向かって突き進む、といったところに魅力を感じ、歳をとってくると、徳川家康のようにじっくりとまわりの状況を見定めて機会を待つ、といったやり方に賛同し、サラリーマンとして上手くやっていくには豊臣秀吉が良い、と考える人が多いと思いますよ」と高倉は自分の思っていることを話した。

そんな戦国談義を三十分から一時間もしていると、彼女は、「あのう、そろそろ戻ります」と言って傍に座って仕事をしている謝《シェ》をちらっと見た。

「そう、帰りはどうやって帰りますか、車かバスか……」と高倉がうつむき加減の彼女（天天《テンテン》）の顔を覗いた。

彼女は一瞬戸惑ったふうだった。

「依霖《イーリン》、彼女の帰りの車は大丈夫かな」と高倉は背を向けて座っている謝《シェ》に問いかけた。

「たぶん孫《ソン》部長が乗せていってくれると思います」と謝《シェ》は初めから分かっているかのように答えた。

「ええ、そう思います」と彼女（天天《テンテン》）も言ってゆっくりと席を立った。

「じゃ、気を付けて、また来て下さいね」と高倉も言いながら席を立ち彼女を見送った。

「はい、有難うございます」と彼女は言葉少なく返事をして、部屋を出て行った。

〈なんとなく心に影を持った女の子だな〉

高倉は彼女との話の中で、彼女の住所や連絡先などは聞こうとしなかった。この後食事に誘うとか、何らかの付き合いをしようとは微塵も考えなかった。

また、部長の知り合いだから変なこともできない、とも思っていた。

「結局何だったのかな？　よく分からないね、狐につままれたようだよ」と高倉は謝《シェ》に言った。しかし謝《シェ》もいつもの通り言葉少なく「分かりません」と答え右手を髪にやり、髪を梳く仕草をし、顔はクールだ。

孫《ソン》部長が連れてきて、高倉と対面させ話をさせる、孫《ソン》部長からはそのことについて何の紹介も説明もない。通訳の謝《シェ》に対しても彼女がなぜ今日ここへ来たのかの説明をしていないらしい。高倉は単に彼女の日本語教育の為とは思えなかった。

因みに、孫《ソン》部長はアメリカに妻子を残して中国で仕事をしているが、購買部の三十歳ぐらいの女性と結婚していた。むろんその前にアメリカに居る妻とは離婚したということだった。

健康な大人の男が長い間単身ということはときとして性的欲求が強くなるものだった。

また、一旦家庭を持った男にとって、一人暮らしは寂しくなるものだった。孫《ソン》品管部長の場合も大半の例にもれず、若い女性との付き合いによってその寂しさを紛らわしたのだろうと推測した。

また、こんな話もある。

中国では、お金持ちになると愛人を持つということが変な意味でのステイタスシンボルになっている。そして、愛人側もお金が充分満たされるということであまり罪悪感はないようだ。そのようなことを知った別の女性も「そのような女性は生活も困っているし、助かっているからしょうがないですね」というふうにむしろ愛人に対しては同情的だった。

このような中国社会で単身赴任している高倉に対し、悪くとればスキャンダルを起こさせ高倉の立場を悪くさせる、あるいは、失脚に追い込む、また一方よく考えれば日本語の出来る女性と親しくさせ中国生活を楽しくさせる。どちらにとっても高倉にとっては〝小さなお節介大きなお世話〟といったところだった。〝小さな親切大きなお世話〟という言葉があるがこの場合〝親切〟というより高倉にとっては〝お節介〟としか思えなかった。

〝高倉の言動は探るが、情報は出さない〟ということが想像されたが、高倉は孫《ソン》部長の意図を図りかねていた、というより何か陰謀すら感じさせた。

その晩、天天《テンテン》から不意に電話が来た。昼間話をした時に高倉は相手の電話番号も聞かなかったけど、自分のも教えてないはずだった。

「もしもし、天天《テンテン》です、突然すみません」

「あぁ、高倉です、天天《テンテン》ですか、何か用事ですか」

「はい、今日は時間をつくっていただき有難うございました。お礼の電話です」

「お礼なんか要りませんよ、私も楽しかったですよ。ところで、私の電話番号、どうして知りましたか？」

「あぁはい、通訳の謝《シェ》さんに聞きました、悪かったかしら」

「いや、そんなことは無いですが、そうですか、今、貴方のアパートですか」

「はい、友達と一緒です」

「そうですか、また時間があったらお話ししましょう。そうそう日本語の勉強を、ですよね」

高倉は冗談半分で笑って言った。

「はい、良いですよ、私何時でもいいですからお願いします、私も楽しいです」

天天《テンテン》は昼間の感じよりはずっと明るく感じ声も弾んでいた。

〈やはり昼間は初対面ということと、近くに謝《シェ》やサポートメンバーの黄《ファン》がいて話が聞こえるので遠慮していたのかも……〉

そして間もなく電話を切ったが、高倉は、彼女の昼間のイメージ、そして彼女に対する関心のない気持ちに変化が出てきているのを、自身で感じ取っていた。

＊予期せぬ退職

七月に入って、高倉は各事業所の改善活動、すなわちテーマ展開の推進及びサプライヤー品質向上、ＱＣサークル活動への取り組みなどかなり充実した日々を送っていた。

七月の第一週が過ぎたころ、その日はいつもの通り昼食を、安本、澤田、高倉の三人で食べていた。

何となくいつものような陽気な感じが見られなかった澤田は周りを気にしながら低い声で、高倉と安本に言った。

「今日、研究院の総経理と部長から言われちゃったよ、今回契約更新しないということを」

「えっーなにっ！　本当！」

「えっ、なんだって！……」高倉と安本は殆ど同時に声を上げ澤田の顔を見た。

「七月末で終了だけど明日からもう出社しなくていいと言われたよ」と言った澤田は寂しそうな顔をしていた。

「そうなんだ」と言ったきり、高倉も安本もそれ以上声が出せなかった。

「俺は、契約継続の自信はあったんだけどな」と澤田はうつむいて絞り出すような声で言った。

「何が駄目なのか分からないよ」

高倉は、それを聞いてすごく寂しく感じた、と同時に中国企業の義理も人情もないやり方に憤りを覚えた。

「じゃ、月末まではアパートに居られるんだね」と高倉が聞いた。

澤田は当初ホテルにいたが、少しでも出費を節約しようとして高倉たちのアパート（社宅）に二カ月前に引っ越したばかりだった。

「そうらしいよ、その間に次に行くところを探すとしますよ」と澤田は既に次に行くところを探す意思を持っていた。

澤田の両親は二人とも現在介護施設に入っていて、しかも二人の娘の結婚も控えていて、一番お金のかかる状況にあった。

だから、ここ三星集団でも自分を殺し、とにかく長く勤められるように努力してきた、その結果が一方的な解雇通告だ。所謂クビだ。高倉は哀れでもあり悲しくもあった。

「まぁ他人事ではないですね、明日は自分かもしれないし」と高倉は同情心をもって控えめに言った。

「やっぱり、自分のやってきたことと、相手が求めるものと合致しなかったんだね、自分は良いと思ったんだけどね」と言いながら澤田は悔しさを顔に滲ませていた。

あれほど会社や上司に対して一言の不満や意見も言わず、ただただ摩擦を避け皆と仲良くやってきた澤田が、全く予期もしない事態になってしまったのだった。

その日の夕食もいつものトランスミッション工場の食堂で日本人五人が一緒に食べたが、澤田の件は誰も口に出さなかった。

高倉や安本は澤田の心情が痛いほどよく理解できた。

翌日も澤田は後片付けがあるからと言って傷心の内にも出社した。

朝の通勤車両の中で、澤田の件は会話に出なかった。従って大隅はまだこの澤田の件を知らずにいる。運転手を入れて男五人の口数の少ない静かな雰囲気の車内だ。

昼食は、いつも通り高倉、安本、澤田の三人が一緒だった。

「澤田さん、日本人で送別会でもやりましょうか」と安本が澤田に聞いた。

「それはいいよ、この三人だけで食事でもしましょう」と澤田は言い、とても送別会といった雰囲気にない様相だった。

あまり親しくしてこなかった後の二人とは最後を共にしたくないという気持ちや、会社から解雇を告げられたという羞恥心を持っていることを高倉は理解した。

「じゃ、今週末、例によって日本食レストランの錦華へ行きましょう」と高倉は言ったがいつもの笑顔は無かった。

「そうだね、最後楽しくやりましょう」と安本が澤田を慰めるように言った。

「当日の車の手配とか、会社での夕食の断りは私の方でやりますから、いいですね」と安本が言うと、

「うん、良いですよ」と澤田はもう全てを任せるといった顔だった。

高倉も「いいよ」と同意した。

「今週土曜日はもう会社には出ないので、二人が帰ってくるのをアパートで待っています」

と澤田は爪楊枝を口にくわえ言った。

「そうですか、じゃアパートで澤田さんを拾ってそのまま車で錦華まで行きましょう」と言い高倉は食事をしながら安本の顔を見た。

「そうだね、運転手には私から言っておきますよ」と安本はいつも通り自分の役割と思わせぶりに話した。


昼食を終えると三人はそれぞれ職場に戻った。

翌日も澤田はいつも通りに出社した。

しかし、三日目になって澤田は朝の通勤車には乗ってこなかった。

「あれ、澤田さんは？」と大隅は車が動き出して慌てて安本に聞いた。

「澤田さんは、今月いっぱいで終わりだそうだ」と安本が低い声で答えると、「あっそうなんだ」と大隅は少し驚いた様子で言った。

「澤田さん、残念だろうね」と高倉は呟いた。

「すると、今月末までは、アパートには居るんですね」と大隅が念を押すように言うと、「そうなんだ、次を探したり、帰る準備をしたりするらしいよ」と高倉は言い寂しそうに車の外を眺めていた。

「残念だけど、しょうがないね」と安本は前を見たままあきらめ顔で言った。

その後は、誰も澤田の話はしなかった。

土曜日、高倉、安本、澤田の三人は予定通り日本食レストラン錦華へ行った。

そして、お腹が膨れ、酔いが回ったところでいつものカラオケに行った。

三人三様の楽しみ方で二時間を過ごした。

しかし、いつもとは様子が違った。高倉は心から楽しめないし、澤田とも最後だと思うと、何とも言いようのない寂しさが湧いてきた。

数日後、澤田は大連《ダイレン》に旅行した。昔の友人を訪ね就職相談をした。しかし、良い情報は得られなかった。更に上海の人材紹介会社の中国人の知人に連絡を取って、会いに行った。

そんな、就職活動が功を奏して、面接をしてもいいという会社が現れた。場所は重慶《チョンチン》だった。内陸部で沿岸部からはかなり遠い距離にある。

「高倉さん、やっと決まったよ。重慶《チョンチン》で遠いところだけど、会社も宿舎のアパートも、街もまずまずだから、決めたよ」と澤田は高倉に電話した。

「そう、良かったね」と高倉は一緒に喜んだ。「じゃ、日本に帰らないで、そのままこの日照市から直行するの？」と高倉は尋ねた。

「そうなんだよ、一旦日本に戻ると荷物の運送など何かと大変だから、ぎりぎりの日程だったけど良かったよ」と言いながら澤田は以前の寂しさ、悔しさを少し忘れかけていた。

澤田がアパートを出る前日の夜、安本の部屋に高倉、澤田が集まった。そして、酒を飲んだ。むろん高倉は最初の乾杯だけだったが、二時間余りいろいろな話に花が咲いた。

会社や仕事のこと、人間関係のこと、青島《チンダオ》に遊びに行った時のこと、カラオケに変な女がいたことなど真面目な話で意見を交換したり、ふざけた話で笑ったりして楽しく過ごした。

そして、澤田は去っていった。

高倉は、今回の澤田の件は他人事ながら残念で寂しく胸が痛んだ。そして同じ釜の飯を食った友人との別れに悲しさがこみ上げてきて、なんともやるせない気持ちになった。

＊シャオジャとの再会そして……

澤田がアパートを出て日照市を去る頃、すなわち七月の後半になってハウスキーパーの通称シャオジャ（羅佳平《ロオジャピン》）から電話が入った。今年二月に実家に帰ってから一度も日照市及び高倉のもとにも戻っていなかった。この間、電話では何回か話をしているが、特段変わったことは無かったが……。

「もしもし、高倉さん、お元気ですか」

「あぁ元気だよ、シャオジャは？　お父さんは？」

「実は、お父さん、先月の末、亡くなりました、やはりダメでした」

シャオジャの声は沈んで気落ちしていた。

「えっ、そうだったの、ずーっと気にはしていたんだけど、それは残念だね、まだ若いのに、確か五十歳ぐらいでしょ、辛いですね」

「そうです、五十一歳でした、悲しいです、まだ気持ちの整理がついていませんが……まだ……やっと……」

シャオジャは、言葉に詰まっていた。

「シャオジャ、元気出して……シャオジャが病気になったら、お父さんも悲しむよ、だから今は辛くても頑張らないと……気持ちが落ち着いたらまた日照市に来て……待っているよ」

「実はお母さんも体が弱いので、私が近くに居ないと困るんです。だからもう日照市で働くことが出来ないの、日照は遠いので。しかし、日照で勤めていたホテルでの退社手続きやアパートの荷物を取りに行かないと、だから一度日照市に行かなければならないの……」

「そうだったの……で、いつ来るの？」

「来週あたり、行こうと思っているの」

「あっそう、じゃぁ、その時電話して……」

「はい、電話します」

「その時、高倉さんのアパートに泊めてもらっていいですか」

「あぁ俺はいいけど……他に泊まるところが無ければ……」


シャオジャは次週の土曜日の夕方六時ごろ大きな旅行バッグのような荷物を持って、高倉のアパートへやって来た。

高倉はこの日、仕事を終えて夕食を取らず急いでアパートに戻っていた。

シャオジャは半年前より少し大人になった感じがした。相変わらず化粧っ気は無いが、眉は綺麗に剃って口紅は薄く塗っている。顔艶もいい。胸も腰回りもワンサイズアップしているのが感じられた。

薄い半そでのTシャツは、若い女の体の線を悩ましく映し出し肌が何となく透けて見えている。

「シャオジャ、少し太った？」

「はい、お父さんの事で一時痩せたんだけどまたここ一カ月ぐらいで、太ったみたい。実家に居ると、やはり食べすぎですね」

シャオジャは照れ笑いして、お腹のあたりを触った。

久しぶりの再会に二人は感激し、喜んだ。そして、夕飯を食べに日本食の錦華レストランへ二人は出かけた。二人で行くのは半年ぶりだったが、すごく懐かしく感じた。

二人は今までの積もり積もっていた話を間断なく話し続け時間が過ぎた。

「ところで今日のシャオジャの泊まりだけど、アパートの近くにホテルがあるから、シャオジャはそこにしよう」

「えっ、私高倉さんのアパートに泊まるつもりですが……」

「うん、そう思ったんだけど、やっぱり別の方が良いと思って、お金は俺が払うから」

「でも……それにお金まで払ってもらったら悪いですから……」

「いいんだよ、そうしよう」

高倉は、シャオジャの気持ちを充分理解出来ていたが、今回で別れることを思うと、どうしても一緒に寝る気にはならなかった。

〈これからも友達でいるには、またお父さんの代わりでいるには、これでいいんだ〉と頑固なまでに自分に言い聞かせていた。

翌日は日曜日、二人は、一日中日照市周辺を観光したり、デパートへ行ったりして過ごした。

いつもTシャツとGパンのシャオジャなので、ブラウスと少し高価なスラックスをお土産に買ってあげた。高倉からの心よりのプレゼントだ。

夕食後、二人はホテルに戻った。

「今日は、歩き疲れたよ」

高倉はお茶を飲みながらくつろいでいた。

「これホテル代、ここに置きます」

「高倉さん、有難う……」

シャオジャは満面の笑みを浮かべていたが、一瞬下を向いて呟いた。

「こんなにして頂いて……私も……何か……どうしたら……」

シャオジャは言いにくいことを、押し殺した小さな声を絞り出して言った。

「いいんだよ、また機会があったら、会いたいから、その時はよろしくね」

高倉はシャオジャの言葉を明るく遮った。

「でも……、それでは私の気持ちが……」

「じゃあ、そろそろ俺はアパートに戻るから」

「あっ待って、私一緒に……つもりだったのに……」聞き取れないくらい小さな声だ。

シャオジャは下向き加減で長い髪が顔を隠した。

「明日実家に帰るんだよね、気を付けて帰って下さい。ではまたいつか会いましょう」

なおも高倉は努めて明るく笑顔で言った。

「あっ……いえっ……高倉さん……もう少し一緒に……」

「うん、でも、もう夜遅いから、帰ります。バイバイ」

「私……高倉さん、本当に有難うございました、高倉さんもお元気で……」

シャオジャの目には涙が溢れ、顔を伝ったひとしずくを手で拭った。

その日も、シャオジャはホテルに泊まり、次の日、月曜日の朝、済南《ジーナン》市近郊の実家に帰っていった。

〈あぁー、喜ばれて良かった、シャオジャも元気を取り戻してくれたみたいで……、中国の女性は気が強くてきついと思っていたがシャオジャのように心優しい女性も居るんだ、でも少し惜しかったかな……なんて下品な想像は良くないいね〉

冗談交じりに呟き夜空を見上げたその目にはうっすらと星がいくつか滲んで映っていた。

高倉は、シャオジャとの別れが、急に寂しくなった。

「ウォー!」星に叫んだその声は悲しさが合成され、夜空に冷たく響いた。

歳をとっていても、若くても感じる情は同じだと思っていた。

そしてアパートに戻るころには、寂しいやら、残念やら、そして良い事をした後の爽快感など、複雑な心境になっていた。

＊契約更新の行方

七月の後半になって、高倉も契約継続可否判断の時期に来ていた。一カ月前に更新可否を相手に告げるという契約内容になっているためだ。

高倉は昨年九月二日初出社で契約もこの日からスタートしている為、八月初めには契約更新可否を決断しなければならなかった。しかし中国の会社はこの契約内容にかかわらず期限を過ぎても実行に移すため、急な話が多いのだ。しかも契約書は三年契約のはずだ、にもかかわらず一年が過ぎるといつでも契約終了（解雇）を言ってくるのだった。このようなところは日本の会社と異なるところで、要注意事項だった。

高倉がサプライヤー品質課の金《ヂン》課長に当面の高倉の業務について説明した折に契約更新の話を少し出した。すると金《ヂン》課長から思いがけない話が飛び出てきた。

「高倉さん、実は先日人事部長が私の所に来て、いろいろ話を聞いていきました」と金《ヂン》課長が話し始めた。

「あっそう、……で、なんのことだろうね」と高倉は半分とぼけて聞いた。

このころ、高倉はサプライヤー品質課のＳＱＥと一緒にサプライヤーの現場検証に行ったり、サプライヤーとの会議へ出て指導したり、また問題対策の進め方を指導したりしていた。もちろん、それだけではなくＱＣサークル活動の指導、各事業所のテーマ展開の推進など結構充実した日を送っていた。

人事部長がなぜ金《ギン》課長の所に来たかは、言わずと知れた、高倉の仕事ぶり、評価を聞きに来たのだった。そんなことは高倉には分かっていた。

そして、契約継続可否について、「私は、人事部長に契約継続は可と答えました」と金《ギン》課長は言った。

金《ギン》課長は相変わらず淡々とした物言いで落ち着いていた。

「そうですか」と高倉は言っただけで、他には何も言わなかった。

「もし、高倉さんが契約を続けるなら私から幾つか要望があります」と言って金《ギン》課長は幾つかの要望項目を語った。

「今、いろいろやっていますが、高倉さんの更に高い評価に結び付けられるようなやり方が必要だと思います。その為には、例えばサプライヤーに行って何を指導したか、何を言ったかなどを具体的に記録に残したらどうでしょうか」

〈何言ってるの俺はちゃんとメモで残しているよ〉高倉は心の中で反論した。

「そして、ＳＱＥの育成、サプライヤー品質改善へもっと時間的割合を増やしてほしい。仕事のスピードアップ、問題が出たときの処理の仕方、サプライヤーとの会議手法などもっともっと高倉さんに取り組んでもらいたいです」と金《ギン》課長は少し遠慮しながらも多くの要望項目を話した。

「わかりました、もし契約を続けることになれば、課長の意見として参考にします」と高倉はメモを取りながら答えた。

「私の知っている情報からすると、会社が契約を継続する可能性は九〇パーセントあります」と金《ヂン》課長は自信ありげに話した。

「そうですか、でも私自身もまだはっきり分かりませんね」と高倉は自分も考え中であることを伝えた。

そんな会話があったが、以降人事部長や孫《ソン》品管部長からは契約の件については一切話が無かった。

高倉は契約を更新するかしないかは別にして居留許可延長申請だけは高倉個人に降りかかってくる問題だから早めに申請しておいた方が良いと思っていた。仮に手続き費用四百元が無駄となったとしても、安心を得たかった。

しかし人事部日本人担当者の石《シィー》と居留許可延長申請の件で何回か話したが、なかなか許可延長申請を進めようとしなかった。

「大丈夫です、八月二十日過ぎでも間に合います」と石《シィー》は言うだけだった。

「申請の窓口で何を言われるか分からないし万が一ということもあるから、早めにやって下さい」と高倉は何回か伝えたが、石《シィー》は「大丈夫です」と言うだけだった。

勿論通訳の謝《シェ》は言うべき言葉はない。

高倉は石《シィー》の仕事ぶりの悪さは知っていたがあまりにものらりくらりの為、腹立たしく思っていた。

結局八月に入っても、孫《ソン》品管部長からも人事部長からも、更に石《シィー》の居留許可延長申請の話も何もなく、日にちだけが過ぎていった。

〈中国らしいな、坂井さんや澤田さんのような例もあるし、いつ何を言ってくるか分からないな〉と高倉は思い半ば諦めながら仕事を続けた。

＊通訳との衝突

八月は、日本人専門家の報告会があった。何カ月も前からやるやると言ってきて、なかなか実施されなかったので、「またオオカミ少年だ」と日本人の中では囁かれていたが、ようやく実施された。

人事部の石《シィー》からは「報告は中国人のパートナーがやること、それも一人が代表すること、時間は二十分」と通達されていた。

高倉は、中国人と一緒にやっている仕事はそれぞれ別々だから一人が代表することは出来ないと考え、それぞれ三人の中国人に報告させることとした。そして三人に報告資料を作ることを個別に指導し整えさせた。

「高倉さん、報告は一人に絞れということですが大丈夫ですか、前回も報告時に佐竹さんの所で通訳がやろうとしたら、パートナーにしなさいと、その場で注意を受けたことがあったから心配ですね」と謝《シェ》は高倉に言った。

「石《シィー》が言っても、報告の仕方は私が決める、何故なら報告は大事だし、しっかり相手に伝わるようにしなければならないから、大丈夫だよ」と高倉は謝《シェ》の心配を払しょくした。

「農業車事業部のテイに報告資料作成と報告をやるということを連絡して下さい。それから、先日も言いましたが、私とずっと一緒にやってきた、丁《ティン》と黄《ファン》にも資料の進捗状況を確認しておいて下さい」と高倉は謝《シェ》に依頼した。

「農業車事業部のテイさんが報告して大丈夫ですか、連絡していいですか」と謝《シェ》はまだ心配が残っているらしく、聞いてきた。

「大丈夫だよ、高倉からの依頼だと言って下さい」

「はい」と謝《シェ》は少し不満そうに小さい声で言った。

人事部の石《シィー》について元々高倉は全然信用していなかった。仕事もいい加減で、礼儀は知らないし、調整能力は全くなし、人の質的にも中学生よりも劣っていた。ただ、日本語が出来るということで元々は通訳として三星集団に雇われていた。

高倉はそんな石《シィー》の言うことには、聞く耳を持っていなかった。

「報告の前に、なぜ三人で行うのか私が説明してから始めるから、私の責任で行うということをはっきり言うから、それに制限時間内で終わらせることも言うから心配しないでいいよ」

と高倉は謝《シェ》を諭した。

中国企業では上位者の指示は絶対的で意見など言うことはよほどのことでない限り言えない。だから、石《シィー》は多分周《チョウ》女史の意向を皆に連絡しているだけだった。謝《シェ》や黄《ファン》なども石《シィー》の指示は人事部の指示と捉えているのだった。

そのことは高倉も察知していた。しかし、報告を一人でやることは出来ないということも分かっていた。だからこそ三人に報告させることにし、その前段で三人にした理由を高倉自身が説明しようとしたのだった。

翌日、アシスタントの黄《ファン》に対して、資料の進捗を確認し、報告の仕方も細かく指示した。

しばらくすると黄《ファン》が謝《シェ》に何か低い声で話を始めた。

するとその後で謝《シェ》が高倉の方を振り向いた。

「黄《ファン》も心配していますが、報告は一人でなくて大丈夫ですか」と謝《シェ》がまたまた聞いてきた。

気の短い高倉はとうとう切れた。

「まだ、そんなこと言っているのか、石《シィー》が何と言おうが関係ないよ、俺の方法でやるんだよ」と大声で言ってのけ机を手で叩いた。

一瞬の静寂が走った。するとその後で、

「私も石に従う必要はないと思っているけど、そんな大きな声で言わなくてもいいじゃないの」と謝《シェ》も大きな声で言い返し両腕と顔を机に伏せた。

少しびっくりした高倉は、その後何も言わずに外を茫然と眺めていた。大声で怒鳴ってしまった自分を少し反省していたが、上位者に対し言い返してきた謝《シェ》に対しては驚きと嫌悪感を抱いた。

そして気の短い自分と気の強い謝《シェ》では、今後も上手くやっていけないと感じた瞬間だった。

三星集団に着任した初日に、ＳＱＥの楊《ヤン》が、謝《シェ》のことを「我がままだから……」と言ったことを高倉は思い出していた。

通訳については当初ＳＱＥの楊《ヤン》を含め二人いたので、謝《シェ》に偏らなくても良いかと思っていたが、楊《ヤン》が半年くらいで退職してしまったため通訳できるのは謝《シェ》の一人になってしまった。

高倉が昨年三星集団に着任した時から現在までの約一年間、謝《シェ》についてはいたるところで気に障ることが多かった。

例えば、仲間内との会食や出張時の食事、特定の人達との食事会などの外食時に、高倉と一緒に出席しても必ずと言っていいほど高倉の横に座ることをためらっていた。

それは、高倉の専属通訳としての役割を避けているというふうにも見えた。

このような場は、高倉にとっては場合によっては苦痛になってくる。それは周りが全員中国人で、中国語で会話するわけだから日本人である高倉にとっては、何も話が出来ず彼らの会話もただの雑音になってしまうからだ。

だから、このような会食会であっても通訳をしてくれないと困るということは過去再三に渡り話し理解を求めてきた。しかし謝《シェ》は一向にそのような傾向は改めず、ただただ課長や部長の意向だけを気にしていた。

従ってこのような会食会などでは、いつも渋々高倉の横に居たということだった。

要は、謝《シェ》の軸足は組織の長にあって、高倉の側には無かったということだ。

あるいは、こんな例もあった。

車で出張や外出した時も、謝《シェ》は前の席に座り運転手とずーっと話しづめで、全く高倉を無視した状態が続いた。又は、高倉に遠慮も無く、同乗していた別の課員と声高に話をしていて、うるさくて高倉は注意したことがあった。

このように、謝《シェ》は高倉の専属通訳ということを忘れ、高倉への心遣いは殆どなく今まで何回となく嫌な気分にさせられていた。

その他日常の場においても数多くの不愉快な出来事があり高倉にとって看過できない状況だった。

しかし高倉はその都度声には出さず我慢してきた。そして、もし二年目もここで仕事を続けるなら、通訳を変えようと考えていた。その矢先の出来事だった。

通訳の謝《シェ》の人的資質や考え方は前回の湖南省長沙市の太陽集団に居た頃の通訳とは雲泥の差があった。


翌日、日本人報告会は実施された。

高倉は自分達の報告内容に満足していた。

報告会の最後に周《チョウ》女史や陳《チエン》役員がコメントを話したが、周《チョウ》女史の高倉に対する評価は良かった。高倉がやってきたことを例に出して話していたが、それは他の日本人や中国人に対する指導でもあった。

〈やはり、仕事もその報告も自分のやり方で良かった。周《チョウ》女史は理解してくれた〉

高倉は満足していた、そして誇りにも感じた。

この三星集団に来て、約一年経つが予期しないいろいろな波風に当たって高倉は一年前の自分より人間的な幅が広がり、また一回り大きくなったような気がしていた。

居留許可延長申請の件については、結局八月末、高倉の一時帰国後の対応となり期限ギリギリで居留許可の延長が承認された。

高倉は後で気が付いた。居留許可延長申請を行うということは、取りも直さず会社として契約更新するという意思決定の表現だったのではないだろうか。

一方、高倉は夏の一時帰国で日本に戻って、年老いた母や一人寂しい妻和恵のことなどを家族とも相談し状況も確認し、更に高倉のやりたい仕事もまだ残っていた為、もう一年続けることを決めて中国に戻ってきていた。

＊佐竹の退職と怪情報

いつもの夕食も、高倉、安本、大隅、佐竹の四人になっていた。食事の内容も当初人数から二人減っている為、出てくる品数も一品減っていた。

「なんか、最近出てくる皿が少ないね」

高倉が回転テーブルの食べ物の皿を見て疑問を呈した。

「会社もチャッカリしているね、人数が減ったら食事の品数も減らしているよ」

安本は食事を口にし、回転テーブルに手をかけた。

「ますます食べるものが無くなるよ」と高倉は言ったが、大隅、佐竹は黙ってうなずいていた。

高倉は先日の居留許可延長申請の件に話を変えた。

「こちらの心配もどこ吹く風で、もっと早く決めろよと言いたいよ」と高倉は他の人に訴えるように呟いた。

「そうだね、何をやるにも〝急〟が多いね」と安本は口を動かしながら悟っているがごとく言った。

「どうしようもないよ」と大隅はただ一言言っただけで、箸でご飯をつまんで口に入れた。

佐竹は黙って苦笑いしながら食事に手を出していたが、箸の先でおかずの野菜をほんの少しつまむだけだった。

佐竹が何を考えているのか周りには分からなかった。

九月中旬に差し掛かったころ、突然ニュースが飛び込んできた。

「えっ、佐竹さん辞めるの？」と高倉は驚いて言った。

「そうらしいよ、なんか、人事部の石《シィー》のやり方が気に入らなくて、自ら退職することを言ったらしいよ」と安本は平然としていた。

「昨日、佐竹さんからメールが来て辞めることを知ったんだ」と安本は続けた。

そして安本は電話で佐竹から事情を聴いた。

「よく分からないのだけど、居留許可延長申請について、四百元必要と言われて先払いしたのに、中請に対しなんだかんだと言っていて、申請作業を進めなかったらしい。それに腹を立て、それなら辞めるということになったようだ」と安本は佐竹の言動に少し不満げに話した。

人事部の石《シィー》については高倉も大いに不満があった。それは単に居留許可の件だけでなくすべてに関して彼の仕事ぶりや人柄は不足、不満でいっぱいだった。

高倉は一度、石《シィー》の上司の日本語が分かる許《シュイ》部長に訴えたことがあった。

しかしその時既に、許《シュイ》は研究院に転属になっていたので、石《シィー》に対する指導は出来なかった。

だから、高倉は佐竹の言い分にも理解できるところはあったが、佐竹は他のところでも問題が感じられた。

例えば、国際電話料金を桁違いに使っていたり、研究院での仕事は車の外装部品に偏っていたりして中国人からの評価もよくなかった。また、日本人同士での付き合いもよくなく仕事にしても休日にしても何をしているか全然分からない状態だった。性格的にも仲間と一緒に何かをやるということや、付き合い方なども下手だと高倉は感じていた。

安本は、佐竹が何を言っているのか、何が不満なのかを高倉に話した。

「董事長にも、周《チョウ》さんにも人事部の石《シィー》のことや仕事に対する不満、自身に対する扱いへの不満、その他の不平不満をいろいろ話したらしいよ、『こんなやり方じゃあだめだ』と佐竹さんは言っていたよ」

「最後に、今までの恨み辛みを洗いざらいぶちまけたのですね」と高倉は言いつつも、佐竹の心の内は分からなかった。

佐竹の日本での会社は高倉と同じ自動車会社だった。高倉は工場の品質管理技術者であり佐竹は研究所で研究開発の仕事だった。高倉は仕事の関係で研究所の社員とも付き合いは多かったが、佐竹とは面識がなかった。

そんな佐竹の言動は高倉にとってもあまり気分の良いものではなかった。

「佐竹さんは性格的にも問題あったかな」

高倉は佐竹の人間性に疑問を感じた。

「『立つ鳥跡を濁さず』という言葉を知らないのかな〜」と安本は批判気味に言った。

佐竹は退職する事について安本にメールで伝えたきり、他の日本人には何の連絡も挨拶もなかった。しかし安本の呼びかけで佐竹、大隅、高倉の四人で食べ放題焼き肉店にて会食会を催しその後カラオケで発散しその夜を終えた。

そして何時いなくなったか分からないうちに佐竹は消えていった。

職場での送別会の話も何処からも誰からも出なかったと安本は言っていた。

それまでの、坂井、澤田といい、皆寂しく去っていった。

〈彼は退職することについて、どんな思いだったのだろうか、退職の決定的理由はなんだったのだろうか？〉と高倉は一人思いにふけった。

二週間ほどして、佐竹は中国の別の企業に就職したと聞いた。その時高倉は思った。〈そうか佐竹さんは三星集団を辞める時に、既に次に行くところを決めていたんだ〉と。

高倉は日本で同じ会社だった佐竹と、ここ中国で少しも親しくなれなかったことを残念に思い、寂しくも感じていた。

そんなある日の昼食時、突然、摩訶不思議な怪情報が流れた。

「高倉さん、会社を辞めたがっているって本当？」と安本が高倉に聞いた。

「えっ！　そんなこと全然言ってないよ、どうして？」と高倉は呆気にとられ食事の箸が止まった。

「今日、周《チョウ》さんが俺の所に来て、『高倉さんが会社を辞めたがっているという話を聞いたけど本当ですか』って、聞いてきたよ」

「うそー、そんな話は全然してないよ、誰に対しても、いったいどこからそんな話がでたのかな～」と高倉はびっくり仰天していた。

火の無いところに煙は立たず、という諺があるが、その火すら出てないのに、どうして煙が立ったのか、周《チョウ》女史は誰からそれを聞いたのか、高倉は不思議でならなかった。

「『高倉さんから、会社を辞めたいとは全然聞いていません、高倉さんは、三星集団にとって必要な人材です。今辞めるということは三星集団にとってもマイナスになります』と、周《チョウ》さんに答えた」と安本は言った。

「しかし、それにしても摩訶不思議だよ、いったい誰がその情報の発端なのか」

高倉は不思議でならなかった。

そして、高倉は情報の出どころが大いに気になり通訳の謝依霖《シェイーリン》に聞いた。

「依霖《イーリン》、私が会社を辞めたがっているっていう話が出ているが、依霖《イーリン》は誰かにそんなことを言った？」

「いえー、私はそのようなこと、言っていません」と謝《シェ》は慌てて直ぐに否定した。

「誰かなぁ〜、孫《ソン》部長かな？　李《リ》課長かな？　それとも人事部の石《シィー》かな？」と高倉は心当たりの名前を挙げた。

「さぁー……」と謝《シェ》は言ったきり何も言わなかった。頭に両手を当てそのまま髪をなでながら後ろに回し髪をつまむような仕草をしパソコンに向かった。余分な事は言わないといったいつもの通りの謝《シェ》だ。

高倉は、どこかに高倉を三星集団から辞めさせたい人間がいるということを想像した。

しかも周《チョウ》女史の所まで話が伝わるということは部長クラスの人間が絡んでいると考えざるを得ない。全く不思議な話だし、どこかで誰かの陰謀が働いているとしか思えなかった。

そんなことをいろいろ考えていた高倉は、突然声をあげた。

「えっ！　まさか！　……天天《テンテン》が！」

約二カ月前、理由もよく分からずに会社に居る高倉のもとにやってきて、日本語でいろいろ話をしていった、あの女子大生だ。

馬天驕《マーティエンジャオ》、通称天天《テンテン》だ。

その後、電話があって、たしか三、四回ほど高倉のアパートへ来ていた。

高倉もハウスキーパーが居なくて困っていたので丁度良い機会だと思って彼女にアパートへ来てもらって掃除などをやってもらっていた。

高倉は、すっかり気を許して〝会社で保身勢力や抵抗勢力、そして通訳などの問題があり仕事が嫌になっている〟従って中国での仕事をこの先何年続けられるか憂いて、彼女にその事を話したことがあった。

〈そうか、あの話が多分孫《ソン》品管部長に伝わったな〉

高倉は直ぐに天天《テンテン》に電話をかけた。

「もしもし天天《テンテン》、ちょっと聞きたいことがあります」

「なんですか、何でもどうぞ、私で分かることなら……」

天天《テンテン》は、気楽な雰囲気だ。

「最近、孫《ソン》部長と会ったことありますか？」

「えっ、はっはい、二週間……いや一週間前に……」

高倉の質問に、天天が電話の向こうで慌てている様子が窺い知れた。

「その時に、俺自身の話をしましたか、会社での嫌なことなど、いつか天天《テンテン》に話したけど……」

「いえ、はい、少しだけ……でも日本人についてであって、高倉さんのことでは無いです。

私の同室の友達には高倉さんのことを話したけど……、　悪かったかしら」

「その友達は孫《ソン》部長を知っていますか」

「はい、孫《ソン》部長のサークルへ参加していますから」

「友達から俺の話が孫《ソン》部長に伝わったかな？」

「そうかもしれませんが、私には分かりません」

「ごめんなさい、どちらにしてもあまり良くないね、今後俺のことは誰にでも一切話さないで下さい」

「ところで天天《テンテン》は孫《ソン》部長から、お金を貰ったことはありますか」

「えっいえっ……うぅー……」

「貰ったことあるんでしょ、俺は怒らないから正直に言いなよ、幾ら貰ったの」

「うぅん、すみません、私、お金必要だから……千元……」

「分かった、よく言ってくれた、有難う。今後は俺のことは話さないで、良いですね」

「分かりました、絶対に話しません、ごめんなさい」

〈そうか、確たる証拠はないが、その線だったのかも、俺として不覚だったな、本当だとしたら卑怯なやり方だな〉と高倉は思った。

取り敢えずこの件は、表には出ず何事もなかったように過ぎたが高倉は自身の後ろめたさもあり割り切れないものを感じていた。

その後も天天《テンテン》は高倉のアパートに来たが、高倉は余分な事は言わず、そして徐々に天天《テンテン》との距離を置いた付き合いをしていった。

最初から人間的資質の低い運転手や通訳を従事させ、高倉のプライドを傷付け、気分を悪くさせることに鈍感であり、配慮に欠けている。

技術や知識を出させ、仕事の要求はするが情報は出さない、SQE（外注品質技術員）の人事異動の情報すら教えない、何か提案しても何も反応がない、手柄は自分たちの物、改善点を指摘すると、まず自分たちの身の守りに走る、誰と会って何をやっているか、何を話しているかなどの監視行為を行う、一見友好的に接するが本音は出さない、日本語の出来る若い女を接触させる、そこから私的情報を吸い上げる（これは想像）、更に極め付きは「辞めたい」との噂を流す。

高倉に対する目に見えない保身勢力か抵抗勢力が渦巻いている事が窺い知れた。

しかし、高倉はそうした状況にも耐え、仕事で成果を出し、それなりに言うべきことは言って対応しこの一年間を乗り越えてきた。

中国企業で働くことは初めてではないのである程度分かってはいたが、三星集団トップの理解がある限りそしてトップ管理者からも評価もされている限り当初の自己目標をやり遂げようと、高倉の正義感と仕事への生真面目さがますます心に炎を燃やした。

＊順調な二年目

二年目に入って、高倉の仕事も順調にやりがいをもって進んでいた。

通訳の謝《シェ》の交代については、その話をいつ切り出そうか、そのタイミングを計っていた。

今年のＱＣサークル活動も昨年に比較し大幅に参加サークルも増えていた。当初の登録数で見ても昨年三十二サークルから六十サークルに増えた。そのうち幾つかは報告レベルまで達しないで辞退したが結局五十二サークルを指導した。特に組織上は農業装備事業部の中に含まれる臨沂《リンイ》トラクターという工場から十七サークルの初参加が際立っていた。

この工場は三星集団本社からは高速道路で西方に三時間以上かかる。他の工場から比較し遠い距離にあった為いろいろな意味で疎外感があった。

今回初めての参加ということで、高倉は八月の二日間に亘り集中的に指導した。その中には初めてとは感じられない程、よくできたサークルも幾つかあった。

勿論、他の事業部も同様に指導して回った。まだ途中のサークルもあったが、最終本大会が十月なのでまだ少し余裕はあった。

九月になって、全事業部を再度指導して回った。前回はまだ途中のサークルもありどちらかというと進捗状況の確認が主な目的だったが、今回は選抜を意識した指導だった。

七日間で四十五サークルを指導した。最初は五十二サークルだったから、七サークルは自ら辞退したか、もしくは最後までやりきれなかったということだった。

この四十五サークルの中から八サークルを選抜する予定だった。しかしどうしても選抜から外せないサークルがあったり、また甲乙付け難いサークルもあったりした為、高倉の判断で十サークルを選抜した。

従来からいちばん力の入っている農業車事業部は代表七サークルのうち三サークルを選んだ。今回初参加の臨沂《リンイ》トラクター工場十七サークルの中からは三サークルを選んだ。

因みに農業車事業部は事業部内で選抜された七サークルであり、臨沂《リンイ》トラクター工場は内部で選抜大会をやらずにそのまま出てきた十七サークルだった。

その他の事業部からも一ないし二サークルを選んだ。

ＱＣサークル全社大会は十月と聞いていたので高倉は十サークルの内容の再確認や審査表などの作成を始めた。

十月の国慶節休暇に高倉は一時帰国していたが、その休み明け初日に農業装備事業部から、ＱＣサークル全社大会に選抜された一サークルへの個別指導の要望が入った。

高倉は指導を乞われることに対しては嬉しかったが、今回は既に選抜されたサークルからということで、他のサークルとの不公平が出る為特別指導を断った。しかし、ＱＣサークル活動に対する高倉の指導は全事業部から相当の信頼を得ていたのを肌で感じていた。

十月中旬、安本が指導している自主研究発表会が本社七階のイベント会場で開かれた。珍しく董事長の顔を見かけたので、高倉はこの機会にと、自主研究発表会終了後、董事長を捕まえようとしていた。

高倉が董事長が会場から出てくるのを待ってうろうろしていると、孫《ソン》品管部長がそわそわして高倉の周りに張り付いてきた。

孫《ソン》部長には、董事長と話をすることは伝えてなかったのに、何か孫《ソン》部長は高倉の行動を警戒しているらしかった。董事長に良からぬことを告げ口でもするのだと思ったのだろうか。

「あっ、ちょっとすみません、少しお話があるんですが、時間はよろしいですか」と会場から出てきた董事長に話しかけた。

通訳の謝《シェ》は相手が董事長なのでかなり不安げに高倉の後ろから付いてきて、そして緊張した様子で通訳した。

孫《ソン》部長も急に接近してきた。そして何やら口ごもっていた。

董事長は高倉や孫《ソン》部長、謝《シェ》に近くにあった丸テーブルに座るように促した。

そして董事長を含め四人が椅子に座るとすぐに高倉が話を切り出した。

「実は、ＱＣサークル活動の件ですが、近々全社大会があります、その時は董事長も是非聞いてほしいのです。董事長が出られるということはサークルメンバーやその事業部の総経理などのやる気が上がりますから。それにQCサークル活動を活性化する意味において、董事長がいかに関心を持っているかは重要です。董事長の意向でこのQCサークル活動が進められているということを周知徹底することです。是非董事長のバックアップをお願いします」と高倉はQCサークル活動への関心をもっと持っていただくことを説いた。

「いやいや、元々我々が主体性を持ってやらなければならないことですからバックアップをするのはむしろ高倉さんにお願いしたいのです」と董事長は落ち着いた表情で答えた。

孫《ソン》部長も何か言ったが、謝《シェ》は通訳しなかった。

「そうですね、分かりました。またご意見などありましたら宜しくお願いします」と高倉は董事長の顔を正視して言った。

「高倉さんの言いたいことは分かりました。では……、まだ何かありますか」

「いや、今日はそれだけです」

「では……」と言って董事長は席を立った。

ほんの一言の会話だったが、QCサークル活動に対する高倉の熱意は伝わったものと理解した。

QCサークル全社大会は十月三十一日と予定されていたが十一月四日に延期になっていた。更にその後十一月十一日になったと聞かされた。

一方、サプライヤー（外注メーカー）品質向上も着々と進んでいた。サプライヤー品質課のSQE（外注品質技術員）もそれぞれの担当部品やサプライヤーに対し積極的に進めていた。そんな中で高倉の役割はますます重く、忙しく行動していた。

バッテリー担当の邵《シャオ》、フレーム担当の葛《グアン》、分配器担当の陳《チェン》、ショックアブソーバー担当の孫《ソン》、オイルタンク担当の李《リ》などSQEの全員が毎日のように相談に来た。

不具合解析の進め方や対策方案の確認、再発防止手法など。そしてサプライヤーとの会議や現場確認にも高倉は同行し、直接サプライヤーにも指導した。

しかし金威《ヂンウェイ》サプライヤー品質課長はこれまでの仕事の進め方で不安を抱いていた。

ある日、金《ヂン》課長はすーっと静かに高倉の部屋に入って来た。

謝《シェ》はそれに気が付き直ぐに席を立った。

「高倉さん、今までサプライヤーに不具合対策をやらせて、我々はそのやり方に意見を言って対策を進めてきましたが、本当にこのやり方で良いでしょうか」と高倉に尋ねた。

「そうですね、サプライヤーにやってもらう場合と自分たちでやらなければならない場合がありますが、元々サプライヤーの方が専門知識はあって、作り方もよく知っているわけだから、当面はこのままでいいと思います」と高倉は答えた。

「でも、SQEの力が付かないのではないか」と金《ヂン》課長は心配そうに言った。

「でも、そうかといって解析設備も道具も場所も無く、SQEの技術力も無いのだから当分の間は仕方がないですね。まぁ今のやり方をしながらSQEの実力を付けていくほかは無いですね」と高倉は現実から背伸びしても出来ないものは出来ないと言いたかった。

「解析場所や道具などの整備は今考えていますが……」と金《ヂン》課長は弁解じみて言った。

高倉は、自分たちで主体性を持って自社で解析するにはそんなに一朝一夕に出来ないことは百も承知していた。

「そうですね、少しずつやっていきましょう、まずはSQEの技術力を付けさせましょう」と高倉は諭すように話した。

「今のやり方でも、成果は出ますよ。直ぐには無理で、あと半年か一年ぐらいかかると思いますが必ず成果は出ます」と高倉は言い切った。それは、高倉には原因に対する対策が的を射ていることが理解出来たからだった。


高倉は三星集団に来て二年目に入って、ますますやる気をもって進めていた。

過去一年間、目に見えにくい保身勢力や抵抗勢力との戦い、ある時は怒り、ある時は説明し議論し、また腹立たしい事も胸の内に留め、孤軍奮闘乗り越えてきた。高倉は董事長や周《チョウ》女史などのトップ管理者が理解ある限りこの見えにくい勢力と戦い続ける覚悟があった。

通訳の謝《シェ》の交代については、その話をいつだすのか、謝《シェ》が休みを取って不在の日に他の通訳を使って切り出そうと機会を窺っていた。


品管課長が、来年度の業務計画を出して下さいと言ってきた。

高倉は、来年こそ高倉の得意領域である〝製品開発段階の品質熟成展開〟に対し本格的に取り組もうとしていた。

過去一年間、WXとかWY計画など新機種開発プロジェクトへの参画の要請があってその都度意見を言い、そして指導をしようとしたが研究院のプロジェクトリーダーは高倉と話をしようとしなかった。

従って高倉は三星集団として、また董事長指示としてシステム化し、ルール化し全体に認知させることが必要と考えていた。

高倉は数日かけて従来の知識と経験を結集し業務計画を練った。

そして今迄やってきたことの更なる深化と他事業部への水平展開は勿論の事、製品開発段階の品質熟成展開を来年度の業務計画に取り入れ提案した。

九、決　断

＊最後の思い

十月の末、現在、湖南省長沙市の太陽集団で働いている友人の菊村から高倉のもとに突然電話が入った。

「もしもし、高倉さん、菊村です」

「あっ、菊村さん、久しぶりですね、お元気でしたか」

「私は元気ですが、高倉さんも元気そうですね」

「何とかやっていますよ、グズグズ言いながらもね」と高倉は笑って言った。

「実は、私は今年末までで、太陽集団を退職し日本に帰ることになりましたので、今日はそのことを伝えようと電話しました」

「そうですか、菊村さんは長かったですね」

「そうなんです、五年になるかな」

「じゃ、日本に帰る前に一度お会いしましょうか、私が長沙市まで行きますよ、この際他にも会いたい人もいますから」

「そうですか、是非お待ちします、詳細日時が決まったら連絡して下さい」

「分かりました、ではまた」と言って高倉は電話を切った。

菊村は高倉が太陽集団昭陽自動車有限会社で働いていた四年半前ころからの友人であった。

長沙市には他に太陽集団で通訳をやっていた友人知人も何人かいた。

早速今週の土曜日、日曜日、月曜日と二泊三日で行くことを計画した。

月曜日の休暇願、航空券の手配などを済ませた後、宿泊ホテルの予約は長沙市で旅行社に勤める林《リン》湘英《シャンイン》に依頼した。彼女は高倉が長沙市の太陽集団で働いていたころからの知り合いだった。彼女は太陽集団で日本語通訳をしていた関係で多くの日本人の知り合いがいた。


飛行機の到着時刻やホテル名、滞在スケジュールなどを菊村に連絡し、会う日時を決めた。

高倉は菊村や林湘英《リンシャンイン》以外に、元通訳の男子の王寧《ワンニン》、女性の李篠風《リシャオフォン》そして、林湘英《リンシャンイン》の友人で専門学院に勤める曾林香《ズンリンシャン》、菊村の元通訳の女性、王丹《ワンタン》などは日本語ができるので会って話をしたかった。彼ら彼女らはもともと日本語通訳で、女性が多かった。その他にも元日本語通訳の皆や日本語の話せない人達など多くの知人が懐かしかった。

勿論日本語を話せない知人にも会いたかったが、日程が無いということと何せ話が通じないので残念ながら会うという場はセット出来なかった。

高倉は長沙市の太陽集団で働いていた時の、中国人の社員や運転手及び通訳の人的資質は今の三星集団の皆よりも高いと感じていた。日本人に接する態度、言動など一流企業の社員らしかった。

そんなわけで、親しく話の出来る人は多かった。

高倉は、〈菊村が退職し、長沙市から居なくなったらもう二度と長沙に行くことはないだろう〉と思っていた。それだけに最後に長沙の友人知人には会っておきたかった。しかし、もう二度と長沙に行くことが無いということは誰にも言いたくなかったし、言えなかった。

高倉は土曜日の昼前、予定より三十分ぐらい遅れて長沙空港に到着した。

この日は、菊村の元通訳王丹《ワンタン》に空港まで出迎えをお願いしてあった。

王丹《ワンタン》は、現在は太陽集団ではなく別の会社に勤めていたが、会社で日本語を使う機会はないと言っていた。

前回二月にも長沙を訪問したが、その時はホテルの手配から空港への出迎えを曾林香《ズンリンシャン》にお願いした。

今回、曾林香《ズンリンシャン》は仕事の関係でどうしても昼間は時間が空かないという事で王丹《ワンタン》も含め夕方から食事を一緒にすることになっていた。

夕食にはホテルを予約してくれた林湘英《リンシャンイン》も合流することになっていた。この三人は共に二十代後半の女性で親しい友人関係にあった。

三人の内、王丹《ワンタン》は一番背が高く体格も良かった。林湘英《リンシャンイン》の背丈はそれ程高くないが体格は良い方だった。曾林香《ズンリンシャン》は中肉中背ともいおうか、どちらかと言えばスリムな体型だった。三人とも黒髪は短めで、化粧っ気は無く洋服も派手さは無く質素で真面目な女性達だ。

長沙の空は晴れていた、しかしやはり少しスモッグがかかっている。風はなく過ごしやすい気候だった。

「こんにちは、高倉さん」と言って王丹《ワンタン》は笑顔で近づいて来た。

「あっ、王丹《ワンタン》こんにちは、今日は出迎え有難う」と言って高倉は手を上げ笑って挨拶した。

「久しぶりですね、高倉さんもお元気そうで良かったですね」

「そうなんだよ、王丹《ワンタン》も元気そうで良かったですね」と高倉は話しながら、出口に向かって歩き出した。

「あっ、こちらです」

王丹《ワンタン》は新しくなったタクシー乗り場の方向を指差した。

「長沙空港は新しくなったんだね」と高倉は少し驚いた様子で周りを見廻した。

そして、二人はタクシーに乗ってホテルまで行った。

高倉の宿泊する湖南大成国際ホテルの場所は五一大道沿いで、長沙市の中心部のにぎやかな街の中に位置していた。近くには高倉もよく行ったことがある日本企業のデパート平和堂が在った。

王丹《ワンタン》の助けを借りてホテルのチェックインを済ませ、昼食を近くの小さなレストランで軽く食べて、長沙市周辺観光に出かけた。

高倉と王丹《ワンタン》は夕方六時頃になって、約束していた平和堂の隣で〝新世界〟というデパートのビルの地下に在る日本食レストランに行った。

中に入って待っているとすぐに林湘英《リンシャンイン》がやって来た。

「こんにちは、お待たせしました」と湘英《シャンイン》は相変わらずの笑顔を振りまいている。

「こんにちは、ホテルの予約、どうもありがとうございました」と高倉が言うと、「どういたしまして、お安い御用ですよ、高倉さんの為ならやりますよ」と湘英《シャンイン》は少しおどけて笑った。

「高倉さんの名前だと、面倒だから私の名前で予約したのですよ」と湘英《シャンイン》はなれた調子で話した。

「そうですか、有難うございました、それにしても皆さん元気そうで良かったですね」と高倉は喜んで話を始めた。

しかし、曾林香《ズンリンシャン》から電話があり今日は行かれなくなったとの連絡だった。林香《リンシャン》は「今度の食事代は自分が払いますから……」と先日も電話で言っていた。

「すみません、家庭の事情でどうしても今夜は出られないので、行かれなくなってしまいました」と大変申し訳なさそうに話した。

「あぁいいよ、無理しなくて」と高倉は林香《リンシャン》の事情に同情して言った。

高倉は多くを聞かなかったが、林香《リンシャン》の事情は何となく想像出来た。多分子供のことで夫とのいさかいがあったのではないかと……。

そんなわけでこの日、高倉は湘英《シャンイン》と王丹《ワンタン》二人と会食した。

日本料理を食べながらお互いの現在の仕事について、家族の事、他の友人の事、日本の事などいろいろな事を語り合った。

湘英《シャンイン》は大勢の中国人通訳の中で日本人に一番近い中国人だという日本人仲間での見立てだった。

以前、太陽集団に居た時、高倉や他の日本人達も一時帰国のチケットなど殆ど湘英《シャンイン》に手配してもらっていたのだった。

今や、二歳になる男の子の母になっていた。

王丹《ワンタン》は彼氏がいるらしく、その悩みをほのめかしていた。

三人で楽しく愉快に談笑していたが時間はあっという間に過ぎていった。

三人はレストランの外へ出ると高倉は徒歩で、湘英《シャンイン》、王丹《ワンタン》はバスでそれぞれ帰路に就いた。高倉は二人と一緒に食事、談笑出来たことに感激していた。

高倉は翌日、昼から男性通訳だった王寧《ワンニン》と、李篠風《リシャオフォン》二人一緒に会う約束だった。

高倉は太陽集団で一時期通訳を王寧《ワンニン》と李《リ》の二人抱えていたことがあったので、王寧《ワンニン》と李《リ》は、それぞれお互いによく知っていた。

従って、当日は王寧《ワンニン》の車で李《リ》を乗せてくるはずだった。

ところが、前日になって王寧《ワンニン》から電話があった。

「明日、急に会社の総経理から用事の依頼が来てしまって、行かなければならなくなってしまいました。すみませんです」

「あっそう、じゃ仕方がないね、残念だね」と高倉は言った。

「李《リ》は一人でもバスと地下鉄で行くそうですから」と王寧《ワンニン》は高倉に伝えた。

〈ドタキャンか、これが困るんだよね、こちらは遠くからその為に来るのだから〉と高倉は愚痴が出そうになったが声にはしなかった。

「明後日の朝、出発は何時ですか、私が空港まで送らせてもらいますから」と王寧《ワンニン》はドタキャンの代わりに申し出た。

「そうですか、朝九時にホテルを出発する予定です」と高倉が言うと、「じゃその時間に私がホテルまで迎えに行きます」と王寧《ワンニン》は言った。「有難う、じゃ朝ロビーで待っていますのでよろしく」と高倉は言って電話を切った。

李篠風《リシャオフォン》は約束通り朝十一時に一人でホテルにやって来た。

「おはよう、篠風《シャオフォン》、あぁよく来てくれたね」

「こんにちは、高倉さんお久しぶりです」と大きなおなかをして笑いながら言った。

「おなかが大きいですが大丈夫ですか、今何カ月ですか」

「今、六カ月です、でも大丈夫です。今日、王寧《ワンニン》が一緒のはずだったのに急に来ることが出来なくなって、私一人で来ました」と李《リ》は懐かしそうな顔をして言った。

李《リ》は身長百五十〜百五十五センチメートルくらい、小柄でぽっちゃり型、髪は黒色であごの下ぐらいでカットしていた。おなかが大きくなってますます丸く見えた。

「有難う、ほんと、よくその体で来てくれて嬉しいですね」と高倉はすごく感謝していた。

二人はショッピングモールを話しながらぶらぶらと二十〜三十分ぐらい歩いたところで、カフェに入って休んだ。

「人混みを歩いて大丈夫かな、体が大変そうですよ。それにしてもよく来てくれましたね」と高倉は李《リ》の身体をいたわった。

「実は高倉さんが、以前に太陽集団を辞めて日本に戻る日の朝、私つわりがひどくて空港まで送って行けなくて……、だからなんだか悪くて、ずーっとそのことが頭から離れなかったのです。高倉さんは怒っているのではないかと思っていました」と李《リ》は自分の気持ちに引っ掛かりがあったことを明かした。

「そうですね、あの時は私も寂しかったですね、でも体調が悪ければしょうがないね。今は何も怒ってなんかいないですよ」と高倉は優しく言った。

「そう言ってもらえると安心しました」と李《リ》は言い、本当に悪かったという気持ちが感じられた。そして、今迄心の底につかえていたものが取れたように安堵の顔になった。

李《リ》は今、二人目の子を宿していたのだった。

二人はまた、ショッピングモールの中をゆっくりと歩き始めた。

しばらくして二人は、昼食をファストフード店で取りながら、話を続けた。

以前の太陽集団に居た時の事、その後の仕事や生活の事、子供の事などを二時間以上は話し合った。

初めて高倉の通訳になったころは、女性としての優しさや思いやりなど、少し欠けているかなと見ていたが、今こうして仕事を離れて話をしていると、従来の彼女への見方、感じ方を修正する必要があると高倉は思っていた。

「そろそろ帰りましょうか」と高倉は言って席を立った。

妊娠六カ月の体をいつまでも引き止めてはいけないと思っていた。

「そうですね、そろそろ……」と李《リ》も言って席を立った。

ショッピングモールを出て、人混みの中をかき分けるようにして歩き、地下鉄の駅の入り口まで来たところで、李《リ》は言った。「ここから階段を下りて地下鉄に乗ります」

「あっそう、階段大丈夫かな」と高倉が声をかけると、「大丈夫です、ここでさよならします」と李《リ》は言って地下の方を見た。

「もう二度と会うことはないですね」と李《リ》は小さく呟くように言って、そして「ではさようなら」と言って李《リ》は階段をゆっくりと一歩一歩降りて行った。

「さようなら、気を付けて……」と高倉は言って李《リ》の後ろ姿を見送った。李《リ》が階段の一番下まで行くまで、見えなくなるまで李《リ》の後ろ姿を見ていた。

しかし李《リ》は後ろを振り返らなかった。

特にどこか魅力でもあるか、というとそうでもないし、化粧っ気のない顔、地味な服装、淡々とした話し方で、時に笑顔を浮かべて話す李篠風《リシャオフォン》は真面目で正直な女性だと改めて思った。

高倉は、李《リ》と別れた後、一人で街をぶらぶらして自分へのお土産を探したりして夕刻まで三時間あまりの時間を潰した。

この日の夜は、菊村との会食の約束をしていた。

菊村は現在、太陽集団に勤めている。

確か四年ぐらい前は二十人の日本人専門家が太陽集団で働いていたが、現在は菊村一人になっていた。

高倉も以前太陽集団で働いていて、菊村とは友人関係にあった。

約束の時間になって、高倉は菊村に電話を掛けた。

すると、菊村はどこかの中華レストランで麻雀をやっているとのことだった。

高倉はその場所を聞いて、そのレストランを探して歩いたが、なかなか場所が分からなかったので菊村が店の外へ出て路地の角まで出迎えてくれた。

菊村は身長百八十センチメートル、がっちりした体格で、丈夫そうだった。

日本のトラック製造会社を定年退職してここ太陽集団に開発設計の専門家として来ていた。

店に入ると普通のレストランの内部と同じようにテーブルが幾つかあって客も数人食事をしていた。

その横壁に沿って小さな個室のようなボックス席と言おうか、そんな席が何カ所かあり、そこに麻雀台が置いてあり、麻雀や食事が出来るようになっていた。

麻雀仲間が中で待っていた。

菊村以外に中国人の若い女性三人と日本人二人がいた。

女性を見て高倉は「あれ？」と思ったが、気にしない振りをして平静な顔をしていた。

日本人の二人は、中国で仕事をしているとのことだった。その内の一人は高倉も知っている人物だった。

「こんばんは」と高倉はそこに居た人達に挨拶をした。

「やぁこんばんは、高倉さん、元気でしたか」と高倉も知っている日本人が言った。

「どうもどうも、久しぶりですね、でもよくこんなところを見つけましたね」と高倉は驚いて言った。

「うん、まぁそんなところで……」と菊村は口を濁した。

「麻雀はもう終わりにしますから、食事でも食べましょう」と言って、食事に取り掛かった。

食事は中華料理の為、高倉にはあまり口に合わなかったが、食べながらいろいろな話を始めた。

「今回、私は菊村さんが日本に戻るということで菊村さんが中国に居る間に会っておきたかったのです。そしてこの際他の友人知人とも会っておきたかったのです」と高倉が言うと「そうですね、太陽集団時代からの友人ですからね」と菊村も言った。「それにしても、菊村さんも長かったですね」高倉は食事を口に入れながら言った。

「五年ですよ……」と菊村は感慨深げに目をテーブルに落とした。

ここ長沙では良きにつけ悪しきにつけ、思い出多い時を高倉や菊村は共に過ごした。

「でも、今日こうして会えて良かったですよ」と高倉は懐かしげに言うと、「そうですね、ここ長沙では思い出もあるしね」と菊村は食べながら笑顔に変わった。

食事が終わると、日本語が通じるカラオケに行った。カラオケでは相変わらず古い演歌しか歌えない高倉だが思い切り歌った。菊村も高倉に合わせるように古い歌を歌った。二人とも決して上手ではないが歌はひと時雑念を忘れられ楽しい夜を過ごした。時間はあっという間に過ぎ深夜になった。

菊村は「自分が運転する車で高倉さんの宿泊しているホテルまで送りますよ」と言ってくれた。高倉はホテルまでは歩いて十五分ぐらいの所だったが街中とはいえ夜更けに一人歩きは不安があったので菊村の車で送ってもらうことにした。

「どうも有難うございました、今度いつか日本で会いましょう」

高倉は車がホテルの前に止まると、ドアを開け、お礼を言った。

「そうですね、日本で機会をつくって会いましょう」菊村は運転席から振り返って笑顔を見せた。

「じゃ、気を付けて」と高倉は言いながら、車から降りてドアを閉めた。

「高倉さんも、気を付けて日照までお帰り下さい」菊村はそう言うと、運転席のドアガラスを閉めると車をゆっくりと発進させた。

高倉は、軽く手を上げて、車のテールランプが暗い街に小さくなるまで見送った。

また一つ良い思い出が出来た。高倉にとって菊村と会うことはここ湖南省長沙市での仕事や遊びの多くの思い出を振り返る場、時間、手段でもあった。高倉は懐かしさや寂しさが入り乱れて胸がいっぱいになっていた。

翌日、高倉が長沙のホテルを発つ朝、八時ごろ、曾林香《ズンリンシャン》から、突然電話が入った。

「もしもし、高倉さんですか、リンリンです」

高倉は林香《リンシャン》を愛称でリンリンと呼んでいた。

「あっ高倉ですがどうしたの」と高倉は思いもよらない電話に驚いた様子で聞いた。

「あのう、今日飛行機は何時ですか、私空港まで見送りに行きます」

「有難う、飛行機は十一時四十五分発、山東航空です。だから九時前にはホテルを出る予定だけど、空港までは時間かかるし大変だから来なくても良いですよ、それに今日は月曜日で仕事があるでしょ。またいつか会いましょう」

高倉はリンリンの仕事や家庭の事を思いやり遠慮していた。

「でも、一昨日約束していたのに一緒に食事が出来なくて……、それに今回会ってないから……」

「そうですか、じゃ空港ではあまり時間が無いけど、折角だから待っています」

〈本当に来ることが出来るのか〉高倉は半信半疑で答えた。


朝九時前に王寧《ワンニン》がホテルに来た。

高倉が帰り支度をしてロビーに下りていくとエレベーターを出て直ぐに王寧《ワンニン》の顔とぶつかった。

「おはようございます、高倉さん、昨日は来ることが出来なくてすみませんでした」と王寧《ワンニン》が言いながら高倉を見て近づいてきた。笑顔でいっぱいだった。

「やーやー、久しぶりですね、元気でしたか。いろいろ事情があるのはしょうがないね、今日は仕事でしょ、申し訳ないね」

「いやいや、私は高倉さんに大変お世話になったから、これくらい当然ですよ」

二人は久しぶりの対面にすごく喜んで満面の笑みで今にも抱きつこうとしていた。王寧《ワンニン》と太陽集団で一緒に仕事をして以来もう二年半以上の月日が経っていた。それは李篠風《リシャオフォン》も同じだった。

「これからチェックアウトするので、少し手伝って……」と高倉は王寧《ワンニン》に言った。

二人はチェックアウトカウンターに行ってルームキーを返却し、ルームメイドが部屋を確認するのをしばらく待って、レシートを受け取りホテルの外に出た。

部屋の確認が済むまで待たされるというのは中国らしい、お客様を信用していないやり方だなと高倉は思った。

王寧《ワンニン》の車はホテルの前の狭い駐車スペースに停めてあった。

中国メーカー製の小型車だ。王寧《ワンニン》の力では外国メーカー製はまだまだ手が届かないものだった。

「ほほう、これが王寧《ワンニン》の車か、よく買ったね〜、王寧《ワンニン》お金持ちだね」高倉は笑顔で車を撫でるように前から後ろまで見た。

「お金は無いですがね、やっぱり車があると便利だし、子供を病院に連れて行ったり、子供がいると何かと必要ですから……」と王寧《ワンニン》は楽しそうに笑顔でいっぱいだった。

以前、王寧《ワンニン》は車を買うか、日本に旅行しようか迷っていたことがあったが、親の意見もあって日本旅行は一時延期したと聞いていた。「やはり乗用車を買ったんだね」

「日本旅行はまたお金を貯めてから考えます」

「そうだね、今度は私が日本で待っているから、是非来て下さい」と高倉は楽しそうに言いながら車に乗り込みそして車の中を見回した。車造りの品質専門家らしく丹念に見ていたが車の評価はしなかった。野暮な事だと分かっているからだ。

ホテルの前は狭く人や車が混んでいる。その中をゆっくり進み大通りに出ると、車は空港に向かって加速した。

王寧《ワンニン》の運転は何となくぎこちなかったが、心配するほど下手ではなかった。安全運転と言おうか、慎重さが出ていた。

一般道路から高速道路に乗り車は快調に走った。

二人は、この二年半ぐらいの空白の期間を埋めるようにいろいろな話をしていた。

王寧《ワンニン》は日本語力がありながら、今の仕事には日本語力が生かせない事を悔やんでいたが、仕事そのものへの不満は少なかった。

高倉も中国での仕事の事や日本での出来事などを話しながら会話を楽しんだ。

そして、高倉は多分もう二度と訪れることが無いこの長沙の街並みや風景を感慨深げに見ていた。しかし王寧《ワンニン》にはそのことは決して言おうとしなかった。その事を言うと一層寂しくなると高倉は自分の中で感じていた。

長沙空港は最近新しいターミナルビルが従来のビルの横に出来ていた。王寧《ワンニン》はその出発ロビーの入り口付近に車を停めた。

「あぁその辺で良いよ」

「そうですか、もう少し近くに寄ります」

「有難う、はい、この辺りで」と言って、停まった車を出ながら高倉は言った。

王寧は車を降りて、「では高倉さんも気を付けてお帰り下さい。またいつか会いましょう。その時はよろしくお願いします」と丁重に言った。

「じゃこれガソリン代です、有難うございました」と高倉は些少のお礼を渡そうとした。

「えっ、いやいや、そんなの貰えないですよ、この程度でお礼なんかとんでもないです」と言って王寧《ワンニン》は絶対受け取らないという態度を示した。

「でも、いいじゃないか、そんなに多くはないし、ほんの気持ちだけだから」と言って高倉は無理やり渡そうとしたが、王寧《ワンニン》は強引に拒否した。そればかりか、逆に「これお土産です、中は花瓶です」と言ってお土産を高倉に渡した。

「ええっ、悪いね、そこまでしてくれたら……でも折角だから遠慮なく貰っていきます、有難う」

高倉は、自分の為に今は関係ないのに、こうして送ってきてくれることが嬉しかったし、ましてやお土産までくれることに、充分感激していた。

「じゃ、王寧《ワンニン》も元気でな、気を付けて帰って下さい」

「はい、高倉さんもお元気で」と言って王寧《ワンニン》は車に乗ると、ゆっくりと走り出した。

高倉はその車の後を見送った。

そして車が遠のくのを確認すると、足早にターミナルビルの中に入った。

〈リンリンはもう来ているかな?〉高倉はリンリンと会うことを期待し周りを見ながら歩いていた。

綺麗なフロアーを通り過ぎ、搭乗手続きを行うべく真っすぐにチェックインカウンターに進んだ。カウンターには数人が並んでいたので、高倉はその列の最後尾についた。

高倉は手持ちバッグのみで預ける荷物は無かったのでパスポートと事前に購入した航空券を示すだけで簡単に搭乗券の発券は済んだ。

高倉は搭乗券とパスポートを手にし、バッグを肩にかけ荷物検査場の入り口を探しひと回り目を向けた。すると荷物検査場入り口はチェックインカウンターの右斜め後ろのほんの三、四十メートルぐらいの所にあった。

〈リンリンは、来ると言っていたが、やっぱり間に合わなかったか〉と思いながらも、もしかしたらという思いでしばらくそこに留まってリンリンが現れるのを待った。

リンリンの本名である曾林香《ズンリンシャン》の字を思い出しながら、今か今かと希望を持って立っていた。

高倉はロビーを何回も見廻しそして焦る気持ちで時計を見た。十分過ぎ十五分過ぎそして二十分が過ぎた。時刻は十時を十分程度過ぎていた。飛行機の出発時刻は十一時四十五分であるが少なくとも三十分前には搭乗ゲート前に居なければ安心できない。

高倉の心の中の時計は充分な余裕がなかった。焦る気持ちと、後五分という気持ちがぶつかり合っていた。

ここは中国、言葉の分からない一人旅、何が起こるか分からない状況の中で、早め早めに行動しなければ安心出来なかった。

今回の長沙訪問で会うことを予定した人で、たった一人リンリンに会えなかった。その残念な思いを抱き、一抹の寂しさを感じながら、高倉はゆっくりと出発ロビーを荷物検査場に向かって歩き出した。

「やっぱり会えなかったか、もうこの長沙に来ることは無いだろう、残念だけどしょうがないな」と高倉は独り言を呟いた。

何度も何度もロビー入り口の方向を振り返りながら一歩そしてまた一歩とゆっくりゆっくりと歩いた。今にも焦って走りこんでくるリンリンの姿を想像して心で〈早く、早く〉と叫んでいた。

荷物検査場入り口までの三、四十メートルは一瞬のうちに近づき、物凄く短く感じられた。

高倉が荷物検査場入り口に差し掛かり、入り口の係員にパスポートと搭乗券を示したその時、高倉の携帯電話が鳴った。

高倉は慌てて左手で電話を取り、耳に当てた。

「もしもし、高倉さん、リンリンです、今空港に着きました、高倉さん今どこですか」とそれはリンリンからの電話だった。

高倉は、差し出したパスポートと搭乗券を引っ込め、五、六歩退き電話で話した。

「あぁリンリン、今荷物検査場に入ろうとしたところです、間一髪のところだったよ、じゃこの前で待っています」と高倉は驚きと喜びでいっぱいになった。

五分ぐらいすると、慌てた様子のリンリンが息を切らして足早に近づいて来た。

高倉は人混みを避け、リンリンをエスカレーターの脇に誘導した。

「リンリン有難う、よく来ることが出来たね、どうやって来たの？　タクシー、バス？」と高倉は聞いた。

前回長沙に来た時、リンリンは親しい男友達の運転する車で来たことがあった、だからもしかたらという想像はしていたが、敢えてタクシーかバスと聞いた。

「タクシーで来ました」

「そう、時間もお金も掛かるのに……で、今日は、仕事はどうしたの？」

「うん、大丈夫です」

「そんなに無理しなくても良かったのに、でも来てくれて有難う」と言いつつ高倉はリンリンの家庭の事情や仕事の都合などある程度理解していた。

「一昨日、一緒に食事が出来なかったから」

と言ったリンリンは息切れ顔から笑顔に変わっていた。

「これ、お土産です。お茶ですが、固形のものです。これを砕く鉄の棒は機内持ち込みできないので入れてないです」とリンリンは言いながら紙袋を高倉に渡した。

高倉はますます感激していた。

高倉は今までリンリンに対し何か利益になることをしてあげたとか、お金をあげたとか、恋愛感情を抱いているとかなど、それ程の事はしてなかった。単に日本語の出来る友人というだけだった。男とか女とかの意識もそれ程感じていなかった。

「今日ここに来てくれただけで充分嬉しいのにお土産まで貰ったら悪いよ、でも折角だから貰っていくよ、本当に有難う」と言った高倉は涙腺が緩んでいくのを必死で止めようとしていた。

その後、数十分間高倉はリンリンと何を話したかよく覚えていなかった。しかし、あまりの感激で思わずリンリンを抱きしめようとした衝動に駆られたことは覚えていた。

「じゃ、そろそろ中に入ります、本当に有難う、いつかまた会いましょう」と言い高倉は気を取り直し、荷物検査場に向かってゆっくり歩き出した。

「高倉さんもお元気で、また長沙に来て下さい」とリンリンは歩きながら言った。

「じゃここで、さようなら」と高倉は荷物検査場入り口で横に居たリンリンに向かって言った。

「はい、高倉さんも気を付けて、さようなら」

リンリンは涙目の笑顔で見送っていた。

高倉は荷物検査場の中に入り、そして振り返り腕を大きく上げて手を振った。

リンリンも手を振っていた。

高倉は荷物検査場の奥へ進み、やがてリンリンの姿は見えなくなった。

空港まで車で送ってくれた王寧《ワンニン》にしても今のリンリンにしても高倉から見ればそれ程の事はしてあげていないのに、親子ほど歳の離れているこんな年寄りに、こうして自分の時間や仕事を犠牲にしてまで、更に細かく言えばお金までかけて、高倉の為に来てくれる、そのような友人がいることが嬉しかった。

しかし、同時にもう二度と来る予定のない中国の長沙市を後にすることは、高倉にとってこの上無く寂しいものだった。

しかし今回長沙市に来て、友人知人と会い大人の友情に浸ることができたことに高倉は充分満足していた。搭乗前の待合所でも高倉は周りの状況も視野や聴覚に入らずただ数年前から今日までの長沙市での思い出が次々と巡り胸が締め付けられた。


高倉の周辺に居る中国人はみんな良い人が多く、日本人に対しても友好的な人が多いのに、近年の日本と中国の国家間での問題で関係がギクシャクしているのは残念に思っていた。高倉は一般の人達との関係があまりにも良い為か、国家間の良い関係を望む気持ちが一層強く湧きだしていた。

〈国家間の関係ももっと何とかならないのか……人と人は皆仲良くできているのではないか……〉

高倉が日照市のアパートに戻ったのはその日の夕方だった。

＊幻の品質総監就任

その夜、遠くに嫁に行った娘の世津子から珍しくインターネットメールが入った。

世津子は小学二年と四年になる二児の母親になっていて二人の男子の子育てに毎日奮闘していた。高倉の家からは約四百キロ離れており、いつも電話で母親即ち高倉の妻和恵と会話をしていた。

高倉へのメールの内容は、〝今年九十二歳になるおばあちゃんが最近急に衰え、お医者様からもうあまり先がないのではないかと言われている、お母さんも家で独り悩んでいて、その上、お母さん自身も腰痛に悩まされていて、やはりお父さんがいてくれないと何かあった時に困る〟という内容だった。

高倉は、驚いた。そんな情報に初めて接しどうしようかと考えた。

先般の国慶節休暇で一時帰国した時に、母についてそんな悪い情報は無かった。

妻の和恵に至っては、国慶節休暇後、中国に戻るときに高倉と一緒についてきて二週間の中国生活で気分転換をしていったばかりだった。

腰痛の事はあまり苦になっていなかったように感じたし、本人も特に苦痛を訴えているようなことは無かった。

二週間前、青島《チンダオ》空港にて、和恵を見送ったばかりだった。

仕事は今一番乗っていて、しかもこれからますます活躍の場が出てくると思っていた矢先だった。

次の日の夜、今度は息子の應汰郎から電話が入った。息子からの電話は高倉が中国に来てから初めての事だった。

高倉はそれだけを考えても日本の自宅での事態はかなり深刻だと察した。

「おばあちゃんも、最近は父さんの名前を呼ぶらしいよ。母さんは夜になるとその事が気になって寝つきが悪くなっているって言っているんだ。だから、母さんも困って悩んでいるんだ。何とかならないかなぁ」

「そうか、俺は日本でも実家から遠く離れていて、お袋のお世話を兄貴や義姉に頼ってきたから、心苦しいな」と高倉は言いつつもまだ仕事への意欲やこだわりを放棄できなかった。

「おばあちゃんも、父さんと会いたがっているみたいだし、もうそんなに長くはなさそうだよ。母さんの腰痛もひどくなってきて悩んでいるし、伯父さん伯母さんに申し訳ないって言っているし、父さんも考えた方が良いのではないか」

息子の應汰郎がいやに大人に感じられた。

応太郎は結婚し家から車で約十五分の所にマンションを買って親とは別に暮らしていた。そして既に三人の子供に恵まれていた。自営業の應太郎は自分の生活を守るために毎日休む間もなく必死に働いていた。

そんな應太郎もいつの間にか家族、親族の事を考えるような、いっぱしの大人になっていた。

高倉恭太郎は、静岡県清水市（現在は静岡市清水区）の田舎で男四人女一人の五人兄弟の末っ子に生まれた。

第二次世界大戦直後の貧しい生活の中で末っ子の高倉は祖母や親からは可愛がって育てられた。当時の田舎としては珍しく幼稚園や書道塾そして学習塾などへも通わせてくれた。

上の兄弟たちはそんな事は一切無かった。

世間に対し決して自慢できる親ではないが特に母親の気持ちは、この歳になってよく理解出来るようになっていた。

江戸時代末期から明治時代にかけて東海道一の侠客と言われた清水次郎長の噂や物語を聞いて育った幼年時代だった。

正義感が強く、短気ではあるが仕事には生真面目だった高倉も意地には強く義理固く人情には弱かった。典型的な清水気質で昭和時代の人間だった。

日本の会社に居た頃は必死に仕事に立ち向う企業戦士とも呼ばれた存在だった。

仕事を続けるということと仕事を終了し日本に戻るという選択肢の中で高倉の心は揺れた。

「そうか、お袋や和恵の事を考えると俺ももう歳だし、このあたりが潮時かな」

「そうだよ父さん、もう充分働いたよ、これからは家でゆっくり過ごしたらいいよ」と息子の應太郎はかつて聞いたことも無いような生意気とさえ思われるような口調だった。

しかしそのような應汰郎に対して、高倉は内心嬉しくも思っていた。

「そうだな、よく考えてみるよ」と高倉は電話を切ったが、すぐに退職して日本に戻るという決心がつかなかった。

そして、高倉は折り返し妻の和恵にスカイプを使ってテレビ電話を掛けた。

「もしもし、実は子供たちからそちらの最近の状況を聞いたけど、どういう状態かな」

「うん、おばあちゃんもお医者さんが言うにはこのところ老衰が急に進み今年いっぱいか、もってもあと半年ぐらいと言っているそうよ」

スカイプによるパソコンの画面には和恵の元気のない顔が映し出されていた。

「そうか、それで和恵の体調はどうなの」

「それがここ二、三日急に腰痛が悪くなって、家事もままならないし、とてもおばあちゃんの事まで考えられなくて、どうしたら良いか困っているの」

と和恵は弱々しく語っている。

「お袋を兄貴たちだけにお世話させて、死期が近づいても知らん顔というわけにもいかないし、特に義姉は毎日介護で掛かりっ切りだと言うし、申し訳ないな」と高倉は言いつつ面倒見の良い義姉を思いやっていた。

「そうだね、お義姉さん自身ももう七十歳を過ぎているのによくやってくれているよ、頭が下がるよ」と和恵は言った。

「やっぱり、貴方がいた方が何かあったときに安心だから、そうしてもらうと私も助かるから」と和恵は自分の今の気持ちを精いっぱい言葉にした。その顔には悩みや寂しさを感じられた。

「そうか、考えてみるよ」とは言ったものの高倉は、どうするのかまだ決心はつきかねていた。

高倉は母や和恵の事を思うといたたまれなくなったが、仕事への執念もまだ残っていた。

翌々日、また應太郎から電話が入った。

「父さん、母さんが今日、病院に入ったよ。腰痛がひどくなって立てなくなって庭で倒れ、たまたま通りかかった近所の山下さんがうずくまっている母さんを見て慌てて救急車を呼んでくれて、そのまま病院へ運ばれたんだ」

「えっ、なに！　それで具合はどうなんだ」

「うん、命に別状はないけど、母さんも大分精神的にも参っているよ」

「入院はどれくらいかかるかな」

「医者は椎間板ヘルニアと言っているがはっきりした原因はよく分からないので、これから精密検査をやるそうだ。今は痛くて全然動けないが二、三週間で痛みは和らぐのではないかとは言っているけど、どっちにしてもこれからは父さんがいないと、うまくないな」

高倉はそれまではまだ退職の決心はつけられないでいたが、和恵が入院したことで心が動いた。

「そうか～やっぱり、ここらが決心する時期かな……う～ん……明日、会社へ行って退職したいということを話してみるよ。退職の場合は一カ月前に言うことが契約にあるから直ぐっていうわけにはいかないかもしれないし、自分自身仕事のけじめもつけたいから……。とにかく話してみるから、それまで母さんをよろしく頼むよ」と高倉は仕事への執念を残しながらも心を決めた。

「分かった、俺も仕事があるから、とにかくなるべく早く戻ってきてよ」應太郎は電話を切った。

高倉は應太郎との電話を終了した後で、仕事の事や九十二歳の母、妻の事などいろいろな考えが走馬灯のように巡り回りその夜は一晩中眠れなかった。

翌日になって、高倉は品管部長が出社するのを待って、直ぐに話そうと思っていた。この日に限って孫《ソン》部長は八時の就業時刻になってもなかなか出社してこなかった。八時半ごろになって、孫《ソン》部長が部屋に入るのが見えた。

「依霖《イーリン》ちょっといいかな」と高倉は通訳の謝《シェ》に話しかけた。

「はい、何でしょうか」

「うん、ちょっと、孫《ソン》部長に話があるので、一緒に来て下さい」と高倉は謝《シェ》に言いながら席を立った。

「あぁはい」と言って謝《シェ》も席を立った。

いつもの通り孫《ソン》部長の部屋のドアをノックすると、中から孫《ソン》部長が椅子に座ったまま振り向きざまに「どうぞ、入って下さい」と返事をした。

「おはようございます」と言いながら高倉は中に入った。すると孫《ソン》部長も「おはようございます」と言いながら席を立って、ソファーに座ることを勧めた。

高倉がソファーに座ると孫《ソン》部長もソファーに座りながら「今日は何の話ですか」と笑顔で高倉に聞いた。

「あのう、実は、急な話ですが、日本の私の家庭の事情で会社を辞めさせて頂きたいのですが……」と高倉はいきなり結論から言いにくそうに口を開いた。

すると、孫《ソン》部長のそれまでの笑顔が一瞬真顔に変わった。

「えっ、あっ、あっそうですか、急ですね、何かあったのですか」

孫《ソン》部長は高倉の顔を直視していた。

「はい、実は、昨日妻の腰痛がひどくなって立てなくなって入院してしまいました。そして私の九十二歳になる母の老化が急に進んで、もう長くはないと医師から言われました。このままだと親の死に目に会えなくなる可能性があります、母の人生の最後ぐらいは傍にいて、少しばかりの親孝行をしたいと思っています。妻もやはり精神的にも参っていますので」と高倉は話した。

「奥さんは大丈夫ですか」

「取り敢えずは病院に居ますので良いですが何せ年だし精神的にも気弱になっていますので」

「そうですか、奥さんも心配ですね、お母さんは今どこに居ますか」

「母は私の家からは車で二時間くらい離れている静岡に居ます」と高倉は話し、そして兄夫婦のお世話になっていることも話した。

高倉は正直に家庭の事情を話した。

「高倉さんは、仕事には真面目に取り組み全事業部での評価も良いので、このまま継続してやっていってもらいたいと思っていました。しかし、そういう事なら仕方がないですね」

孫《ソン》部長は言葉の割には比較的クールだ。

「確かに日本で妻が一人では何かと心細いでしょうし、母も心配ですが……」と高倉が言うと、孫《ソン》部長は「その気持ちもよく分かります」と高倉の心情に理解を示した。

「国慶節の休暇で一時帰国した時は、こんな話は全然出てなかったので、私も二年目を引き続きやっていくつもりでした、自分でも残念に思っています」

高倉の残念な気持ちが顔にしみ出ていた。

「実は、今度のQCサークル全社大会が十一月十一日に開催予定ですが、その場で高倉さんを三星集団の〝品質総監〟に董事長から任命する予定だったのです」と孫《ソン》部長は初めてそのことを明かした。

「えっ、品質総監？　品質総監って何やるの？」

「そうです、品質総監になって、三星集団全社の品質監督と指導を行ってもらいたいのです、これは董事長自らの意思です」

高倉は少し驚いたが、内心は大変嬉しかった。

「そうですか、そのような役付けをしていただく事は嬉しいですね、でも今、辞めると言ってしまいましたからね……」

「いや、遅くはないですよ。高倉さんの意思があれば今からでも考え直して下さい」

「そう言われても今となっては、どうしようもないです。やはり家族も大切ですから。でも私がもし品質総監になったら、中国で一、二の品質管理優秀会社にしますよ……、董事長の期待に応えますよ！」

高倉は自信と残念な気持ちが交錯していた。同時に今までやってきたことが評価されているということが何よりも嬉しかったし誇りにも思った。

品質総監という役割責任を与え全社の品質を責任もって進めさせるという会社の目論見もあるが、やはりこのことは董事長やその娘の周《チョウ》女史の意向と推測した。何故ならば孫《ソン》品管部長が自らの判断で高倉を品質総監にするということは出来るわけがないと分かっていたからだ。

それは中国社会または中国企業というものはトップの指示又は意向が無ければ全て動かないという変な企業文化があったからだった。

そして、孫《ソン》部長は「品質総監の件については残念ですが、三星集団に対し意見提案などあったら残していって下さい」と高倉に最後の依頼をした。

「分かりました、ＱＣサークル活動の総括と次への提案のまとめ、サプライヤー品質課のＳＱＥの皆さんのサポートなどやりかけの仕事がありますので、それらをやり切って終わりにしたいので十一月末で退社としたいと思っていますがいかがでしょうか」と高倉は仕事のけじめを考え提案した。

「はい、良いです、そうして下さい」と孫《ソン》部長も了解した。

何事も無かったように自室に戻った高倉は、窓から外を眺めた。

遠くの丘陵地帯に高層アパート、日本で言うマンションを何棟も建てている、その建設工事でクレーンが数台動いているのが見え活気を感じた。

「会社を辞める話は簡単だな、この会社辞めていく人に対しあまり引き留めることはしないからね、孫《ソン》部長の冷静な態度、対応は、私の退職を待っていたと思うのは、行き過ぎた憶測か……、品質総監としての権限を三星集団全社に行使したかったな」と高倉は一人呟いた。

高倉の呟きが聞こえたかどうかは分からないが、いつもの通り通訳の謝《シェ》は黙って何も言わず、ゆっくりと椅子に座った。そしてしばらくの間沈黙の時が流れた。

高倉は近々、通訳の謝《シェ》を代える要請を出そうとしてそのタイミングを計っていたので謝《シェ》に対する感情は何も無かった。多分彼女も同じだったと思った。

孫《ソン》品管部長も、高倉と話す時は決して悪い印象は無かった。むしろ友好的にさえ感じていた。

しかし、これまでの経緯を見ると至るところで高倉にとって不利益、不都合、不機嫌な事が多かった。それは、孫《ソン》部長一人の考えではなかったと思うが、三星集団の良くない体質及びやり方かもしれなかった。

運転手や通訳の人間的資質の低さ、高倉のプライドや気分を害し、配慮に欠ける彼らの態度、技術や知識は最大限に出させることを考え、いろいろな要求はするが情報提供は極力控える、ＳＱＥ（外注品質技術員）の人事異動の情報すら教えない、業務提案しても何の反応も無い、手柄は自分たちのもの、改善点を指摘すると、まず自分たちの身の守りに走る、誰と会って何をやっているか、何を話しているかなどの監視行為を行う、理由も告げず日本語の出来る若い女と接触させる、そして私的な情報を吸い上げる（これは想像）、極め付けは「辞めたい」との噂を流す。

一見友好的に接するが本音は出さない、高倉に対する目に見えない保身勢力か抵抗勢力が渦巻いている事が窺い知れた。

高倉にはこのように感じられ孫《ソン》品管部長の本心は一年経った今でも理解出来なかった。その心の底は知る由もなかった。

また高倉は学者肌の孫《ソン》部長と実務派の高倉との違いとも感じていた。

高倉は退職の件を周《チョウ》女史にも直ぐに言わなければならないと思っていた。

「依霖《イーリン》、周《チョウ》さんにも、話したいのですが、時間の都合を聞いて下さい」

「はい、こちらは何時でも良いですね」と謝《シェ》は言ってパソコンを操作した。高倉は、これから十一月末までの約三週間弱でやることを考えていた。仕事上の整理は勿論のこと、知人友人とのことも考えていた。

そんな事を考えていると、謝《シェ》が高倉の方を振り向いて言った。

「あのう、周《チョウ》さんですが、今日はダメで明日なら良いそうです、良いですか」

「いいよ、早い方が良いね」

「じゃ、明日の午後ということで伝えます」と謝《シェ》は答え、周《チョウ》女史に連絡した。

翌日、午前中はＳＱＥの李《リ》からの要望でオイルタンクサプライヤーとの会議があった。

オイル漏れに対する対策案の提示があり彼らと一緒に議論し、そして指示した。

午後、周《チョウ》女史の所に謝《シェ》と二人で行った。

ドアをノックし、そして「こんにちは」と言って周《チョウ》女史の部屋に入った。

「こんにちは、今日は何でしょうか」と周《チョウ》女史は椅子から立ち上がり軽い笑顔で応対した。

「あのう、突然ですが会社を辞めさせて頂きたいのですが……」と高倉は単刀直入に切り出した。

「えっ、あっ、どうしてですか！」と周《チョウ》女史の笑顔から急に血の気が引き、愕然とした様子で高倉と謝《シェ》の顔を見た。

高倉は孫《ソン》品管部長に話した事と同じ内容を淡々と説明した。

高倉の話を真剣に聞き入っていた周《チョウ》女史は高倉の話がひと通り終わると口を開いた。

「そうでしたか、随分と考え悩まれたことでしょう。その事を今聞いて大変驚いています。しかし、会社を辞められることについては大変残念に思います。今までの高倉さんの真面目な仕事ぶりに感謝します。中国人の皆さんとの連携や指導もよく出来ていたし、もっと仕事をしてもらいたいですが、家庭の事情もよく理解しました。奥様もお母様も寂しいでしょう、大変残念ですが仕方ないですね、奥様をはじめご家族の心情は私にもよく分かりますから……」と言った周《チョウ》女史は自分がアメリカに留学していたころを想い出しているかのようだった。

「はい、私ももう歳ですから、残り少ない人生を親孝行、家族孝行をしたいと思っています」

「実は、この十一月から三星集団の〝品質総監〟として、大いに力を発揮してもらいたいと思っていました。まさか退職するとは思っていませんでしたから……」

「そうですか。そのことを聞いて驚いています。しかし大変嬉しくもあり残念にも思います。感激です。これで自分自身、納得して辞めることができます」

高倉の気持ちは少しだけど吹っ切れていた。

「仕事の引き継ぎや会社としてやることがあったら言って下さい。そして来年やる事があったら指示していって下さい。最後に会社へのアドバイスがあったら言って下さい」と周《チョウ》女史は高倉が居なくなった時の事も心配している様子だった。

「分かりました。会社へのアドバイスなどは整理し残していきます。それから退社の時期ですが、QCサークル活動のまとめと提案、サプライヤー品質改善途中のものなどはある程度けじめをつけたいと思っています。そして今回新たに依頼された件などやり切って自分自身納得し退社としたいのです」

誇りと責任感を持った高倉らしい終わり方を示した。

「本当に残念ですね、私としても、もっともっといてほしかったです。しかし家族の状況も理解出来ますから、会社としてはなるべく早く終わってもらって良いですよ」と周《チョウ》女史は親切に言ってくれた。

周《チョウ》女史がいつもになく妙に女らしく感じたのは、気のせいだったのだろうか。

「はい、今のところ十一月末を考えています」

「そうですか、分かりました、良いですよ」と周《チョウ》女史は言った。そして更に付け加えた。

「高倉さんに感謝しています」

「そう言ってもらうと嬉しいですね」と高倉は照れ笑いしながら内心ほっとしていた。

これまで日本人が三人辞めていったがいずれの人達も良い辞め方をしてなかった。

高倉は自らの意思でしかも円満退社できるということが嬉しかった。

仕事もよく評価されている状態で、更に品質総監という話が出る中で退くことは、やはり引き際としては幸せなことかもしれないと高倉は思った。

周《チョウ》女史との話で退社が最終決定した為、高倉は退社の準備に取り掛かった。

「高倉さん、李《リ》品管課長が送別会は何時が良いですか、と聞いていますが……」と謝《シェ》が高倉に聞いた。

「おいおい、今日決まったばかりで、そんなに早く追い出したいのかな」と高倉は冗談を言った。

「会場の予約などもありますからね」と謝《シェ》は言ったが、冗談に対する反応は無かった。

行った。

「いつでもいいですよ」と高倉が言うと、李《リ》課長は「分かりました」と言って部屋をそそくさと出て行った。

十一月十一日は今年度のＱＣサークル全社大会だった。

イベントホールは各事業部の代表や一部サプライヤーの参加で三百人くらいになっていてほぼ満席になっていた。

大々的にしかも緊張した雰囲気に包まれていた。

会場の一番前列、審査員席に安本、大隅とともに座った高倉はＱＣサークル全社大会開催に満足していた。

本来なら、ここで、大勢の人の前で品質総監の任命を受けるはずだったかな、と高倉は一人想像していた。

あらかじめ十サークルを選抜してあったが董事長への報告は時間の関係で上位三サークルにしたいとの部長からの話があった。

しかし、上位から三位目については審査員の意見が分かれ同点となった為結局上位四サークルを董事長に報告することになった。

今回は、董事長も出席することに決まっていた。それは先に高倉がＱＣサークル活動について董事長に直談判したことが影響したのではと思った。ＱＣサークル活動への関心が深まり良かったと思い高倉は満足して言った。

「これでいいんだ、これでなくては皆のやる気が出ないのだから」

選考結果の四サークルは、臨沂《リンイ》トラクター工場の二サークルが一等、二等、農業車事業部の一サークル（三等）、汽車事業部の一サークル（三等）だった。三等は二チームだった。

やはり事業部総意で取り組んでいるところはよくできていたし、それなりに評価された。

高倉が真剣に指導してきた初出場の臨沂《リンイ》トラクターの二サークルが一等、二等を占めた事は高倉にとっても嬉しかった。

ということよりも、参加サークルが昨年よりも倍増し、しかもサークル全体のレベルが確実に上がってきていることが誇らしかった。

三等に甘んじた農業車事業部の窓口担当のテイは臨沂《リンイ》トラクターのサークルとの差を正確に分析していた。

全社大会が終わってから、テイは高倉のもとに挨拶にやってきた。

「やはり、内容の深み、濃さが違いました、事業部に戻って再度よく比較分析して来年また頑張ります」

「そうですね、また次に頑張りましょう」と言って高倉はテイを見送った。

高倉も肩の荷が下りたようにほっとしていた。


退社日があと二週間余りに迫っていた。

高倉は、やり残した仕事の整理と、周《チョウ》女史や孫《ソン》品管部長からの要望に対する報告書をまとめていた。

特に、ＱＣサークルに対する今年度の反省と今後の活動への施策提案及び三星集団に対する品質管理その他品質関連事項に対しては高倉の忌憚のない意見を正々堂々と展開し、提案した。

以前、高倉は孫《ソン》品管部長から「QUALITY THINKING（品質思考）という題目で高倉さんの品質に対する考え方やり方を論文にしてみないか、そしたら山東省の専門雑誌に寄稿したい」との提案があったことを思い出した。

「分かりました、書いてみます」とその時は返答したが、本来業務が立て込んでいて後々へずれていっているうちに退職が急に決まり結局時間切れで成し遂げられなかった。

もしQUALITY THINKING（品質思考）を寄稿していたら、高倉の評価や価値にも影響していたかもしれないと、また高倉自身の世界ももっと広がっていたかもしれないと思っていた。しかし、その前に孫《ソン》品管部長の本音、本心を確認する必要があることを、その後気が付いてきてはいたが……。

そんなこともあって、今回三星集団への提案の中で高倉のいわゆる〝QUALITY THINKING（品質思考）〟を一部取り入れ完成させた。

退社日が迫っていても相変わらずSQE（外注品質技術員）の面々が相談に来ていた。

高倉は、最後までやり切るという思いで親切丁寧に相談にのり、適切なアドバイスを与えていた。

〝立つ鳥跡を濁さず〟の如く高倉は仕事面でも人間関係や感情面でも後腐れ無いようにきちんと整理及び処理しようとしていた。最後まで高倉の正義感と仕事への生真面目さが出ていた。

そんなある日、サプライヤー品質課長の金威《ヂンウェイ》が高倉のもとに来た。

「高倉さん、高倉さんは書道が趣味と聞きましたが、三星集団を退職するに当たり、書のお土産をお渡ししたいのですが、何と書けばいいのか、又は何か良い文言は無いでしょうか」と金《ヂン》課長は高倉に尋ねた。

「えっそんなお土産を考えて頂き有難うございます」

「この地方の有名な書道家に依頼します」

「そうですか、嬉しいですね、そうですね、何と書くかはお任せします」と高倉は遠慮気味に言った。

「それから、書いた後、表装はどのようにしますか」

「額にしても、掛け軸のようにするにしても、日本まで持っていくのに嵩張るので、書き放しというか、紙のままで良いです」と高倉は答えた。

誰の発案かは分からないが、書のお土産とはよく気が付いたものだった。

むろん孫《ソン》品管部長の意思は入っているのは当然だったが、高倉はあえてそれは口に出さなかった。

三星集団での勤務最後になって思わぬところで感心させられた。

一週間ぐらいして、金《ヂン》課長がやってきて、書いたものを二枚持ってきた。

一枚は畳一畳ぐらいの大きさに中国宋時代の文学家であり書道家でもある蘇東坡《スードンプァ》という唐宋時代の八有名人の一人と言われている人物が作った十六編の句が書いてあった。

もう一枚は約三十四×百三十五センチメートルの紙に四文字で〝福寿康寧〟と横に書かれていた。いずれも書いたのは山東省では高名な崔兆魁《ツオイチャオクオイ》という書道家だった。

「いやいや、良いものを頂いた。本当に有難う」と高倉は少し感激した様子でお礼を言った。

金《ヂン》課長も満足そうに笑顔で応えていた。

「依霖《イーリン》、この意味を日本語に訳して、書いた人の説明も日本語に訳してくれませんか」と高倉は通訳の謝依霖《シェイーリン》に依頼した。

「そうですね、そうして下さい」と金《ヂン》課長は謝《シェ》に言った。

「翻訳出来たら、そのデータと、そして紙でもプリントアウトして下さい」と高倉は言いつつ意味が分かると一層価値あるものになると考えた。

「分かりました、出来たら両方のものを、お渡しします」と謝《シェ》は答えパソコンに向かった。

しばらくして、翻訳が出来、Ａ４サイズの紙四枚に印刷されたものを謝《シェ》が持ってきた。

高倉はお礼を言って、そして書を大事に、なるべく折り目を付けないように軽く折りたたみA4サイズ四枚の翻訳版とともに丁寧に鞄に入れた。

昼食に離れた食堂に向かう車の中で安本は言った。

「高倉さんの送別会をやりましょう、謝《シェ》はどうですか」

「はい、やりましょう」謝《シェ》は安本に背中を押されあまり気のない返事をしていた。

そんなわけで、今いる日本人安本、大隅そして高倉の三人とそれぞれの通訳を含め、送別会を日本食レストラン錦華でささやかに実施した。

高倉は、今までに送別会もやらずいつともなく皆が知らないうちに辞めていった坂井、表立った送別会も無く日本人だけでそれも気の合った者だけで密かに会食会を行った澤田や佐竹の三人の事を思うと、楽しさよりも何とも言えないやるせなさが残った。

高倉は三星集団以外の人物でこの日照市で一人最後に会いたい人がいた。

日照市で知り合った外国人専門家局の張楷《チャンカイ》だった。

頭のよさそうな、スマートな青年だった。

高倉と張楷《チャンカイ》は、何回か一緒に食事をした、時には一緒にカラオケにも行ったことがあった。高倉は張楷《チャンカイ》に電話して今月末で三星集団を辞める事を話した。そして最後に会う日を決めた。

その日、彼は車で高倉のアパートの門まで迎えに来てくれた。親の車だと言っていた。

そして、中華レストランへ行き食事をしながら従来通りいろいろな話をした。

二時間くらい経過し、食事も満足してきたころ張楷《チャンカイ》は言った。

「あのう、これお土産です」と張楷《チャンカイ》は高倉に紙袋を差し出した。

「えっ、そんな、お土産なんか……」と高倉は遠慮して言ったが、いらないと言うわけにもいかず、遠慮せずに頂いた。

「有難うございます。嬉しいです」と言いながら紙袋の中を覗いた。

「お茶ですね、有難うございました」と高倉はもう一度お礼を言った。

「私からは何のお返しもできず恐縮です、まさか今日お土産を頂くと思っていなかったものですから私からのものは用意して無かったです」と高倉は済まなそうにお礼を言った。

張楷《チャンカイ》は笑顔で言った。

「お返しなんかいらないです、また、機会があったら是非日照市にも来て下さい」

そして、二人は時間を見計らってレストランを出た。勘定は張楷《チャンカイ》がどうしても払うと言って聞かないので最後、高倉は折れた。

勘定を払わせて、お土産まで貰って大変恐縮していたと同時に、このような友人と別れるのも寂しく思った。

張楷《チャンカイ》は来た道を戻り高倉をアパートの門まで送った。

「今日は、どうも有難うございました、お土産までいただき悪かったですね、じゃお元気で」と高倉は車を降りながら言った。

「高倉さんもお元気で、いつかまた会いましょう」と張楷《チャンカイ》は言うとドアを閉め、そして車を走らせ暗い夜の道を去って行った。

テールランプが小さくなるまで見送った高倉は踵を返し、アパートの三棟目を目指し歩き出した。

「国家間ではいろいろ問題があっても、一般市民の殆どの人は日本人に友好的ではないか……互いの政府は何とかならないのか……、ましてや張楷《チャンカイ》は政府役人だ、個人同士の関係は全然問題ないじゃあないか、先達て会った長沙の友人知人たちとも、あんなに仲良く付き合いが出来ているのに、国と国という事になるとなぜ仲良くできないのか……」

高倉は、ここ中国に来て幾度となく国と国との関係を憂いた。今日も独り呟きながら暗い道をトボトボと歩いていた。

いよいよ今日で出勤最後の日になった。

明日は、青島《チンダオ》に向けて発つ日だった。

高倉は仕事の整理も荷物の片づけやアパートの清掃など、身辺整理も完了していたので、ある意味すがすがしい思いだった。

今日は、品管部として高倉の送別会だった。

アパートから車で五分ぐらいの所の焼き肉店だった。事前にどのような店でどのような肉なのかなどは知らされていたので、心配なく出席出来た。

送別会場は、店に入り奥の階段を上った二階のしかもそのまた一番奥に二十席ぐらいが確保されていた。

通訳の謝《シエ》と共に行くと、既に十人以上が席に座り皆を待っていた。

謝《シエ》はどこへ席を取るか考えていた。高倉は自分の近くに来るように勧めた。しかし謝《シエ》は李《リ》品管課長を気にしながら、また自分の話しやすい人の近くに座りたそうな素振りだったが、結局高倉の横に席を取った。

専属通訳であるこのような謝《シエ》に対し、高倉は以前からずーっと不満を持っていたが、今日は最終日、不満が顔や態度に出るのを抑えた。

最後の最後まで、謝《シェ》の軸足は組織の長にあって、高倉の側には無かったという事だった。

送別会の開始の言葉も無いうちにそれぞれ自由に食べ物を取ってきて自分で炭火にかざして食べる、そんな感じで始まった。

高倉も周りの様子を見ながら、食べ物を取りに行った。すると、SQEで高倉と農業車事業部の仕事をやっていた丁亮《ティンリヤン》が気を遣って、高倉に食べ物を取ってくれた。

高倉は「有難う」と笑顔で言ってその気持ちに感謝した。丁亮《ティンリヤン》は品管課への転属の件で孫《ソン》品管部長に高倉が強力に抗議した時の人物だ。

そんな具合だから丁亮《ティンリヤン》の人物評価は大変良くて、高倉も彼がもし日本語が話せたら、本当に良い友人になったと思っていた。

宴たけなわの頃、李《リ》品管課長が挨拶した。

「今日は、高倉さんの送別会です、今まで三星集団の為に有難うございました、今日、孫《ソン》部長は都合が付かず欠席していますが、高倉さんによろしくと言っていました」

そして李《リ》品管課長は、私からということで高倉に花瓶の贈り物を送った。

「皆さん今日は集まってくれてありがとう、私は今日でここでの仕事は終わりますが皆さんはこれからも頑張って下さい」と高倉は一言挨拶をした。

「この花瓶はこの地方では有名な造りです」と謝《シェ》がフォローした。

「そうですか、気持ちに感謝します」と高倉は李《リ》品管課長に礼を言った。

「高倉さん、お世話になりました。まだまだ指導してもらいたかったのに残念です。お元気で……」とサプライヤー品質課長の金威《ヂンウェイ》がグラスを片手に持って寄ってきた。相変わらず物静かで笑顔だが男らしくてクールな感じだ。

「そうですね、これから成果も見えてくるのに、私も残念です、皆さんも元気で頑張って下さい」と高倉は笑顔で持っていたグラスを軽く金《ヂン》課長のグラスに当て乾杯の仕草をした。

他の出席者も、高倉に好意的に接していた、特にサプライヤー品質課のメンバーは口々に有難うを言ってきた。

宴の雰囲気を見て李《リ》課長が何か一言言った。これが宴の終わりの挨拶だった。

「高倉さん、アパートまで車で送ります」と李《リ》課長が言い寄ってきた。

「あっそう、有難う」と言って高倉は車に乗ろうとした。

「謝《シェ》も一緒に行って」と李《リ》課長は謝《シェ》に促し、そして直ぐに車に乗ろうとしない謝《シェ》に何やら言っていた。

李《リ》課長の運転する車はアパートの高倉の部屋の脇まで入ってきて停まった。

「今日は、有難うございました、じゃぁ皆さんもお元気で」と丁寧に高倉はお礼を述べた。

「高倉さんも、お元気で……」と李《リ》課長は言い、高倉を降ろすと車を発進させた。

「あぁこれで全て終わりか、品管部として送別会をやってくれたことは嬉しい事だ、しかし、送別会に顔を見せなかった孫《ソン》品管部長の本当の心は最後までよく分からなかったな」

と高倉は独り言を言いながら薄暗いアパートの入り口の扉を開け階段をだるそうに上った。

高倉はこのアパートでの最後の夜を寝付かれないままベッドで過ごした。

＊帰国

翌日は朝十時にアパートを出て、青島《チンダオ》で一泊し次の日十三時四十分発ＮＨ９２８便（全日空）成田行きに乗る予定だった。

十時に車の迎えが来た。いつもの無作法な運転手ではなく、愛想の良い運転手で車も普通の黒い乗用車だった。安本も青島《チンダオ》空港で高倉を見送ってくれるということで青島《チンダオ》まで同行することになっていた。

すると、予期していない会社のアパート管理の担当者と通訳の謝《シェ》が一緒に来た。

「アパートの確認をしに来ました」と謝《シェ》が言った。

「あっそう、見た通り別に問題ないでしょ」

と高倉が言った。

「綺麗になっていますね、高倉さんがやったのですか？」と謝《シェ》は少し驚いた様子で言った。

アパート管理の担当者は何か無い、と言っていたが、高倉には全然知らない事であった為、その件は不問になった。

「じゃあ、そろそろ出発しましょうか」高倉は荷物を車に積み終えると、安本に言った。

「そうですね、行きますか」安本は淡々とした表情で言った。

そして二人は車に乗り込んだ。

「依霖《イーリン》、次に来る日本人に対して、面倒をよく見てあげてね、よろしく頼むね」と高倉は後の人を心配して車の窓から言った。

高倉は謝《シェ》に対しては、いろいろあったけど、それはあくまで仕事の上でのこと、と割り切りたかった。最後ぐらいは友好的に別れたかった。

「えっ、そんな……」と謝《シェ》は苦笑いして言ったきりだった。

「元気でね、バイバイ」と高倉は車のウィンドウを閉めながら言った。

謝《シェ》は「バイバイ」と言って軽く手を上げ応え、そして笑顔になっていた。

青島《チンダオ》では例のごとく高倉と安本は日本食居酒屋で最後の晩餐（？）を楽しみ、思い出話や会社の事、仕事の事など中には愚痴にも聞こえる事を話し合った。

「今回、三星集団に来て、私の得意分野である〝開発段階の品質熟成〟という仕事は出来なかったけど、一年三カ月でやってきた事はほぼ満足しています。会社からも〝品質総監〟の職位を与えられるということはそれなりに評価されたということで、そういう意味においても嬉しかったし、良かったと思っています」

高倉は今の気持ちを総括していた。

「そうだね、高倉さんは中国人と一緒にやる、現場に頻繁に行く、指導の仕方などが良かったと思いますね」と安本も高倉の功労を称えた。

「品質総監として今まで以上に影響力を発揮し意識の改革、仕事の改善を徹底してやりたかったというのも本音ですね。しかし、一方、今の段階までは、出来ることはやり切ったという、達成感もありますね」と言った高倉のその言葉はまだ輝きが感じられたが複雑な心境も覗かせた。

「でも家族も大事ですからね、無視できないし、仕方がないですね」と安本は高倉の事情にも配慮した。

翌日、香港中路にある青島《チンダオ》空港行きバスターミナルから、高倉と安本はバスに乗った。

そして、二人は空港のラーメン店で少し早い昼食を食べてから、高倉はほぼ予定通りチェックインし、安本は日照市行き高速バスで自分のアパートに戻った。

十三時四十分発ＮＨ９２８便（全日空）成田行きは予定時刻を若干遅れて離陸した。

青島《チンダオ》の空は、一年三カ月前にここに着いた日と同じだった。晴れてはいたが、青空ではなく少しどんよりとしていて、太陽は霞んでいた。

窓から見る青島《チンダオ》の景色も来た時と同じだった。海や緑が霞んではいたが綺麗だった。

高倉は、品質意識のようなソフト面の対応を重視する仕事のやり方が会社トップに評価された事、そして自身の目標としていた仕事をやり終えた満足感に浸っていた。

「仕事に対する目標がほぼ達成出来て良かった、やりたいように出来た、しかし自分の専門領域である〝開発段階での品質熟成システムの構築〟という本丸にまで届かなかったことは少し残念だったかな、当初輝ける自分も今は少し霞んでしまったということかな……」

高倉は小さなため息をついた。

そして、中国で知り合った多くの人達のことを次々に思い出していた。特にハウスキーパーのシャオジャ（羅佳平《ロオジャピン》）と、電話での帰国前の挨拶で、シャオジャの「どうして帰るの？　次はいつ来るの？」と言った言葉にさすがの高倉も返す言葉を失った。また日本語を話す女子大生の天天《テンテン》（馬天驕《マーティエンジャオ》）も大いに気になっていた。また湖南省長沙市の友人知人の事も懐かしく思っていた。

「高倉さーん、元気ですかぁ、今度いつ中国に来ますか……」皆の声が頭の中でやまびこのように行きかった。


飛行機が日本に近づくに従って、妻や母など家族のことが気になり始めていた。

退院したがまだ家事は十分できない妻和恵の事、もう長くはないと医師から告げられている九十二歳の母の事、そしてその母を毎日お世話している兄、義姉の事、そして子供や孫たちの事など。高倉は普通のお父さん、おじいちゃんになっていたが母から見れば幾つになっても子供だ。きっと高倉の事を心配しているに違いないと思っていた。

「恭汰郎はどうした、何処にいる、何している、子供たちはどうしている？」母の声が聞こえてくる気がした。

妻和恵の高倉を待ち焦がれている顔も浮かんできた。

夕刻、飛行機は無事に成田空港に着陸した。

「はぁー、もう、ここは日本だ」

日本の地について、高倉は急に気が抜け肩からすーっと力が抜けていくのを感じていた。


日本に戻ってから、高倉は和恵の様子を見ながらも直ぐに母の見舞いに行った。

「恭汰郎か、よくきたな〜」

母は聞き取れないくらい小さな弱々しい声で言った。だいぶ弱ってきているのが分かった。

「そうだよ、恭汰郎だよ、調子はどうだ？」

「今日は気分が良いんだ」

「それは良かったな、元気になったら俺の家にも遊びに来てくれよな」高倉は語りかける言葉を探していた。

しかし、その母は高倉が日本に戻って一カ月も経たない、その年の暮れに息を引き取った。九十三歳の誕生日の一週間前だった。高倉の帰りを待っていたかのように、そして、顔を見て安心したかのように静かに逝った。

「お袋はとうとう俺の家に遊びに来ることが出来なかった、もう何年も来てなかったから、きっと来たかっただろうな……、悲しいけど、でも生きているうちに会えて良かった」

高倉は自分自身を無理やり納得させようとしていた。

高倉が日本に戻ることで妻和恵の体調は良くなり、兄、義姉に対する恩義は果たし、子供たちも余分な心配から解放され、良かったことが多いが、これといった親孝行もできずに母の最期を看取った事は、良かったのかまた惜しまれることなのか、高倉の心に答えは一つではなかった。

　何とも言えない心境に駆られていた。


　母の葬儀の後、高倉の車は東名高速道路を東に走っていた。

　富士川サービスエリアに車を停めると、白い雪の冠を輝かせ、裾野まで大きく広がった雄大で美しい富士山が目の前に映った。

　体調を取り戻した妻和恵もすっきりした顔をしていた。

「ほら、お父さん、あんなに富士山が綺麗よ」

「あぁ綺麗だな、やっぱり富士山は日本一だよ、いや世界一だね、空気も綺麗だし」

　今日も日本の空は青く澄んでいた。

　その空に向かって高倉は大きく深呼吸した。

　空気がこんなに美味しく感じたことはいまだかつてなかった。

あとがき

今日、中国において指導的立場でいろいろな企業や組織の中で仕事をしている日本人はかなり多いでしょう。日系企業もありますが、中国企業（百パーセント中国人経営《資本》の企業）もあるでしょう。どちらにしても中国という文化や風俗習慣、食住環境の違い、人間性も更には政治体制も異なる環境の中で、その人たちは日々悩みながら、困難な課題に対し必死に取り組んでおられると思います。本書の主人公高倉恭太郎はそのような人たちの普通にあり得る例の一人だと思います。

海外で働く場合、その国の現地人と仲良くする為に、また自分の今の立場や職を守るために、会社として波風を立たせないように、自分の信念を曲げ相手に合わせたり、注意すべき点を故意に見逃したり、意見があっても言わなかったりする、更にいろいろな問題を見たり聞いたりしても黙って素通りする。教育や指導にあたっても相手によっては放棄してしまうか又は、いい加減に終わってしまう。そんな経験をした人は少なからずいるのではないでしょうか。

またその反面自分の意思を通そうとするあまり現地人と衝突ばかりしていて会社や職場に居られなくなったという例も聞いたことがあります。

今回、この小説は中国企業が舞台となっていますが、海外で働く場合ここで取り上げられている話は多かれ少なかれ共感できる事例があると思います。

そのような中で悩み苦しんでいる人達に対し、一言で正解を述べることは難しいのですが、本書が少しでも参考になればと願っています。

どんな仕事であっても、何処の国であっても、お客様の方向を向いた仕事でなければなりません。自分の為、会社の為、国の為……そうでしょうか？

勿論自分の為に働き、会社に貢献し、ひいては国の発展の為になる、こんな仕事が出来ればこの上なく幸せな事でしょう。

しかし、その前にその仕事が誰の為になっているのかをもう一度考え直すと、やはりお客様の為でしょう、ということになると思います。

お客様の立場で考えない、お客様を大事にしない商売や仕事は発展しません。いや発展どころかいずれ衰退し会社そのものが社会から消えていくということになるでしょう。

〝社会から存在を期待される企業〟になりたいものです。

市場クレームの発生はお客様に迷惑をかけることです。社会に混乱をもたらす場合もあります。品質の良いものを生産し販売していくことは製造業だけでなく、サービスを提供するような職種を含め、すべての業種に共通の理念です。

本書の主人公高倉恭汰郎が頑固なまでに信念を貫いたということは、取りも直さず会社の為、そしてその向こうに居るお客様の為という熱い思いがあったからです。

かつては企業戦士と言われた会社人間でもあり、信念の塊のような高倉恭汰郎も〝意地には強いが人情には弱い〟といった、第二次大戦直後の全国総貧困時代に生まれ幼少期から青年期を大家族の中で過ごした男気ある人間性、そこからくる母や妻を思いやる優しさが、もっと仕事を続けたいという強い思いを超えて最後の決断をさせたのでした。

気が短いが正義感が強く、仕事に生真面目な性格が多くの現場の問題をさらけ出し、一時は保身勢力や抵抗勢力が圧力をかけてきたが、幸いにして高倉を理解してくれる董事長とその娘がいてくれたことが、高倉が仕事を進めるうえで大いに追い風になったことは確かでした。

高倉が〝なぜ中国で仕事をするのか？〟という理由は本文で示しています。

高倉自身の仕事の目標については、思いがけない急な状況変化によりその本丸までは届かなかったが、ほぼ満足するところまで達成したことは良かったと思っています。


この小説は著者の実体験をもとに書いているので、実話に近いところもあります、またモデルになった登場人物や会社もあります。

日本人の名前もまた、中国人の名前の設定も著者の過去中国生活で知り得た人達の苗字と名前を適当に並び替えて創っています。

従って全て実在の会社や人物とは関係ありません。

あくまでも小説仕立てでありフィクションです。

中国に興味が有っても無くても、また品質に直接関係ない人でも、サラリーマン、自営業の人、これから中国で働こうとしている人、今働いている人、更には男性の仕事ぶりや考えを、職場の人間関係などを理解するうえで多くの女性にも読んでもらいたいものです。


最後に、本書によりに僅かながらも日本と中国の人達が互いに理解し合い、そしてそのような個人間の微々たる相互理解の積み重ねで最終的に国家レベルでの深い友好関係に発展することを望みます。

二〇一七年十月

服部和夫

服部　和夫（はっとり　かずお）

静岡県に生まれる。現在埼玉県在住。大手自動車製造販売会社にて長年勤める。海外工場品質支援リーダー、新車開発・生産プロジェクトチームの品質担当リーダーなど品質関連業務を遂行。定年退職後、「服部コンサルタントオフィス」を開業。品質技術アドバイザーとして活動。中国湖南省産業機械製造会社にて社長付き品質顧問として２年間、中国山東省農業機械車両製造会社にて品質専門家として１年３カ月勤務。

著書
『ホンダの新車品質はこうして創られる』（文芸社）
2008年７月出版
『中国品質は日本の脅威になるか』（文芸社）
2013年１月出版

霞んだ太陽
中国企業で奮闘する日本人

2018年１月28日　初版第１刷発行

著　者　服部和夫
発行者　中田典昭
発行所　東京図書出版
発売元　株式会社 リフレ出版
〒113-0021　東京都文京区本駒込 3-10-4
電話（03）3823-9171　FAX 0120-41-8080
印　刷　株式会社 ブレイン

ISBN978-4-86641-111-8 C0093
Printed in Japan 2018
落丁・乱丁はお取替えいたします。

ご意見、ご感想をお寄せ下さい。
［宛先］〒113-0021　東京都文京区本駒込 3-10-4
東京図書出版